돈키호테, 부딪혔다, 날았다

돈 키호테, 부딪혔다, 날았다

지은이 서영은 **1판 1쇄 인쇄** 2013년 8월 9일 **1판 1쇄 발행** 2013년 8월 16일
발행처 도서출판 비채 **발행인** 박은주 **본문 일러스트** 클로이 **주소** 서울특별시 종로구 북촌로 63-3
등록 2005년 12월 15일(제300-2005-212호) **주문 및 문의 전화** 031)955-3220 **팩스** 031)955-3111
편집부 전화 02)3668-3292 **팩스** 02)730-8649 **전자우편** viche@viche.co.kr

ISBN 979-11-85014-09-8 03810 책값은 뒤표지에 있습니다.

La Ruta de Don Quijote

돈 키호테, 부딪혔다, 날았다

서영은

비채

1. 높이 쳐든 오른손　7

2. 길 위의 대화　37

3. 마이모니데스 카페　59

4. 열여덟 살 연하의 신부　83

5. 키하노 집안 심장에 걸려 있는 맘부리노 투구　121

6. 거인들의 출현　153

7. 날은 저무는데……　183

8. 친구 산초여, 세상을 바꾸는 것은……　203

9: 어둠의 거울 - 몬테시노스 동굴　225

10. 물의 시간　255

11. 삶의 연극, 돈 후안 현상　265

12. 결단의 횃불　301

13. 오늘날의 알두도　335

14. 엘 토보소 가는 길 - 둘시네아 현상　373

15. 나팔이 울린다, 하지만 이것은 왕궁이 아니다　415

16. 다시 순례자가 되어　449

작가의 말　472

RUTA DE DON QUIJOTE

저는 고향을 떠났습니다. 토지도 저당잡혔습니다. 안락을 버리고 자신을 운명의 팔에 맡기어 운명이 이끄는 대로 갈 뿐입니다. 저는 지금 사라진 편력기사도를 다시 부흥시키려고 노력하고 있으며, 오랫동안 여기서 넘어지고 저기서 쓰러지며, 이곳에서 떨어졌다가 저곳에서 다시 일어나며, 과부를 구원하고 처녀를 보호하고, 유부녀와 고아를 도와줍니다.

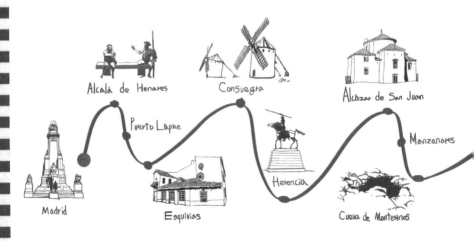

1

높이 쳐든
오른손

높이 적든 오론손
Madrid

여정의 시작은 마드리드의 트리부날Tribunal 거리에 있는 어느 허름한 오스탈hostal, 저렴한 서민용 숙박시설에서 시작되었다.

서울을 떠나 바르셀로나, 사라고사Zaragoza를 거치는 동안 열흘 가까이 쌓인 피로 때문에 잠자리를 떨치고 일어나기가 쉽지 않았다. 담요를 머리까지 푹 뒤집어쓴 Y는 간밤에 간간히 기침을 했다.

불을 켜고 화장실에 들락거리는 기척에도 Y는 꿈쩍하지 않았다. 나는 침대 주변에 널려 있는 Y의 짐을 걱정스럽게 둘러보았다. 세수를 하고 짐을 싸서 체크아웃까지 하려면 시간이 빠듯했다.

"몸이 많이 안 좋아요?"

나는 우회적으로 Y를 깨웠다. 담요가 들썩했다.

"아뇨, 괜찮아요."

그때까지도 Y는 장님 문고리 잡듯이 나를 동행하고 있었다. Y
는 문학 관련 책을 출판하는 출판사의 편집장이다. 지난해 그 출
판사의 사장과 식사를 같이하는 자리에서 나는 돈 키호테가 얼마
나 성서적 인물인지를 열심히 설명하게 되었는데, 사장이 갑자기
눈을 빛내며 그 얘기를 책으로 출판하자는 제의를 했다. 당장에는
대답을 하지 못했으나, 며칠 후 나는 출판사에서 직원 한 사람을
동행시켜주면 함께 작가의 집이나 작품의 무대가 된 현장을 직접
둘러보면서 생생한 현장취재를 곁들인 글을 써보겠노라고 제안했
다. 사장은 쾌히 동의했고, 며칠 후 나는 출판사 편집장으로부터
전화를 받았다. 자신이 돈 키호테 루트 탐색에 동행할 사람이라고
했다. 그 사람이 바로 Y였다.

나는 이른 아침부터 체크아웃을 서둘러야 하는 이유를 Y에게
일러주었다.

"오늘 세르반테스 무덤을 찾아가려 해요. 그 무덤이 있는 수도
원은 하루 중 아침 아홉 시 미사 때만 문을 연다고 해요."

그녀는 천천히 담요를 턱밑으로 끌어내리더니 남은 잠을 떨쳐
내려는 듯, 눈을 몇 번 껌벅거렸다.

여덟 시 이십 분. 우리는 짐을 숙소에 맡기고 승강기를 타고 아
래로 내려왔다. 육중한 출입문을 열자 비바람이 전신을 휘감았다.
예상치 못한 날씨였다. Y는 가방에서 우산을 꺼내고, 나는 작은
배낭에서 우비를 꺼내 입었다.

도심 거리는 깊어가는 가을비에 흠씬 젖어들고 있었다. 출근시간에 쫓겨 발걸음을 재촉하는 직장인들 틈바구니에서 '이리 가야 하나, 저리 가야 하나' 어름거리다가 다행히 택시를 잡을 수 있었다.

나는 거리 이름이 적힌 쪽지를 기사에게 내밀었다. 머리가 희끗한 기사는 쪽지를 받아들고 가타부타 말 없이 차를 몰았다.

'안다는 소리야, 모른다는 소리야.' 무력한 속내를 감추고 옆자리의 Y를 힐끗 보니, 콤팩트를 들여다보며 자기 집인 양 편안한 자세로 화장을 하고 있었다.

'지금 이래봬도 우리는 출정出征을 하고 있는 건데……'

사실 딱하기는 나도 Y와 진배없었다. 겉으로 보기에 하릴없는 나이든 관광객에 지나지 않은 이 모습으로 어떻게 내면의 투지를 이 여정에 접목시켜갈 것인지, 어디서부터 내 안의 보이지 않는 불꽃이 이 길 위에서 불타오르게 될지 지금으로선 가늠하기 어려웠다.

내가 《돈 키호테》를 다시 읽게 된 것은 2011년 10월 살라망카에 체류하고 있을 때였다. 자고 일어나면 구시가지로 나가서 이리저리 돌아다니다 곳곳에 놓여 있는 벤치에 몇 시간씩 가만히 앉아 있다 돌아오는 것이 일이었다. 돌아올 때면 도시 전체의 인문적 분위기에 흠씬 젖어든 만큼, 다른 한편으론 뭔가 답답하고 이유 없이 마음이 침울해지곤 했다. 그날은 대성당 뒤쪽에 있는 '실렌시오Silencio, 침묵¹ 거리에서 한나절을 보낸 뒤, 숙소로 돌아가는 길이었다. 대성당에서 마요르 광장으로 가는 마요르 거리 양쪽에 늘어선 기념품 가게 앞을 느릿느릿 지나치다가 어느 진열장 앞에서 발길을 멈추었다. 살라망카의 상징물인 초록색 개구리와 검은 해골 사이에 있는 미니어처 조각품이 눈에 띄었다.

돈 키호테와 산초. 잘 빚은 솜씨는 아니었다. 내 시선을 잡아끈 것은 조각품 그 자체라기보다 말을 탄 돈 키호테가 높이 쳐든 창 때문이었고, 그 창이 돌연 나를 긴장하게 했다. 나는 감전된 듯 몸이 떨렸다. 인류 전체에게 혁명적 변화를 독려하고 있는 듯한 한 남자의 의지적 열정. 수 세기를 가로질러 그것은 지금도 여전히 살아 있는 메시지로서 내 심장을 겨누고 있는 것 같았다.

숙소로 돌아오자마자 지인에게 국제전화를 걸었다. 사진작가 T는 이틀 뒤에 살라망카를 방문할 예정이었다.

"《돈 키호테》 책이 필요한데, 오실 때 사가지고 올 수 있어요?"

"네?"

'로페 데 베가' 거리와 성삼위일체 수도원 표지판.

세르반테스 초상이 부조된 기념관.

그녀의 어리둥절한 표정이 그려졌지만 설명은 생략한 채 책 제목을 반복했다.

그리고 이틀 뒤, 비행기로 공수되어온 책을 받자마자 숙소에 틀어박혔다. 책을 읽어가는 동안, 예전에는 미처 깨닫지 못한 숨은 뜻이 속속 드러나는 재미에 푹 빠져, 밤낮없이 열독했다. 책의 여백에다 그때그때 떠오른 단상을 적어놓다보니 책 속에 또 하나의 책을 써가는 형국이 되었다. 마침내 마지막 책장을 덮고 났을 때, 맹렬한 전의戰意에 의해 높이 치켜든 창 하나가 내 손에 들려 있는 것 같았다. 그것은 책 속에서 돈 키호테가 풍차를 비열한 거인으로 여겨 공격하는 것과 같은 허구적 장치를 제거해버린다 해도 여전히 그 진정성은 변함이 없는, 두려움을 모르는 생생한 투지였다.

택시는 한적한 골목길 안으로 한참 들어가다 멈춰섰다. 기사는 다 왔다고 하는데, 수도원처럼 보이는 건물은 눈에 띄지 않았다. 차에서 내려 주위를 두리번거리노라니 '카예 데 로페 데 베가Calle de Lope de Vega' 표지판이 붙어 있는 단아한 벽돌 건물이 있었고, 그 옆에는 수도원 표지판과 세르반테스 초상이 부조된 하얀 기념판이 같은 벽에 나란히 붙어 있었다.

그때 마침 누군가가 안에서 수도원 문을 활짝 열어젖혔다. 마치 우리를 기다리고 있었던 듯이. 교회는 그다지 크지 않았고, 실내는 어둠침침했다. Y가 텅 비어 있는 신도석 안쪽으로 걸어들어가 자리잡는 동안, 나는 염치 불구하고 제단과 좌우 벽에 걸려 있는

성삼위일체 교회 안에 걸려 있는 성화.

성화들을 카메라에 담았다. 그중 하나의 성화는 매우 특이한 점이 있어, 셔터를 여러 번 눌렀다. 십자가에 매달리신 예수님에게 하얀 레이스치마를 입혀드리고, 못 박힌 발에도 하얀 덧신을 신겨드린, 이 그림의 화가는 아마도 수녀일지 모른다는 생각이 스쳐갔다.

곧이어 종소리와 함께 실내에 불이 환히 켜지고, 제단 옆 문에서 나타난 신부님이 미사를 집전하기 시작했다. 보이지 않는 곳에서 흘러나오는 수녀들의 청아한 찬송소리에 귀를 기울이며, 나는 세르반테스와 돈 키호테에 대한 상념에 빠져들었다.

이 교회 어딘가에 세르반테스가 묻혀 있다고 한다.

수년 전 네덜란드 작가 세스 노터봄Cees Nooteboom도 이곳에 찾아와 문간에서 마주친 수녀에게 이렇게 물어본다.

"세르반테스가 묻힌 곳이 여긴가요?"

"맞지만 여기 없는데요."

"묘가 있습니까?"

"진짜 묘는 아니고요."

짐작컨대 외벽에 기념패까지 붙여놓았지만, 이곳에 있는 세르반테스 묘는 진짜 묘가 아닌 모양이다. 하지만 그것은 중요한 문제가 아니다. 나는 역사적 사실관계를 확인하려는 것이 아니다.

앞으로 여정을 이어가는 동안, 나는 세르반테스가 돈 키호테란 인물을 통해 구현한 기사도 정신을 내 신앙의 실천적 바탕으로 삼고, 그 정신을 내 안에서 불타오르게 하고 싶다.

미사는 끝이 났으나, 여전히 생각에 몰두해 있던 나는 고압적인 발소리에 고개를 쳐들었다. 사복 차림의 성당 관계자가 혼자 남아 있는 나에게 불을 꺼도 되겠느냐고 물었다.

"시si" 하고 나서, "세르반테스 묘 좀 볼 수 있을까요?"라고 재빨리 물었다.

"노."

등이 또 하나 꺼졌다.

그녀의 태도는 그저 '노'가 아니라, '무슨 쓰잘 데 없는 소리!' 하고 타박하는 투였다. 외벽에 작가의 기념패까지 붙여놓은 곳의 관계자치곤 너무나 냉랭한 반응이었다. 기가 푹 꺾이는 기분이었다. 남이 들으면 내 시도 자체가 '돈 키호테적'이라고 할 만했다. 하지만 이곳은 성녀 테레사, 가우디, 피카소, 달리를 낳은 나라가 아닌가?

밖에는 여전히 비가 추적추적 내리고 있었다. Y는 길 건너편 '마리아노'라는 이름의 타베르나Taberna. 예전에는 여성의 출입이 금지되었던 선술집 출입구에 붙어 서서 비를 피하고 있었다.

"들어가서 커피 한잔 합시다."

테이블이 두 개뿐인 좁은 실내. 우리가 들어서자 눈썹이 누에처럼 꿈틀거리는 잘생긴 청년이 주방에서 나타났다. Y는 노트를 테이블 위에 꺼내놓았다. 나는 바 쪽으로 가서 주인에게 커피 두 잔과 추로churro 네 개를 주문했다. 선반에는 각종 술병들이 가득 진열되어 있었고, 하몽과 소시지 묶음도 벽에 걸려 있었다. 원형 도자기 그림도 두 점 있었는데, 하나는 돈 키호테가 풍차를 향해 돌진하는 장면이었고, 또 하나는 거나하게 취한 산초와 함께 돈 키호테가 주막을 나서는 장면이었다.

주인이 내 앞에 커피 두 잔과 추로 한 접시를 내놓았다.

"당신에게 돈 키호테는 어떤 의미인가요?"

나는 팔을 뻗어 그림을 가리켰다. '무슨 자다 봉창 뜯는 소리?'

그의 표정이 그랬다. 무안해진 내가 오히려 가볍게 어깨를 들썩했다. 커피를 가지고 테이블로 돌아오자 현지의 이런 분위기를 도무지 눈치채지 못한 Y가 내게 물었다.

"세르반테스는 어쩌다 저 교회에 묻히게 됐어요?"

"얘기가 긴데……."

속으로 망설였지만, 장소와 때를 가리면 일이 되지 않을 것 같아서, Y의 질문이 있을 때마다 이야기를 풀어나가야겠다고 생각했다. 마치 돈 키호테가 길 위에서 모험을 거듭하며 끊임없이 산초와 대화를 나누듯이.

"1571년 10월에 지중해 레판토 해역에서 그리스도교 함대와 이슬람교 함대 사이에 역사적 전투가 있었어요. 세르반테스는 프란시스코 산 피에트로가 지휘하는 갤리선 중 마르케사호에 승선한 스페인 지원병이었어요. 작가는 심한 열병에 걸렸음에도 전장으로 나갔는데, 전투가 시작되자 아군이 적의 공격에 밀려 포위당한 상황이 되었어요. 치열한 교전이 벌어졌고, 그 와중에 세르반테스는 세 군데에 총상을 입고 평생 왼팔을 쓰지 못하는 부상을 입었어요. 이 레판토 해전 승리는 튀르크 세력에 맞서 유럽을 결정적으로 방어한 사건으로 기록되고 있어요.

작가는 사 년 뒤, 귀국길에 오른 마르세유 해안에서 해적에게 납치되어 알제리로 끌려가 사 년간이나 노예생활을 했어요. 그때 거액의 몸값을 지불해주고 풀려나게 해준 은인이 바로 성삼위일

1. 높이 쳐든 오른손

체TRINITARIAS 소속 수도원의 수도사들로 알려져 있지요. 그 은혜를 잊지 못한 작가가 죽으면 성삼위일체 수도원에다 묻어달라는 유언을 남겼다고 해요."

"그럼 우리 다시 가서 세르반테스의 묘를 봐야 되겠네요?"

"그보다 우리가 주목할 점은 돈 키호테란 인물 속에 강하게 투사된 전의戰意가 상상력에서 빚어진 것이 아니라, 작가 자신의 지칠 줄 모르는 대결의식의 투영이라는 거지요. 어느 시대이든지 투혼은 인간에게 자기 삶을 결정적으로 바꾸는 힘이 되는데, 그런 관점으로 우리는《돈 키호테》라는 작품을 탐색하려고 해요. 시신도 없는 가짜 무덤을 찾아보는 것이 아니라."

입으로 가져갔던 찻잔을 내려놓고 나는 창밖을 가리켰다.

"저기 보이는 것이 로페의 거리표지판인데, 로페 데 베가Lope de Vega는 당시에 세르반테스의 명성을 훨씬 능가하는 당대 최고의 시인이자 극작가였어요. 일반 대중을 비롯한 모든 계층 사람과 폭넓은 공감대를 형성하는 작품을 썼는데, 세계문학사상 가장 많은 작품을 쓴 것으로도 유명하지요. 극 작품이 1800여 편, 성찬시비극이 400여 편, 희곡과 시집에 삽입된 소네트 '로만세romance' 같은 것도 3000여 편을 썼는데, 오늘날까지 남아 있는 작품은 470여 편뿐이라고 해요. 로페는 하루 만에 작품을 완성할 정도로 창작욕이 왕성했는데, 세르반테스는 그를 가리켜 '자연의 귀재'라고 했다지요. 두 사람은 서로 불목했다지만, 생애를 들여다보면 두 사람이 흡사하기도, 결정적으로 다르기도 한 발자취를 볼 수 있어요. 로페는 어린 시절부터 영특하고 문재文才가 뛰어나서, 주교나 후작, 공작들의 비호와 도움을 받으며 상류사회에 편입, 결혼을 세 번이나 했어요. 첫 번째 부인은 유명한 궁중화가 벨라스케스의 딸, 두 번째는 부유한 정육점집 딸, 세 번째는 스물여섯의 아름다운 유부녀를 만나 아낌없이 열정을 불태웠으나, 그 대가는 혹독하게 로페 삶의 발목을 물고 늘어졌어요. 널리 퍼진 명성에도 불구하고 생활형편이 어려워 죽을 때는 거의 빈털터리였다고 해요. 그의 장례식은 시칠리아의 부왕인 세사 공작이 비용을 대주어 성대하게 치러졌는데, 스페인 전역에서 9일 동안 애도 기간을 가졌다고 해요. 로페의 죽음은, 죽음까지도 사회적으로 성공한 사람의 전형적 사례가 되는데, 작가의 현세적 인생관의 연장이라고 봐야 해요. 그에 비해 세르반테스의 관심은 세상에 있지 않았어요. 하늘에 쌓는 보화로서의 명예심이 그의 궁극적 목표였어요. 작가의 분신인 돈 키호테는 높이 치켜든 창으로 저 먼 곳을 겨누고 있는데, 절대선을 지향하는 자들에게 '안식이나 휴식은 없다' 하고 말하는 좌우명의 표상이라고 할 수 있지요. 작가가 평생 씨름했던 주제의 차이가 생존시 세르반테스를 압도했던 로페를 사후에는 세르반테스의 문명文名 뒤에 가려지게 만든 원인이라고 봐요."

"떠나기 전《돈 키호테》를 탐독했는데, 저는 그런 점은 전혀 느끼지 못했어요."

"아직 시작일 뿐이에요. 이제 일어납시다. 스페인 광장으로 이동할 거니까."

밖으로 나온 나는 수도원 벽에 부착된 세르반테스 기념표지판을 가리켰다. 로페의 초상이 그려진 거리표지판보다 훨씬 위엄 있고 당당해 보인다. 거의 모든 사람이 로페 때문이 아니라, 세르반테스 때문에 이곳을 찾는 것과 무관하지 않을 것이다. 시간의 반전이 무척 짓궂다.

우리는 걸어서 스페인 광장을 찾아가기로 했다. 추적추적 내리는 비가 거추장스럽긴 해도, 걸으면 낯선 거리를 눈여겨볼 수 있는 여유가 있다.

얼마쯤 걷다보니, 행인들이 붐비는 로터리 건널목 바로 앞에 눈에 띄는 상점이 보였다. 정확히 말하자면 발길을 멈추게 한 것은 그 상점의 쇼윈도 안에 재현해놓은 기사서품식 장면이었다.

소설 《돈 키호테》에서는 키하다 또는 케사다라는 이름의 어리숙한 시골귀족이 가진 재산으로 호의호식하며 허랑한 세월을 보내다, 취미로 읽던 "기사소설의 재미에 푹 빠져 정신이 살짝 돌아버린 나머지, 지금까지의 생활을 접고 편력기사가 되어 세상을 두루 돌아다니며 불의에 맞서 싸우기로 결심했다"고 그 이유를 설정해놓고 있다. 스토리 전개상 만들어진 작가의 재치 있는 상상력처럼 보이지만, 그 이면의 메시지는 생의 방향을 돌려놓는 '각성覺省'이다.

그리하여 "오래전 증조부님들이 썼던 낡은 무기들을 꺼내 녹과 곰

상점의 진열장에 재현해놓은 기사서품식.

괭이를 제거하고, 망가진 투구에 얼굴가리개를 만들어 붙이고……"
하는 식으로 그는 자신을 기사로 변모시켜줄 채비를 하나하나 해나
가는데, 그 정식기사의 제복과 서품식이 상점의 쇼윈도 안에 완벽하
게 재현되어 있었다.

하지만 21세기 자본주의 상혼이 판치는 마드리드 도심 한가운데
에서, 그 의식은 마네킹의 몫이어서가 아니라, 한낱 지나간 역사
속의 편린일 뿐이었다. 사라진 것은 기사와 제복 그리고 의식儀式이
아니라, 그 정신이었다. 좀 더 좋은 앵글과 거리감을 확보하기 위
해 사람들이 오가는 건널목 한복판에 서서 사진을 찍다보니, 신호
등이 바뀌고 차들이 빵빵거렸다. 살아남은 것은 세상의 가치를 맹
목적으로 좇고 있는 산초의 후예, 그 왕성한 생존본능이다. 나는
이 압도적 삶의 위세 속에서 작가가 돈 키호테를 내세워서 추구한
기사도를 내 삶의 행동지침으로 삼고, 갑옷을 입히고 전사로 바꾸
어, 절대선을 향해 끊임없이 도전하고 싶은 것이다.

스페인 광장은 생각만큼 크지 않았다. 거기다 노점상들이 천막
가게를 펼쳐놓고 있어 성역을 찾아가듯 찾아온 나는 조금 당황스
러웠다. Y의 관심은 댓바람에 천막가게 쪽으로 이끌려갔다. 그녀
를 부를까 하다 그만두고 나는 혼자서, 자신이 창조한 두 인물을
발아래 두고 단 위에 높직이 앉아 있는 세르반테스의 석좌상 주위
를 천천히 둘러보았다.

1. 높이 쳐든 오른손

마드리드 스페인 광장 근처의 상점. 고전 의상을 입은 실물 크기의 인형들이 이색적이다. 왼쪽 끝이 마리아나 왕비.

건물의 발코니에 선 왕가의 인물들은 과거의 영화를 되씹고,
출근 시간에 쫓기는 도시민들은 바쁜 발걸음을 재촉하고 있다.

1. 높이 쳐든 오른손

그대의 눈앞에 있는 남자는 옆모습이 날카롭다. 머리카락은 진한 밤색이고 이마는 부드러우면서도 넓다. 눈빛을 보면 낙천적이고 코는 매부리코이지만 크기는 적당하다. 은빛 수염은 20년 전만 하더라도 금빛이었다. 콧수염은 덥수룩하고 입은 작다. 치아는 크다고도 작다고도 할 수 없지만 겨우 여섯 개밖에 없고 그나마도 잘 돌보지 않아서 들쭉날쭉하고 틈새가 벌어졌다. 키는 크지도 않고 작지도 않은 것이 양극단의 사이다. 얼굴에는 생기가 감돌지만 낯빛은 가무잡잡하다기보다 파리한 쪽에 가깝다. 등은 조금 굽었고 동작이 아주 날쌔지는 않다. 이 남자가, 다시 한 번 말하지만, 《라 갈라테아》와 《라 만차의 돈 키호테》를 쓴 사람이다.

생전에 남긴 초상화가 없는 상태에서, 작가 자신이 글로 남긴 이 '자화상'은 후대 사람들에게 유일한 참고 자료가 되었을 것이다. 위의 글을 떠올리며 석상을 살펴보면, 작가가 냉정하고 솔직하게 나이든 자신의 모습을 묘사한 부분들이 거의 반영되어 있지 않다. '겨우 여섯 개밖에 남지 않은, 틈새가 들쭉날쭉한 이' '중간 정도의 키' '파리한 낯빛' '굽은 등'이 어떻게든 반영되어 있다면, 작가 좌상은 전혀 다른 이미지가 되었을 것이다. 조각가는 스페인이 낳은 불멸의 세계적 작가는 이런 이미지여야 한다, 하는 자기 판단에 더 충실했던 것 같다.

작가의 불멸성은 그가 창조한 작품에 의해 등가가 결정된다.

《돈 키호테》처럼 작품 자체의 불멸성이 너무 강력해서 작가가 오히려 역사의 휘장 뒤에 가려져 있는 경우도 있지만.

바로 지금 이곳에서도 그 같은 현상을 엿볼 수 있다. 비가 오고 있지만 우산을 든 사람들이 심심치 않게 돈 키호테와 산초의 동상 앞에서 사진을 찍고 있다. 그들은 뒤에 있는 작가의 조각상에는 관심이 아예 없다. 이 세상에 존재했던 인물보다 실제로는 존재한 일이 없는 작중인물들이 훨씬 친근하게 느껴지는 것이다. 시간이 흐른 지금, 실재했던 작가는 허구처럼 느껴지는 데 반해, 작품 속 주인공들은 독자의 자기동질화를 통해 거듭 태어나

이것이 스페인을 대표하는 엽서 사진이다.

고 있다. 그것은 지금도 진행 중이며 앞으로도 진행형으로 남을 것이다. 불멸이란 과거의 현재성이다. 또는 초시간적 속성이다. 속성은 언제든 그 본질적 의미로부터 사실의 옷으로 갈아입을 수 있다.

그런 점에서, 스페인 광장에 있는 '돈 키호테'와 '산초'를 속성으로 살펴보자.

"저는 고향을 떠났습니다. 토지도 저당잡혔습니다. 안락을 버리고 자신을 운명의 팔에 맡기어 운명이 이끄는 대로 갈 뿐입니다. 저는 지금 사라진 편력기사도를 다시 부흥시키려고 노력하고 있으며, 오랫동안 여기서 넘

자신이 창조한 두 인물을 발아래 두고, 불멸의 작품을 창처럼 꽉 잡은 채 여전히 전의에 불타고 있는 세르반테스.

그들은 책 속에서 막 뛰어나온 것 같다.

어지고 저기서 쓰러지며, 이곳에서 떨어졌다가 저곳에서 다시 일어나며, 과부를 구원하고 처녀를 보호하고, 유부녀와 고아를 도와줍니다." 돈 키호테

"저는 평화를 좋아하고 온순하며 얌전한 사람입니다. 저는 처자식을 먹여 살려야 하기 때문에 어떠한 모욕이라도 모른 체하고 넘어갈 수 있습니다. 제 입장에서는 주인님께 명령할 수 없으니 그저 말씀드리건대, 저는 평민이건 기사이건 그들에게 대항하여 칼을 뽑지 않을 것입니다. 그리고 지금부터 죽는 날까지 상대가 상류계급이든 하류계급이든, 부자든 가난한 자든, 귀족이든 평민이든, 신분과 지위에 상관없이 저에게 어떤 모욕을 주더라도 용서해줄 것입니다." 산초

이러한 속성에 육체의 옷을 입힌 것은 귀스타브 도레와 오노레 도미에다. 천재화가 도레의 붓끝에서 섬세한 육체의 옷을 입은 기사 '돈 키호테'와 하인 '산초'는 책이 주는 재미와 감동을 눈으로도 확인할 수 있는 형상으로 태어나 독자들의 뇌리에 깊이 아로새겨졌다. 스페인을 찾는 여행객들은 이 두 사람이 그림, 조각, 자수, 조형물 등으로 끊임없이 재생산되어 길, 벽, 상점 쇼윈도, 표지판을 장식하고, 거리 이름이나 상점 이름으로 되살아나 있는 것을 보게 되는데, 돈 키호테와 산초라는 인물을 실제로 이 시대에 살아가고 있는 현존인물로 착각할 정도이다.

나는 Y가 가까이 오기를 기다리는 동안 동상 앞에서 사진 찍는 사람들을 몇 발짝 떨어진 거리에서 지켜보았다.

남자든 여자든 사람들은 돈 키호테가 아니라 산초 옆에서만 포즈를 취했다. 옷차림도 외모도 다 제각각이지만, 사람됨의 분위기는 모두 산초와 흡사했다.

그들이 산초 가까이 선 것만으로도, 돈 키호테의 특징은 한층 더 두드러진다. 산초는 당나귀 등 위에 먹을 것과 술자루를 늘어뜨리고, 기사가 결투에서 얻은 안장을 타고 제집인 양 편히 앉아 있는 데 비해, 돈 키호테는 한시도 편한 것을 거부하는 듯 간편한 마구 위에서 등을 꼿꼿이 세우고 당장이라도 결투태세에 돌입하려는 듯 발을 등자에 꽉 끼우고 벌떡 일어나 있다. 왼손에 꽉 잡고 있는 긴 창은 하늘에 맹세를 바치는 것 같고, 오른손은 자신의 시선이 매섭게 바라보는 방향을 향해 쭉 뻗어 있다.

노점상을 둘러보고 내 곁으로 돌아온 Y에게 카메라를 건네며 사진을 찍어달라고 부탁했다. 기사의 발아래서 장난삼아 오른손을 쭉 뻗어보는 듯이 했지만, 나는 장난을 할 생각은 추호도 없었다. 사실은, 기사가 쭉 뻗은 팔이 가리키는 방향에 나는 나의 남은 생애를 피륙처럼 포개었다. 그것은 보이지 않는 제단 앞에서 나만이 치른 의식이었다.

"이제 그만 됐어요."

"그런가?"

나는 뭔가 들킨 듯 쑥스러워 하면서 손을 내렸다.

"저도 한 장 찍어주세요."

Y는 우산을 받쳐든 채로 산초의 당나귀 꽁무니에 매달려있는
음식 주머니에 턱 기대어 섰다.

RUTA DE DON
QUIJOTE

그때 그 작가는 첫 새벽에 출정하는 내 모습을 이야기하는 대목에서 이렇게 적겠지. 황금빛 태양신 아폴로가 이 넓고 광활한 땅의 표면에 그의 아름다운 황금 머리털, 황금 갈기를 펼치고 누워 있을 즈음 유명한 기사 라 만차의 돈 키호테가 한가한 펜 놀음을 팽개치고 그 유명한 말 로신안테의 등 위에 올라 그의 발에 익은 몬티엘의 옛 평원으로 서서히 나아가기 시작했다.

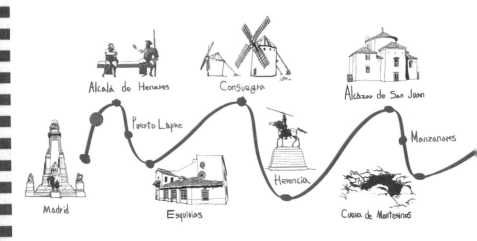

2

길 위의
대화

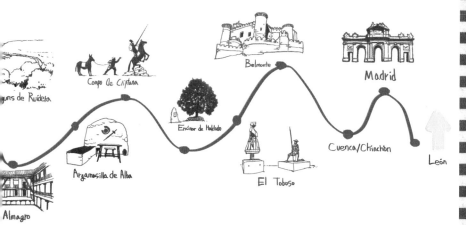

guns de Ruidera Campo de Criptana Encinar de Holtudo Belmonte Madrid

Almagro Argamasilla de Alba El Toboso Cuenca/Chinchón León

길 위의 대화

La ruta de Don Quijote

 프라도 미술관 앞은 한산했다. '아뿔사!' 월요일이었던 것이다. 프라도 미술관으로 간 것은 관람을 위해서가 아니었다. 지금부터 여정을 안내하고 차량을 운전해줄 마드리드 대학 출신 문학박사 J 를 미술관 앞에서 만나기로 했기 때문이다. J와의 약속시간까지 시간이 있어, 그사이 프라도 미술관 관람을 하자는 Y의 요청을 따르기로 했던 것이다.

 우리는 미술관 이층으로 올라갔다. 비를 피할 수 있고, J가 오는 것도 한눈에 살필 수 있기 때문이다. 미술관 외벽에는 르누아르 특별전 현수막이 바람에 일렁이고 있었다. 평소 같으면 관람객이 긴 줄로 이곳까지 늘어서 있을 법했다.

 Y는 가방에서 여분의 스웨터를 꺼내어 차디찬 바닥에 깔고 그

런대로 편한 자세로 건너편의 고야 동상을 무연히 바라보았다. 비에 흠뻑 젖은 미술관 앞 너른 광장에 노란 색종이를 뿌려놓은 듯 낙엽이 흩어져 있었고, 젊은 남녀가 동상 옆 버드나무 아래 서서 미술관 쪽을 바라보고 있었다. 비를 그대로 맞으면서도 어찌나 유유자적한지 혹시 비가 그친 건가 하는 생각까지 들었다.

"스페인 사람들은 비가 와도 우산을 받치지 않는 사람이 많은데 이유가 뭘까요?"

"그건, 이성적인 이유가 있어서가 아니라 기질이겠지요. '비 좀 맞으면 어때.' 이런 거 아니겠어요?"

갑자기 Y가 웃음을 터뜨렸다.

"사라고사 터미널에서 시내로 들어갈 때 생각나세요? 시내에 있는 깨끗한 오스탈에 데려가달라고 해도 주소를 자꾸 달라는데, 우리가 주소가 없다고 하니 도로 내리라고 해서 '센트로' 하자, 할 수 없이 차를 운전해서 갔잖아요. 고속도로 위를 달리면서 옆에 가는 택시 운전사에게 영어 할 줄 아냐고, 여기 손님과 얘기를 좀 해보라고 했잖아요. 그래서 우리가 차창을 내리고 그 택시기사에게 시내에 있는 깨끗한 오스탈이면 어디든지 좋으니 그곳으로 우리를 데려가달라는 말을 해달라고 했는데, 그 기사는 더욱 당황스러운 표정을 지으며 휭 하니 속도를 높여 사라졌잖아요. 어디든지 좋다는 말이 스페인에서는 왜 그리 이해가 안 되는지."

"나는 담배가게 아저씨가 소개해준 오스탈의 주인아저씨가 더 재미있었어요. 방이 있느냐고 물어보는데, 자꾸 엄지손가락과 집게손가락으로 자기 오른쪽 눈꺼풀을 뗐다 붙였다 하는 시늉을 해서 왜 그러나 했더니, 그게 방을 보겠느냐는 뜻이었잖아요."

우리는 허리를 잡고 한참 동안 깔깔거렸다.

"그건 그렇고, 정미 씨는 고야 하면 생각나는 그림이 뭐예요?"

"글쎄요, 〈옷 벗은 마하〉?"

"아깝다. 그 그림 원화를 여기서 볼 수 있는데."

"그 그림이 왜 그렇게 유명해요?"

"글쎄요, 그림에 얽힌 이야기 때문이 아닐까요? 〈옷 벗은 마하〉는 고야를 종교재판에 회부시킨 작품인데, 이때 당시 스페인에서는 누드화 그리는 것이 금지되어 있었어요. 왕조차도 선대로부터 물려받은 소장품 중에 누드화가 있으면 없애버릴 정도로 시대의 분위기가 근엄했지요. 그런데 이 그림을 주문한 사람은 마누엘 고도이라고, 군의 총사령관이자 수상 지위에 있었던 실세 권력자였어요. 그는 왕비 마리아 루이사의 연인이었죠. 1808년 그가 실각하고 망명한 뒤, 소장품을 국가가 몰수했는데, 그중에 그 그림이 있었어요. '집시'라는 제목이 종교재판소에서 '마하'로 바뀌었다고 해요. 마하는 그 시대에 야한 옷차림에 파격적인 행동거지로 스캔들을 불러일으킨 여성들을 일컫는 말이었는데, 실제 모델은 고도이의 정부 페피타였다고 해요."

"얘기를 듣고 보니, 그 그림을 더 보고 싶네요."

위   〈옷 입은 마하〉. 캔버스에 유채, 프란시스코 고야, 1800~1803
아래 〈옷 벗은 마하〉. 캔버스에 유채, 프란시스코 고야, 1800~1803

"작년에 살라망카에 있었을 때 혼자 마드리드로 와서 프라도와 소피아 미술관을 오가며 하루를 보낸 일이 있어요. 프라도에서 상설전시실을 천천히 둘러보고 있는데, 어디선가 한국말이 들려왔어요. 반가워서 소리나는 쪽으로 가보니 〈옷 벗은 마하〉 앞에 한국인 관광단 이십여 명이 빙 둘러서 있었고, 다른 외국인들도 그 그림 앞에 유난히 많이 모여 있었어요. 가이드의 설명을 들어보려고 사람들이 몰려 있지 않은 곳에 서다보니 그림이 걸려 있는 쪽이었어요. 내가 선 자리에서는 그림이 측면으로 보이고, 관객이 오히려 정면으로 보이는 위치였어요. 뜻하지 않게 관객들을 바라보다보니, 그들의 시선이 거의 한군데로 집중하고 있어, 그 시선을 따라 고개를 돌려보니 그 끝에 그림 속 여인의 음부가 있었어요. 그들 각자는 자기의 시선이 그곳에 꽂혀 있는 것을 남들은 모를 것이라 생각하는 듯 했어요. 그런데 또 하나 놀라운 것은, 내가 관객을 바라보고 있는 위치가 그림 속 여인의 시선과 비슷한 위치에 있어, 결국은 그림 속 여인이 살아 있다면 지금 내가 보고 있듯이 자기의 음부에 시선을 박고 있는 관객을 쏘아보고 있는 것이 되더군요. 거기다 그 장면이 실제로 정사 직전의 포즈라고 본다면, 실한 오라기 걸치지 않고, 그나마 양팔까지 머리 뒤로 활짝 벌린 그 여성은 음욕에 불타는 남성을 자기 안으로 빨아들이면서, 동시에 그 미친 듯한 애욕을 냉철하게 바라보고 있다는 거지요. 그때 나는 예전에 남편과 잠자리를 같이 하게 될 때, 끝까지 그 정사에 몰입하기를 거부하는 듯한, 깨어서 낱낱이 보고 있는 듯한 또 하나의 시선이 내 안에 있었던 것이 생각났어요. 그런 점에서 고야의 '마하'는 인간 심성의 이중성을 정말 날카롭게 그림에 담아내고 있었던 거지요."

Y는 얼굴을 무릎에 박고 킥킥거리며 웃었다.

"왜 그래요?"

"아무것도 아니에요."

"그러면 통과하고, '마하' 앞을 떠나 다니다보니 벨라스케스 방에 도착하게 됐어요. 〈실 잣는 여인들〉 〈시녀들〉 〈마리아나 왕비〉 등을 둘러보고나서 〈십자가상의 그리스도〉 앞에 이르렀어요. '살라망카에 있는 우나무노 침실에서 봤던 그림이 이거였구나' 하고 지켜보고 있는데, 갑자기 '아하' 하는 탄식이 내 입에서 터져나오더군요. 그 그림의 배경은 온통 먹칠을 한 듯 새카맸는데, 문득 그리스도를 알지 못했을 때 내 삶은 저처럼 캄캄한 어둠이었겠구나, 싶더라구요. 그 캄캄함은 너무나 오래고 깊어 인류 전체 역사와 맞먹는 두께여서, 그야말로 한번도 빛이 들지 않은 지구의 막장 같았어요. 그리고 좀 전에 저마다 남모르게 '마하'의 음부를 음흉한 눈으로 바라보고 있던 사람들을 봤을 때 느껴졌던, 벗어날 길 없는 비애와 절망감이 겹쳐지더군요. 사실 나는 크리스천이 된 지 이십 년에 가깝지만, 크리스천들이 통상적으로 자신을 죄인이라고 하는 느낌을 잘 이해하지 못했어요. 그런데 그 캄캄함이 나의

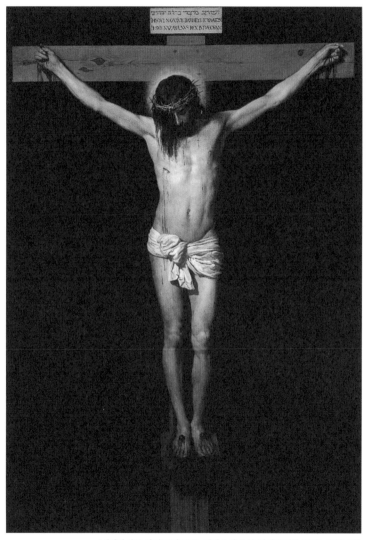

〈십자가에 못 박힌 그리스도〉, 캔버스에 유채, 디에고 벨라스케스, 1632년 경

것으로 그토록 통렬하게 환치된 것은 그때가 처음이었고, 그 캄캄함의 벗어날 길 없는 휘장을 위에서부터 아래로, 좌에서부터 우로, 예수님이 피를 철철 흘리는 고통을 치르며 찢으셨고(!), 빛을 가져오신 것이 십자가라는 것을 그때만큼 절절하게 느낀 적이 없었어요. 왠지 모르게 눈물이 나더군요. 창피한 줄도 모르고 눈물을 닦으며 한없이 그 앞에 서 있었어요."

그때 문득 당대 최고의 독일 화가 스타인버그의 일화가 떠올랐다. 스타인버그는 주문을 받고 많은 성화를 그려왔다. 어느 날 길에서 우연히 만난 집시소녀의 자태에 매료되어, 소녀에게 후한 모델료를 주기로 하고, 자신의 아틀리에에서 작업을 시작했다. 소녀는 화가가 작업을 하는 동안 부동의 자세를 취한 채 눈으로는 화실에 세워져 있는 그림들을 감상했다. 하지만 소녀로선 도무지 이해할 수 없는 내용이었다.

그래서 소녀는 간간히 화가의 침묵을 깨고 질문을 했다. "저분은 누구인데 저 무거운 십자가를 메고 어디로 가는 거죠?" 또는 "저분은 무슨 죄를 지어 사람들이 저렇게 무자비하게 채찍으로 때리는 거예요? 온몸이 상처투성이인데 얼마나 아플까요?" "내 몸에 저렇게 큰 못을 박는다면 나는 기절할 것 같아요."

소녀의 무지하고 철없는 질문에 답을 해주는 동안, 화가는 그 설명에 스스로 빠져들며 지금까지 자신이 그려온 그림 속 정황을 마음으로 하나하나 다시 이해하기 시작했다.

그러자 그의 붓질에서 그리스도의 수난과 고통이 생생하게 묻어나기 시작했다. 집시소녀의 얼굴이 점점 그리스도를 닮아가기 시작했다. 그림이 완성되었을 때, 화폭에 그려진 얼굴은 앳된 소녀였지만, 소녀의 초상 저 너머로 살아 꿈틀거리는 붓질에는 그리스도의 고통이 배어 있었다.

화가는 깊은 고민에 빠졌다. 자신이 지금까지 그린 성화들이 모두 가짜로 느껴져 이전의 방법으로는 그림을 그리고 싶지 않았다. 그는 더 이상 주문을 받지 않았다. 한동안 침묵을 지키던 그가 다시 붓을 들었다. 누구도 보지 못하게 하고, 캔버스 앞에 설 때면 기도하는 마음으로 붓을 들었다. 그의 마음속으로 관통하는 그리스도 예수의 고통과 견딤이 캔버스 위에서 물감으로 붓으로 전이되었다. 그렇게, 예수 십자가의 고난이 다시 그려지면서 그의 신앙에 새로운 전기가 잉태되었다. 모델인 소녀를 그리스도 마음으로 바라보게 되었다. 저 천진한 소녀도 인생의 미망을 깨치기까지 세상살이에서 얼마나 많이 망가지며 부서지며 상처 입을 것인가. 마음이 떨렸다. 하지만 아이의 부모 같은 마음이기에, 진실을 말해줄 수밖에 없다. 하나님이 왜 인간에게 그토록 가차 없이 무자비하게 혹독한 시련을 주시는지, 아름다운 소녀라도 비켜갈 수 없으며, 비명이 나오도록 고통스럽게 여린 숨을 몰아가서 '나'를 내려놓도록 하시고야 마는 그 가혹한 과정이, 하나님의 극진하고도 엄정한 사랑이며 구속救贖의 비밀이라는 사실을.

그리하여 화가(스타인버그)는 여전히 밀려드는 주문을 물리치고, 그리스도의 고통과 하나 된 그 마음자리에서 십자가에 매달려 숨을 거두신 그리스도의 초상을 다시 그리기 시작했다.

다 그린 그 그림을 미술관에 기증하고 관람객들을 멀찍이서 지켜보고 있던 어느 날, 몇 시간이고 꼼짝 않고 그림을 지켜보는 한 신사를 만나게 되었다. 문 닫을 시간이 되어 그만 혼자 그림 앞에 서 있는가 했을 때 신사는 갑자기 푹 주저앉아 대성통곡하기 시작했다. 그 신사의 이름은 진젠돌프. 그리고 그는 훗날 모라비언교의 창시자가 되었다는 얘기.

가슴이 먹먹해서 나는 시선을 먼 곳으로 옮겼다. Y는 슬그머니 고개를 돌렸다. 그녀도 크리스천이지만, 감응은 가슴의 일이라, 가슴에 감응이 없으면 얼마든지 민망할 수 있는 일이었다.

"계시를 받으신 거네요."

Y가 목소리를 가다듬고 말했다.

"그게 계시라면, 계시는 머리가 아니라, 가슴으로 오는 거라고 할 수 있어요."

"잠깐, 누가 선생님을 부르는 것 같은데요?"

건너편 고야 동상 뒤쪽에서 J의 모습이 오락가락하고 있었다.

"여기요!"

나는 자리를 털고 일어나며 소리쳤다.

J가 가지고 나온 자동차는 BMW였다. J는 오기 전에 우리가 묵

었던 오스탈에 들러서 큰 가방 두 개와 작은 가방 두 개를 트렁크에 싣고 오기로 되어 있었다.

"두 분의 짐이 생각보다 많더군요."

"그나저나, 우리의 로신안떼는 부자들이나 타고 다니는 삐까번쩍한 말이군요."

운전석 옆자리에 앉아 안전벨트를 하면서 내가 말했다.

"선생님은 로시난테를 왜 로신안떼라고 발음하세요?"

뒷자리에서 Y의 말이 넘어왔다.

"민용태 교수님이 번역하신 《돈 키호테》에 그렇게 번역되어 있어요. 잠깐 기다리세요."

나는 무릎 위의 배낭에서 책을 꺼냈다. 그리고 그 부분을 찾아 읽어주었다.

로신안떼, 그 의미는 지금 기사의 말이 되기 전에는 '로신', 즉 '농삿말'이었다는 신분이 드러나고, '안떼(앞의)', 즉 '이전'의 일이면서 동시에 지금은 세상의 모든 농사짓는 말 중에서 가장 '먼저' 즉 최고의 말이라는 뜻이었다.

"이상하다, 내가 본 책에는 그런 부분이 없었는데……."

"그 선생님이 하셨다면 스페인어 원본을 번역하셨을 거예요."

J가 거들었다. 그리고 목소리에 익살을 담아서, "자아, 그럼 우

리의 로신안떼를 타고 '루타 데 돈 키호테La Ruta de Don Quijote, 돈 키호테의 길'로 떠나볼까요?'라고 말했다. Y와 나는 동시에 박수를 짝짝짝 쳤다. 기세 좋게 출발은 했으나 프라도 미술관을 벗어나자마자 로터리에서부터 정체가 시작되었다.

"기왕 책을 펼쳤으니, 돈 키호테가 드디어 출정을 감행한 장면을 한번 볼까요?"

말이 이끄는 대로 길을 가면서 그는 이렇게 혼자 중얼거렸다. (목소리 톤을 낮추어) 앞으로 다가오는 미래에, 어느 현명한 작가가 내 이야기를 적어 유명한 내 행적이 진정으로 세상에 밝혀지리라는 것을 누가 의심하랴? 그때 그 작가는 첫 새벽에 출정하는 내 모습을 이야기하는 대목에서 이렇게 적겠지. 황금빛 태양신 아폴로가 이 넓고 광활한 땅의 표면에 그의 아름다운 황금 머리털, 황금 갈기를 펼치고 누워 있을 즈음 유명한 기사 라 만차의 돈 키호테가 한가한 펜 놀음을 팽개치고 그 유명한 말 로신안떼의 등 위에 올라 그의 발에 익은 몬티엘의 옛 평원으로 서서히 나아가기 시작했다.

"우와, 선생님 연극하셨어요? 갑자기 우리가 무슨 넓은 평원에 있는 듯한 기분이에요."

"나는 그저 쪼금 돈 키호테 흉내를 내본 것뿐이구, 정말은 이 작품을 이해하는데 가장 중요한 키워드를 나는 '연극성'이라고 생각

마드리드에서 알칼라 가는 길.

해요. 물려받은 유산 덕에 하인을 부리며 아쉬운 것 없이 살아가던 시골귀족이, 기사소설에 푹 빠져 의인이 되기로 결심하고 '녹슬고 청태가 가득 낀 칼과 창, 투구를 꺼내어 닦은 뒤', 기사복장을 하고 말에 올라 세상으로 나간다고 해서 그의 변신이 성공적으로 이루어지는 것은 아니지요. 작가는 그의 내적 동기를 '미침' '광기'와 연결 짓고 있어, 그 때문에 이 작품이 희화화되는 경향이 있는데, 그 미침은 정신병리학적 광기가 아니라 '의지적 열정'이었어요. 이 세상에서 불의를 없애고 정의를 바로 세우겠다는 의지가 그로 하여금 기사보다 더 기사도 정신에 투철한 '기사'로 만들었던 거지요. 돈 키호테는 기사인 척 연기하는 것이 아니라, 마음 밑바닥까지 이미 기사인 사람이에요. 그는 자기 자신을 의義의 병기로 바치겠다는 각오였지요. 우리가 흔히 접하는 '연극'과 돈 키호테의 연극성이 전혀 다른 이유는, 연극은 배우가 자기 아닌 어떤 캐릭터를 그럴 듯하게 연기하는 것이고, 돈 키호테는 그럴 듯하게 연기하는 것이 아니라 속속들이 기사인 자기 자신을 그대로 나타내보여주는 데 있지요. 그의 자기 확신이 너무 크기 때문에 다른 사람들이 그를 대할 때 오히려 연극을 해야 되는 거지요. 타인으로 하여금 연극을 하도록 만드는 것이 돈 키호테의 연극성이라고 할까요?"

"내 기억에 앞부분이었던 거 같은데, 객줏집을 성주가 사는 커다란 성곽이라 생각하는 장면이 있잖아요?"

운전을 하던 문학박사가 본격적으로 실력 발휘를 할 태세로 끼어들었다.

"찾아볼게요. 여기 있네."

(목소리를 가다듬고) 그 성곽은 첨탑이 네 개 있고, 위쪽 성가퀴는 은빛으로 번쩍였으며, 거기에다 깊은 해자와 해자 위로 여닫는 다리가 놓인 커다란 성이었다. 그는 성처럼 보이는 그 객줏집에 다다라 그 집에서 조금 떨어진 곳에서 로신안떼를 멈춰세우고는 난쟁이가 망루로 나와 나팔을 불어 기사가 성에 도착했음을 알리는 무슨 신호가 있기를 기다렸다. 그러나 그 의식은 늦어지고, 로신안떼는 빨리 마구간으로 가려고 안달이어서 그는 그대로 객줏집 문 앞까지 다가갔다. 거기서 우두커니 서 있는 두 젊은 여자를 보았는데, 그 여자들은 우리가 흔히 말하는 창녀 비슷한 직업여성들이었다. 그녀들은 말을 몰고 다니는 짐꾼들과 함께 세비야로 가는 여자들이었는데, 그의 눈에는 그녀들이 성문 앞에서 한가하게 놀이를 즐기고 있는 아름다운 양갓집 규수나 매력적인 귀부인으로 보였다. 그 여자들은 한 남자가 창과 방패를 지니고 투구로 이상하게 무장한 채 접근하자 잔뜩 겁에 질려 급히 객줏집 안으로 들어가려 했다. '부인들께서는 자리를 피하시지 않아도 됩니다. 혹시 무례한 일이 있을까 절대 두려워하지 마십시오. 본인으로 말하면 기사도를 지키는 자로서 무례한 짓은 하지도 않고, 할 생각도 없는 사람이니까요. 더군다나 부인들의 용태를 보아하니 지체 높은 집안의 규수들 같으신데 감히 어찌 그런 일이 있겠습니까.'

"(다시 목소리를 바꾸어) 이것은 기사 돈 키호테가 그 여성들을 놀리기 위해 연극을 한 것이 아니고, 본 대로 느낀 대로 말한 거예요. 반면에, 객줏집 주인과 이 여자들이 돈 키호테를 상대로 어떻게 연극을 하는지 봅시다."

　"선생님, 잠깐 창밖 좀 내다보세요."

　Y가 목소리를 높였다. 차는 그사이 교외로 빠져나와 있었고, 도로가에 세워둔 설치물이 시야에 들어왔다. 철판으로 만든 돈 키호테와 산초였다. 설치물은 눈 깜짝할 사이에 시야에서 사라져버렸다.

　"알칼라 데 에나레스Alcalá de Henares가 여기서 얼마나 멀어요?"

　"멀지 않아요. 서울에서 용인쯤? 막히지 않으면 삼십 분 안으로 도착할 거예요."

　"그런데 우리가 왜 알칼라로 가요?"

　Y의 뒤늦은 질문이었다.

　"박사님이 좀 설명해주시지요?"

　나는 그 대답을 J에게 돌렸으나, J는 나에게로 되돌렸다.

　"거기에 세르반테스 기념관이 있어요. 이탈리아 사람 라파엘로 부조니가 쓴 《슬픈 얼굴의 기사 세르반테스 이야기》를 보면, 오랜 세월 동안 스페인 여러 도시가 서로 자기 고장에서 세르반테스가 태어났다고 경쟁적으로 주장해왔는데, 18세기 들어와서 출생지를 밝혀주는 교적부가 발견되었대요. 그게 에나레스 지역이었대요. 그 교적부에 1547년 10월 7일 돈 로드리고 데 세르반테스 이 사베

드라Don Rodrigo de Cervantes y Saavedra라는 귀족과 그의 아내 레오노
라 사이에 태어난 넷째 아들을 영세했으며, 세례명은 미겔이라고
적혀 있었다고 해요. 또 그 책에 따르면 세르반테스의 아버지가
이 도시에서 정식 병원을 개업할 돈이 없어 가난한 환자들을 대상
으로 왕진을 주로 해 가족을 부양했다고 해요. 그러다가 세르반테
스가 일곱 살이 되었을 즈음 가재도구를 모두 팔아 빚을 갚고, 마
차 하나에 가족들을 태우고 유랑생활을 떠났다지요. 부조니는 그

알칼라 대학의 옛 모습.

의 아버지가 알칼라를 떠나기로 결심한 것은 신분은 귀족인데 실
제로 사는 형편이 그렇지 못한 데서 오는 이중적 생활을 더 이상
견디기 어려웠기 때문이라고 썼어요. 세르반테스가 나중에 돈 키
호테로 하여금 집을 떠나 편력기사가 되게 한 것은 자신의 어린
시절 체험에서 유래했을 거라고 해요."

"부조니? 처음 듣는 이름인데……."

J가 내 설명에 토를 달았다.

"아버지가 이탈리아 음악계 거장인 페루치오 부조니래요. 부조니는 미술을 전공하고 디자이너, 일러스트 일을 하다가 1930년 2차 대전 때 미국으로 건너갔어요. 평생의 꿈이었던 세르반테스 연구에 몰두한 결과 《슬픈 얼굴의 기사 세르반테스 이야기》를 썼다고 해요."

"가보시면 알겠지만, 알칼라는 아주 유서 깊은 도시예요. 스페인의 황금세기인 16~17세기에 수도원과 성당 같은 건축물들이 많이 지어졌는데, 콜럼버스와 가톨릭 양왕의 면담이 그곳에서 이뤄졌고, 1499년 '알칼라 데 에나레스 대학'이 세워지면서 스페인 인문주의의 중요한 거점이 되었어요. 세르반테스의 인문주의적 취향은 그곳에서 한 시절을 보낸 것과 무관하지 않을 거예요. 시간이 되면 가보려고 하는 콜레히오 마요르 데 산 일데폰소는 르네상스식 건축물인데, 그곳 예배당에는 성직자와 왕족, 귀족들이 자주 와서 머물렀다고 하지요. 알칼라 대학에서는 해마다 세르반테스 문학상이 수여되고 있는데, 세르반테스 문학상은 단일 문학상으로는 유럽에서 가장 권위가 높은 상이에요."

"알칼라, 15킬로."

Y의 음성에 반가움이 서려 있었다. 나는 빗방울이 맺혀 있는 차창에 얼굴을 바짝 대고 밖을 살폈다.

"자, 십 분이면 도착합니다."

RUTA DE DON
QUIJOTE

여러분이 수학과 논리학을 연구하고 있다면 여러분은 출입구를 찾느라고 왕궁 주위를 배회하는 부류에 속합니다. 이런 경우를 비유하여 우리 현인들은 '벤촐라는 아직 밖에 있다'라는 표현을 사용합니다. 그리고 여러분이 자연과학 공부를 끝내고 형이상학을 통달했을 때에는 여러분은 왕궁 내부로 들어가 왕궁 안에 왕과 함께 있습니다. 그렇게 되면 여러분은 완전으로 향하는 여러 단계를 뛰어넘은 현인의 경지에 이른 것입니다.

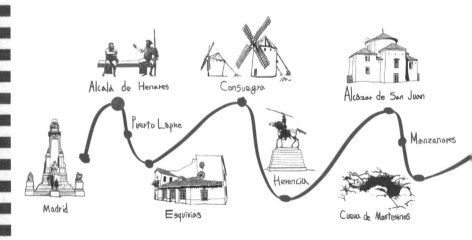

3

마이모니데스
카페

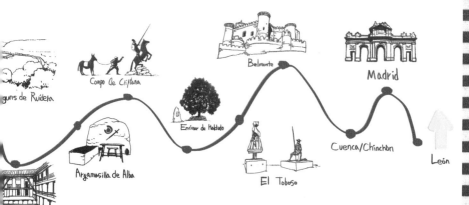

Laguns de Ruidera

Campo de Criptana

Argamasilla de Alba

Almagro

Encinar de Holdudo

Belmonte

El Toboso

Cuenca/Chinchon

Madrid

León

마이모니데스 카페
Alcalá

주차할 공간을 찾기가 쉽지 않았다. 고색창연한 건물들이 늘어선 좁은 골목을 빙빙 돌던 중, 차 한 대가 빠져나가는 것을 보고 우리는 동시에 소리를 질렀다.

"야, 운 좋다."

"먼저들 내리세요."

마드리드에서부터 빗속을 돌아다녔던 터여서 Y와 나는 비에 익숙해 있었다. 그런데 J는 우산 없이도 비를 별로 개의치 않았다. 붉은 트렌치코트를 입었다고는 하지만 머리에 아무것도 쓰지 않고 늠름하게 앞장서 걸어갔다.

뒤따라가는 나는 우비 모자에서 떨어지는 빗방울을 손으로 훔치며 주위를 두리번거렸다. 네모난 돌이 깔린 이 오래된 길과 이

알칼라의 오래된 거리. 길 끝에 세르반테스가 살았던 집이 있다.

집들 앞을 어린 세르반테스도 부모님 손을 잡고 지나다녔겠지, 하는 감상이 갑자기 나를 몇 세기 전으로 끌고 가는 듯했다. 옮겨가는 걸음이 자꾸 과거 속으로 빨려드는 듯, 정체 모를 현기증이 밀려왔다.

"빨리 오세요. 길 잃어버리면 안 돼요."

J가 길모퉁이에서 소리치고 있었다. 나는 이미 현재의 시간을 이탈해 있었다.

모퉁이를 돌아서자, 그야말로, 세르반테스 시대의 거리가 내 앞에 펼쳐진 듯 했다. 높이가 일정한 붉고 희고 뽀얀 색깔의 석조 건물들이 양쪽으로 곧게 늘어선 사이로, 그 끝이 까마득해 보이는 길을 달려가면 세르반테스의 집이 있을 것 같았다. 그것은 몽상이 아니라 사실이었다.

석조 기둥이 늘어선 길고 긴 회랑을 따라서 현대식으로 실내를 꾸민 카페테리아, 옷가게, 서점, 오락실, 레스토랑, 주방용품을 파는 상점들이 열 지어 있었다. 꼭 꿈속 세상을 걸어가고 있는 듯했다. 나에게 마법을 건 것은 오로지 세르반테스가 이 길을 지나다녔을 것이라는 추측, 그것이 불러일으키는 흥분이었다.

거의 길 끝에 다다랐을 즈음, '그들'이 벤치에 앉아 있었다. 청동으로 만든 실물 크기의 돈 키호테와 산초. 산초는 먹을 것이 든 유리단지를 왼쪽 겨드랑이에 꽉 끼고 오른손으로 뚜껑을 열려는 참이고, 그러한 산초를 향해 몸을 살짝 비튼 돈 키호테는 휴식 중

세르반테스 기념관 실내. 세르반테스가 살던 당시에 있던 우물.

임에도 맘부리노 투구를 벗지 않고, 왼손에 창을 꽉 잡은 채 오른손을 들어 무언가 열심히 역설하고 있다. 건성으로 듣는 척할 뿐 산초의 관심은 오로지 먹는 데만 쏠려 있다.

"아이구, 오늘이 월요일이어서 문을 닫았네요."

J가 자그마한 이층건물 앞의 철책을 붙잡고 허탈한 표정을 지었다. '뮤세오 세르반테스'라고 쓰인 작은 정사각형 표지판이 세워져 있는 뜰 안을 기웃거리며 선뜻 떠나지 못하는 것은 우리만이 아니었다.

"이 건물이 생가 터예요?"

Y가 우산으로 카메라를 보호하며 물었다.

"생가인지 살던 집인지 확실치 않은데, 불이 나서 다시 지었다고 해요. 그때 당시의 것이 남아 있는 것은 왼쪽에 보이는 저 아치 문과 안에 있는 우물뿐이래요."

그사이 나는, 벤치의 두 사람 사이에 끼어 앉아, 돈 키호테의 무릎 위에 손을 얹고 마치 그가 살아 있는 사람인 듯 중얼거렸다. '나는 전적으로 당신 편이에요.'

"선생님 그 포즈 참 재미있다. 잠깐 계세요."

Y가 재빨리 거리를 재며, 벤치에 앉아 있는 우리 세 사람을 카메라에 담았다.

"나중에 마드리드로 돌아가는 길에 다시 들르기로 하고, 우선 뭘 좀 먹어야 하지 않을까요?"

세르반테스 기념관 전경.

기념관 앞. 돈 키호테와 산초 사이에서.

우리는 회랑을 거슬러내려오면서 상점들을 기웃거렸다. 비 때문인지 시간 때문인지 상점에는 손님들이 거의 없었고, 카페와 레스토랑에만 간혹 손님들이 있었다.

"어마! 여기 마이모니데스 카페테리아가 있네."

놀라움에 내 목소리가 한껏 커졌다.

"선생님이 어떻게 마이모니데스를 아세요?"

문학박사를 내가 놀라게 했나 보다. 그녀의 눈이 커다래져서 걸음까지 멈추고 나를 바라보았다.

"그 얘긴 식사하면서 하기로 하고, 우리 여기로 들어가봅시다."

"여긴 비싸 보이는데, 나중에 차만 마시러 와요."

아쉬운 맘에 사진부터 한 장 찍어놓았다. 마이모니데스, 나는 입 속으로 연인의 이름을 읊조리듯 중얼거려보았다.

우리는 얼마쯤 더 내려가다 수수해 보이는 레스토랑으로 들어갔다. 스페인에서는 모든 레스토랑이 두 파트로 나뉘어 있다. 가볍게 차만 마실 사람들이 앉는 자리는 출입구에 가까이 있고, 정식으로 식사를 할 사람들은 안쪽으로 들어간다. 들어가보니 안쪽 테이블에는 식사 손님들이 제법 많았다. 열흘이 넘도록 말이 통하지 않아서 제대로 된 식사를 하지 못했으나, 이제부터는 그럴 필요가 없었다. J는 메뉴판을 들여다보며 일일이 Y와 나에게 전채, 수프, 메인 요리, 디저트, 와인 종류까지 설명을 해주면서 선택에 도움을 주었다.

웨이터가 우리 테이블로 가져온 병을 따서 세 개의 잔에 와인을 조금씩 따라주고 돌아갔다. Y가 병에 붙은 라벨을 살펴보더니 사진을 찍었다.

"자, 주께서 우리의 여정에 함께 하시기를."

잔을 부딪치며 내가 말했다.

"진짜 놀랐어요. 여기서도 마이모니데스를 모르는 사람이 허다

세계로 열린창 12

유네스코 꾸리에

96 호

AVERROES 아베로에스

12세기 정신의 두 기둥

MAIMONIDES 마이모니데스

한데, 어떻게……."

"예전에 무슨 사무실에 갔는데, 비치된 잡지가 눈길을 끌었어요. 유네스코에서 발간하는 《세계의 창》이라는 잡지였어요. 1986년 12월호였는데, '12세기 정신의 두 기둥'이라는 제목으로 위쪽엔 아베로에스, 아래쪽엔 마이모니데스 두 인물이 표지를 장식하고 있었어요. 물론 당시엔 두 철학자에 대해 이름조차 들어본 일이 없었지만, 책장을 시적시적 넘겨가다보니 사진들이 눈길을 끌었어요. 알 안달루시아의 수도 코르도바 전경, 페즈에 있는 가장 오래된 알 카라위인 사원의 도서관…… 사진을 가슴에 대고, 언젠가 코르도바와 페즈에 꼭 가보리라 다짐했어요. 동행 때문에 그때는 내용까지 읽어볼 시간이 없어 그냥 나왔는데, 몇 달이 지나도 그 책 생각이 떠나지 않는 거예요. 어느 날 유네스코를 직접 찾아가서 과월호 중에 이런 책을 좀 구하고 싶다고 했더니, 담당자가 한참 찾아보고 나서, 딱 한 권 있다고 내주더군요. 어찌나 기쁘고, 어찌나 책을 빨리 읽고 싶었던지 택시를 타고 집으로 갔어요. 두 철학자에 대한 특집을 읽고 또 읽었는데, 이사를 열 번 넘게 했어도 그 책만은 잃어버리지 않게 꼭 챙기곤 했어요. 지금도 책상 앞 책꽂이에 꽂혀 있는데, 가난하던 시절 돈 없는 나에게 여행을 꿈꾸게 해주었던 이름이 아베로에스와 마이모니데스였어요."

"그 두 사람은 어떤 철학자들이에요?"

Y가 두 번째 잔을 들며 눈을 깜박거렸다.

"두 사람 다 무슬림 안달루시아 지역의 수도 코르도바 출신인데, 아베로에스는 무슬림 법학자, 마이모니데스는 유대인 랍비의 아들로 태어났고, 어느 한 시기에 모로코에 살았던 공통점이 있어요. 아베로에스는 아리스토텔레스의 합리주의를 깊이 있게 연구하여 주도면밀하게 논증된 주석서를 써서 주목을 받았고, 마이모니데스는 유대인과 성 토마스 아퀴나스와 가톨릭 신자들을 위해 창의적 신학이론을 정립했어요. 아이구, 이거 너무 무거운 화제니까 이따 카페로 가서 얘기합시다."

Y와 J에겐 콩 수프에 통닭구이가, 나에겐 익힌 채소와 생선구이가 나왔다. 시장해서가 아니라, 요리 맛이 아주 훌륭했다.

나는 빨리 마이모니데스 카페테리아로 가볼 생각에 후딱후딱 접시를 비웠다. 그리고 두 사람을 재촉하듯이 바라보았다. 내 의중을 모른 채 두 사람은 J가 스페인 사람인 남편을 만나게 된 경위에 대해 얘기꽃을 흐드러지게 피워가는 중이었다.

"저 집 남편 굉장히 멋진 사람이에요. 투우사 같은 용모에 몸매도 늘씬하고."

서둘러 결론을 맺으려는 듯 내가 끼어들었다.

"지금은 아빠 노릇 하느라고 살이 쪘고, 주름살도 많이 생겼어요."

"재주 좋으시네요, 그런 미남을……."

Y가 자기 잔을 J에게로 내밀었다. J는 입안의 음식을 급히 넘기

며 잔을 부딪쳤다.

"우리 얼른 저쪽 카페에 가봐야 하잖아. 커피는 거기 가서 마십시다."

"식단에 커피도 다 포함되어 있어요. 아깝게 왜 그냥 가요."

"그럼 두 사람은 드세요. 나는……."

결국 나는 참기로 하고, 늘 가지고 다니는 메모 노트를 꺼내어 뒤적거렸다. 그런데 생각지도 않게 오래전에 써놓은 마이모니데스의 저서《혼란한 자들을 위한 안내서》중 제3권 51쪽의 글을 발견했다. 눈에 잘 뜨이게 하려고 초록색 볼펜으로 써놓았던 것 같다.

어떤 왕이 왕궁에 있는데, 백성 일부는 나라 안에 있고, 일부는 외국에 있습니다. 나라 안에 있는 사람들 중에서 어떤 사람들은 왕이 있는 왕궁으로부터 등을 돌리고 있으며 그들의 얼굴은 다른 쪽으로 향해 있습니다. 그러나 어떤 사람들은 왕궁에 가서 '왕에게 문안드리고' 왕에게 봉사를 하고 싶어 몸이 달아 있지만 아직 왕궁의 담조차도 보지 못했습니다. 왕궁에 가기를 바라는 사람들 중에서 어떤 사람은 왕궁에 도착하여 출입구를 찾기 위해 왕궁을 한 바퀴 돌아봅니다. 한편 다른 사람들은 이미 문을 통과하여 대기실로 들어갑니다. 또 다른 사람들은 왕궁 내부까지 들어가는 데 성공하여 왕과 같은 방에 있습니다. 그러나 왕궁 내부에 들어간 사람이라 할지라도 당장에 왕을 만나고 왕과 대화를 할 수 있는 것은 아닙니다. 또 다른 노력을 해야만 그들은 가까이서든 멀리서든 간에 왕 앞에 서서 왕의 말을 듣거나 왕에게 말할 수 있게 됩니다. 지금까지 내가 사용한 직유를 이제 설명해봅시다.

두 사람은 이제 커피를 마시며 여전히 J의 남편을 화제 삼아 그의 음식 취향에 대해 얘기를 나누고 있었다. 흥미로워하는 Y의 표정을 잠시 지켜보다 나는 다시 노트로 돌아왔다.

외국에 있는 사람들이란 종교를 전혀 갖지 않은 사람들을 의미합니다. 인간이란 행여나 하는 마음에서 또는 전통적으로 물려받았기 때문에 종교를 갖기도 하는데, 그들은 그런 종교도 갖지 못한 사람들입니다. 이들이 누군가 하면 바로 북쪽에서 방황하고 있는 과격한 터키인과 남쪽에서 살고 있는 쿠시트인 그리고 우리나라 안에 있기는 하지만 이들과 다를 바가 없는 그런 사람들입니다. '왕궁에 도착하여 그 안으로 들어가고자 하지만 아직 왕궁을 보지 못한 사람들'이란 신성한 계명을 지키기는 하나 무식한 일반 대중 신자들입니다. '왕궁에 도착하여 왕궁 주위를 돌아보는 사람들'이란 실용적인 법을 연구하는 데만 전적으로 전념하는 사람들을 의미합니다. 그들은 신앙의 참된 원칙들을 관습적으로 믿으며 하나님에 대한 실질적인 예배를 배우지만 법의 원칙을 철학적으로 다루는 훈련이 되어 있지 않으며 믿음의 진리를 증명으로써 확고히 하려고 노력하지도 않습니다. 종교의 원칙들을 연구해보려고 시도하는 사람들은 이미 대기실에 들어간 사람들입니다. 그리고 이 사람들도 여러 등급으로 나뉘어질 수 있음은 의심할 여지가 없습니다. 그러나 증명이 가능한 사실에 대해서는 반드시 증거를 찾아내며, 인간의 능력이 허락하는 범위 내에서는 최대한의 참된 지식을 소유하며 또한 인간이 도달할 수 있는 최대치로 진리에 가까이 접근하는 사람들은 목적지에 도착했으며 왕이 살고 있는 왕궁 안에 들어가 있습니다. 여러분이 수학과 논리학을 연구하고 있다면 여러분은 출입구를 찾느라고 왕궁 주위를 배회하는 부류에 속합니다. 이런 경우를 비유하여 우리 현인들은 '벤졸라는 아직 밖에 있다' 라는 표현을 사용합니다. 그리고 여러분이 자연과학 공부를 끝내고 형이상학을 통달했을 때에는 여러분은 왕궁 내부로 들어가 왕궁 안에 왕과 함께 있습니다. 그렇게 되면 여러분은 완전으로 향하는 여러 단계를 뛰어넘은 현인의 경지에 이른 것입니다.

여기서 왕은 전지전능하신 하나님, 하나님과 같은 위격의 그리스도, 태초부터 있어온 말씀, 이 세 가지 중 어느 것으로 대입해도 관계없을 것 같다. 중요한 것은 마이모니데스가 왕궁에 들어가 왕과 자유롭게 소통하기 위해서는 자연과학과 형이상학에 통달해야 된다고 말한 점이다. 자연과학은 자연현상의 인과법칙을 탐구하는 학문이고, 형이상학은 존재의 근본원리와 그 의미를 사유하는 학문이다. 인과의 실증이 보이지 않음의 있음에까지 닿지 못하면 그것은 불완전한 지식이고, 보이지 않음의 있음이 실제實際로 증명되지 않으면 그것은 신비에 머무르고 만다. 신의 세 가지 위격 중 말씀은 형이상학에 해당되고, 그 형이상학의 실제는 그리스도가 아닐까.

내가 이렇게 혼자만의 생각에 잠겨있을 때, 두 사람이 나를 두고 속삭이는 소리가 들려왔다.

"선생님, 삐치셨나봐. 너무 조용하네."

고개를 들고 나는 일부러 시무룩한 표정을 지었다.

"그래, 삐쳤어. 이제 저쪽으로 가보자구."

'마이모니데스' 카페 입구에서 우리를 반겨준 것은 실물 크기의 돈 키호테 좌상이었다.

왼손엔 책, 오른손엔 검을 들고 앉아 있는 동상의 콘셉트부터 소설을 깊이 이해한 사람만이 시도할 수 있는 작품이었다. 상품이 아니라 작품. 이것이 중요하다. 그 이후 다니는 곳곳에서 수많은 돈 키호테의 조형물을 접했지만 작품의 유명세에 편승한 조잡하기 짝이 없는 솜씨들이 대부분이었다.

안으로 한 걸음 더 들어가자 나는 벽에 붙어 있는 마이모니데스의 사진을 전사한 다게레오타입의 히브리어식 표기로 된 메뉴판을 보고 흥분을 감출 수 없었다. 전사된 마이모니데스 사진은 내가 오래전 《세계의 창》 특집에서 본, 바로 그 사진의 측면 얼굴이었다. 그 얼굴은 마이모니데스와 아베로에스를 기념하여 그들

의 고향인 코르도바에 세워진 동상의 얼굴 부분인데, 아마데오 루이스 올모스가 만든 작품으로서 코르도바 옛 유대구의 티베리아데스 광장에 서 있다. 메뉴판 전체는 그에 대한 기사를 흐린 배경으로 처리하고, 가운데 부분에 카페테리아 이름과 식단이 쓰여 있었다.

　내가 사진을 찍고 있는 사이, 두 사람은 희고 청결한 바 앞의 의

카페 차림표. 상단의 얼굴이 마이모니데스.

자에 자리를 잡았다. 머리카락이 희끗한 주인은 은퇴한 교수 같은 분위기를 풍겼다.

"먼저 시키세요. 커피 값은 내가 낼 테니까."

'식사를 이곳에서 하지 못한 것이 한이네' 속으로 생각하며, 나는 벽에 걸린 오래된 사진들을 하나하나 정성을 다해 카메라에 담았다. 그러다 또 한 번 깜짝 놀랐다. 1780년에 누군가 그린 세르반테스 초상을 본 것이다. 세스 노터봄이 책에서 생존시 세르반테스를 그린 초상은 없다고 쓴 것을 봤는데, 이 초상은 작가가 사망한 1616년(4월 23일)으로부터 무려 164년 뒤에 그려진 것이었다. 네덜란드 사람인 그는 스페인을 좋아해서 20년 가까이 수시로 스페인 구석구석을 여행하며 고서점에서 온갖 자료와 책을 끌어모았다고 하는데…… 정말 작가는 얼마나 이 세상을 많이 돌아다녀야 기록의 전체성에 근접할 수 있단 말인가. 초상화 속의 세르반테스는 쟁반처럼 보이는 주름

MIGUEL DE CERVANTES
SAAVEDRA·

1780년대 그려진 세르반테스 초상화.

마이모니데스 카페의 옛 모습.

잡힌 하얀 깃 속에 목을 파묻고, 숱이 많지 않은 곱슬머리를 가지런히 빗어 넘기고, 귀족들이 입는 우아한 복장을 하고 있다. 형형하게 밝음에도 어딘가 슬픔과 걱정이 묻어나는 사유의 눈빛. 이 초상화도 작가 자신이 글로 스스로를 묘사해놓은 것을 거의 참고하지 않은 것 같다.

'아, 나는 여기가 좋다!'

마이모니데스 카페의 학자 풍모 바맨.

    자리에 앉으면서도 나는 여전히 뭐 놓친 것이 없나 해서 주위를 두리번거리기를 멈추지 않았다.

    "이 집이 정말로 오래된 대학도시의 인문학적 분위기를 그대로 전해주고 있군요."

    커피 향을 깊이 들이마시며 내가 말했다. J가 소매를 들추고 시계를 보았다. 나는 그녀의 속내를 잠시 모르는 척할 작정이었다.

RUTA DE DON
QUIJOTE

'오 둘시네아여, 무릎 꿇고 애원하는 저의 이 가슴속 말을 들어주시오. 이것이 저의 첫 번째 결투입니다. 부디
이 싸움에서 그대의 은혜와 구원을 바라는 이 마음이 약해지지 않게 하소서' 하고는 방패를 풀어 앞에 세우고
손에 창을 쥐고는 얼마나 세게 마부의 머리를 내리쳤는지 한 번만 더 맞았더라면 의사가 와서 보살필 필요조차
없을 뻔 했다.

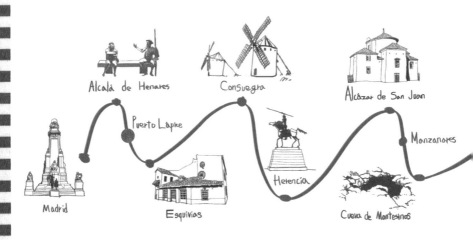

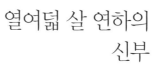

열여덟 살 연하의
신부

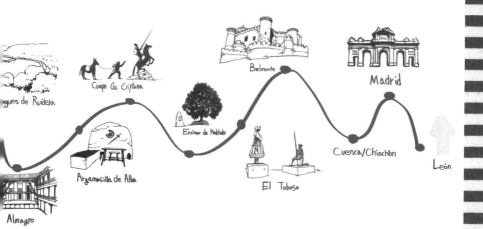

열여덟 살 연하의 신부

Lápice

알칼라를 떠난 지 이십 분쯤 지났을 때 나는 책을 펼쳐들었다.

"자, 공부합시다."

"아이이, 선생님 이럴 때는 바깥 풍경을 바라보는 것이 공부예요."

Y의 어리광 섞인 투정이었다.

"그것도 맞는 말이긴 한데, 우리는 출판사의 부탁을 받고 왔다는 것을 잊으면 안 돼요."

"그건 제가 할 말이잖아요. 하지만……."

"아까 두 사람은 카페 입구에 놓여 있던 돈 키호테 동상도 눈여겨보지 않았고, 거기에 1780년에 그린 돈 키호테의 귀한 초상화 복사본이 있는 것도 몰랐잖아요. 그때 내가 이것 보라, 저것 보라

했으면 커피 맛 달아나게 한다고 불평했을 거잖아요. 한 번 봐줬으니, 지금은 내 뜻에……."

"그랬어요? 나는 못 봤는데."

"그러니, 수업료를 내고라도 들어야 한다니까."

"수업료 대신 나는 운전을 하고 있잖아요."

J는 내가 농담삼아 한 말에 정색을 했다.

"아까 오면서 돈 키호테 이외의 인물들이 그를 상대로 벌이는 연극 얘기를 하다가 말았는데, 그런 장면 몇 군데만 읽어줄게요. 먼저 돈 키호테가 자신이 정식기사가 아니라는 것을 심각하게 고민하다가, 객줏집 주인 앞에 무릎을 꿇고 애원하는 장면을 들어보세요."

'용맹하신 성주님, 저의 작은 소원을 들어주시기 전에는 저는 이 자리에서 한 발도 물러설 수가 없습니다. 이 일은 성주님의 명성을 드높이고 백성들에게도 이로울 것입니다.' 주인은 손님이 자기 발밑에 엎드리자 정신이 없었고, 그보다 그런 이상한 말을 진지하게 읊조려대니 무슨 말을 해야 할지 어떻게 행동해야 할지 어리둥절하기만 했다. 결국 주인은 돈 키호테가 원하는 대로 은혜를 베풀기로 약속할 수밖에 없었다. '이렇게 관대한 배려와 은혜를 베풀어주시다니요. 그럼 말씀드리겠습니다. 청컨대 부디 소인에게 내일 당장 기사서품식을 베풀어주십시오. 오늘밤 바로 귀하의 성 예배당에서 밤새 무기를 지키며 예를 올리겠습니다. 그리고 내일은 말씀드린 것처럼 소인의 평생소원이 이루어지는 날입니다. 기사서품을 받고, 기사의 의무대로 세상 방방곡곡을 찾아다니며 모험을 시작할 것이며, 가난하고 천대받는 자들을 도우며 기사도와 편력기사의 책무를 완수하겠습니다.' 객줏집 주인은 약간 짓궂은 데가 있고, 이 장난이 어디까지 가는지 따라가보자는 마음도 있었다. 그래서 그는, 그대의 소원이 그러하고 또 그걸 내게 청하는 건 대단히 잘 생각한 일이라고 추켜세우고, 그 우아한 모습이며 자태로 보아 정말로 위대한 기사로 보이는데 그런 분이 그런 생각을 하는 건 지극히 당연한 일이라고 아는 척까지 했다. 자기도 젊은 시절에는 그런 영예로운 수행에 몸담은 적이 있어 세상 곳곳을 돌아다니며 모험을 벌인 사람이라고 했다. 돌아다니면서 날쌘 손재주와 가벼운 발놀림으로 애꾸눈도 많이 만들고, 과부도 많이 데리고 자고, 처녀도 많이 건드리고, 그러다 스페인 법원이란 법원, 재판소란 재판소는 안 가본 데가 없다고 말했다. 결국 이 성에 돌아와 은거하며 근근이 생활하면서 어떤 신분이나 어떤 조건의 편력기사라도 받아들이고 자기의 좋은 뜻을 이해하는 사람이면 가진 것을 함께 나누어 먹는다고 말했다. 이어서 새로 지으려고 몽땅 헐었기 때문에 자기 성에는 아직 무기를 놓고 예를 올릴 예배소가 없으며, 필요하다면 어디서나 예를 드려도 된다고 알고 있으니 마당 어디서나 보초를 서도 좋다고 했다.

"여기서 볼 수 있듯이, 돈 키호테는 기사도에 헌신하고자 하는 일념뿐이어서 그에 관한 것이면 무엇이든지 정말 진지해질 수밖에 없어요. 이런 사람을 어떻게 기사소설에 빠져 정신이 돈 거라고 볼 수 있겠어요. 그에 반해, 객줏집 주인은 자기 말대로 법정에 밥 먹듯이 섰던 자로서 평생 기사도를 비웃으며 살아온 사람인데, 장난을 치며 돈 키호테를 놀리고 있는 거지요. 또 다른 장면을 봅시다. 이건 돈 키호테가 보초를 서는 장면이에요."

(목소리를 바꾸어) 돈 키호테는 우물가에 있는 물통 위에 무장을 풀어놓고, 창을 들고 방패를 껴안은 채 점잖은 자세로 물통 앞을 어정거렸는데, 보초를 서기 시작하자 벌써 밤이 깊어졌다. 주인은 집에 있는 모든 사람에게 이 손님이 미쳤다는 것과, 지금의 무기를 지키는 예하며 앞으로 기대되는 기사도 작전에 대하여 낱낱이 이야기했다. 사람들은 모두 그런 미친 짓이 있을 수 있는가 놀라며 멀리서 그를 살펴보자고 몰려갔다. 그들은 돈 키호테가 침착한 얼굴로 걷다가 때로는 창을 붙들고 무기를 바라보며 한참 동안 눈을 떼지 않고 서 있는 것을 보았다. 그때 객줏집에 머물던 한 마부가 우연히 말에게 물을 주어야겠다는 생각이 들어 물을 주려니, 물통 위에 놓여 있던 돈 키호테의 무기를 치워야만 했다. 돈 키호테는 그 마부가 다가오자 크게 소리쳤다. (목소리를 높여) '오 그대여, 그대가 누구이든 간에 무엄한 기사로다. 아직 한 번도 칼을 휘두른 적이 없는, 세상에서 가장 용

맹한 기사의 무기를 만지려들다니. 그대가 하려는 짓을 잘 보고, 그 무기들엔 손끝도 닿지 않도록 하라. 감히 거기 손을 대는 날엔 그 대가로 목숨을 부지하기 어려울 줄 알라.' 마부는 그런 쓸데없는 잔소리에 신경 쓸 사람이 아니어서—사실 신경을 좀 썼더라면 좋았을 텐데—오히려 가지고 있던 밧줄을 멀찍이 던졌다. 이걸 보고 돈 키호테는 하늘을 우러러보고 말했다. '오 둘시네아여, 무릎 꿇고 애원하는 저의 이 가슴속 말을 들어주시오. 이것이 저의 첫 번째 결투입니다. 부디 이 싸움에서 그대의 은혜와 구원을 바라는 이 마음이 약해지지 않게 하소서' 하고는 방패를 풀어 앞에 세우고 손에 창을 쥐고는 얼마나 세게 마부의 머리를 내리쳤는지 한 번만 더 맞았더라면 의사가 와서 보살필 필요조차 없을 뻔했다.

"아하하하."

J와 Y가 너무 크게 웃는 바람에 나는 잠시 낭독을 멈추어야 했다.

"옛날에 읽었을 때 이 소설이 이렇게 재미있는 줄 몰랐어요."

"나는 얼마 전에 읽었는데도 몰랐는걸요."

Y가 맞장구쳤다.

"그런데, 여기서 작가의 감춰진 의도를 읽을 필요가 있어요. 돈 키호테가 처음 공격한 사람이 마부라는 건데, 돈 키호테에게 말은 기사와 함께 정의를 실현해나가는 성스런 동반자적 동물이지요.

그런 성스런 말을 채찍으로 때리며 겨우 짐 실어나르는 용도로나 부리는 사람, 즉 마부들과의 싸움은 곧 세상 사람들의 상식과의 싸움으로 볼 수 있어요. 요새 말로 하면 상식과의 전쟁을 선포한 셈이지요. 돈 키호테가 첫 번째 싸움을 벌인 대상이 '세상의 상식'이라는 것은 매우 의미심장한 상징이에요. 앞에서 보았듯이, 그는 창녀를 천대하는 세상의 상식을 뒤집고 그녀들을 귀부인처럼 대합니다. 뿐만 아니라, 온 세상의 마부가 다 달려든다 해도 겁먹지 않겠다는 의지를 용기와 담력으로 증명해 보임으로써, 자기 마음에 기사로서의 할례를 충분히 치른 셈이지요. 그리고 또 한 가지 주의해서 읽어야 할 점은, 돈 키호테는 사람들을 기사도 정신에 따라 고결하고 진지하게 대하는데, 상대는 그의 진지함을 장난으로 알다가, 마침내 그가 대하는 그런 인격의 사람으로 연극을 할 수밖에 없어져요. 연극을 하는 그들을 보면, 하나같이 본래의 자기보다 말, 행동, 몸가짐이 우아하고 예의 바르게 변하는 것을 볼 수 있어요. 시험 삼아 내가 희진 씨를 정경부인처럼 대해볼까요?"

"진심에서 그러신다면야. 호호호."

"우선은 연극으로."

"에이, 연극은 사절할래요."

"그럼, 이번엔 서품식을 하는 장면."

성주 아닌 성주는 가능한 한 빠른 시간 내에 서품을 끝내달라는 부

에스키비아스 가는 길.

탁을 받고 곧 책을 하나 가지고 왔는데, 마부들에게 제공한 여물이며 지푸라기를 적어놓은 장부책이었다. 아이 하나가 쓰다 남은 양초 한 토막을 가지고 왔고, 성주는 아까 말했던 두 아가씨를 데리고 돈 키호테가 있는 곳으로 왔다. 돈 키호테에게 무릎을 꿇도록 명령하고 마치 경건한 기도문을 뇌까리듯이 한참 장부책을 읽다가 중간쯤 손을 들어 돈 키호테의 목덜미를 묵직하게 내리쳤다. 목을 친 뒤 기도하듯이 계속 입속으로 무슨 말을 중얼거리면서 그가 지니고 있던 칼로 점 잖게 등을 두드렸다. 그러고 나서 한 아가씨에게 기사의 허리에 칼을 채워주도록 명하자, 아가씨는 얌전한 척 아주 점잖을 떨며 칼을 채워 주었다. 얌전한 척 애쓰지 않아도 된다면 그 의식 하나하나가 우스워 서 배꼽이 빠질 지경이었지만, 앞서 보았던 새내기 기사의 성품이나 위엄이 절대 웃음을 터뜨리지 못하게 했다. 칼을 채워주면서 그 얌전 한 귀부인이 '하나님의 가호로 그대는 행운의 기사가 되고 부디 결 투에서 승리를 얻을지라' 하고 말했다.

"바깥 좀 내다보세요. 비가 그쳤어요."
먹구름이 서서히 걷히고 있었다. 구름 사이로 파랗게 보이는 하 늘이 우물처럼 깊고 맑았다.
"우리는 지금 라 만차La Mancha 지방으로 들어섰어요. 라 만차는 일명 메세타Meseta 지역이라고도 하는데, 메세타가 무슨 뜻인지 아 시죠?"

라피세 공원의 설치물.

라피세에 있는 벤타 데 키호테 주막.

"아니, 몰라요."

Y가 착한 학생처럼 말했다.

"메마르다, 건조하다는 뜻. 이제 가다보면 아시겠지만, 광활한
황무지가 끝도 없이 펼쳐져요."

창밖에는 이미 눈이 닿지 않을 만큼 황막한 평원이 펼쳐져 있었
다. 지평선 저 끝이 회색 하늘 속으로 가뭇없이 물려들어가 있었

다. 이렇게 드넓고 메마른 지역을 작품의 무대로 설정한 것에도 작가의 의도가 숨겨져 있을 것 같다. 앞으로 알게 되겠지…….

"가다가 설 수 있으면 차를 좀 세워주세요."

"왜요? 화장실 가고 싶으세요?"

"아니, 메세타의 바람을 좀 느껴보려고."

이제나저제나 하는 사이에, 황막한 대지는 어느새 조금씩 사람들이 경작하는 올리브나 포도밭으로 변하더니 돈 키호테 설치물 같은 것도 나타나고 교회의 높은 첨탑 그리고 나무들, 집들이 가까워졌다.

"여기는 어디예요?"

"푸에르토 라피세 Puerto Lápice 같은데요?"

"그럼 이곳에 그 주막이 있겠네. 돈 키호테가 기사서품식을 받은 곳."

내가 하는 말이 꼭 돈 키호테 같았다. 작품 속에 등장하는 장소나 사람들이 그대로 현실이라고 철석같이 믿고 있는 듯한 말투.

라피세는 한눈에 들어오는 작은 마을이었다. 돈 키호테는 처음 출정하던 날, 하루 종일 광야를 헤매기만 하다가 해가 질 무렵에서야 객줏집 하나를 발견했다.

이제부터 그 객줏집을 찾아야 한다. 보아하니 이 마을은 세계에서 찾아오는 나 같은 관광객들 때문에 규모가 이 정도로 커진 것 같았다. 마을의 조그만 광장에 돈 키호테 대리석 기념탑이 세워져 있었다. 돈 키호테는 한 손에 깃털 펜을 들고, 다른 손엔 칼을 들고 있는데, 칼을 맥없이 늘어뜨리고 있는데다 고개도 앞으로 떨구고 있어 기사로서의 기개를 찾아볼 수 없다. 도무지 돈 키호테 같지 않은 돈 키호테였다. 네모난 탑 각 면마다 작품 속 장면을 부조로 떠서 붙였는데, 그 솜씨 또한 조잡하기 짝이 없었다.

주막은 마을의 외곽에 있었다. 흰색과 파란색 칠을 한 ㄱ자 모양의 건물 두 동으로, 출입구, 외벽 등 여기저기 '벤타 데 키호테 Venta de Quijote, 돈 키호테의 여관'라는 옥호가 붙여져 있었다.

안뜰도 상당히 넓은 편으로 많은 객을 수용할 수 있는 규모였다.

"정미 씨 이리로 와보세요."

안채로 들어가는 문 앞에 우물이 있었고, 보초를 서고 있는 돈 키호테 입상이 있었다.

"그러니까 돈 키호테가 여기 이렇게 우물가에서 보초를 서고 있는데, 마부가 저기서 나타나 여기 놓여 있는 돈 키호테의 갑옷과 방패를 다짜고짜 치운 거예요. 그러자 돈 키호테가 자신이 기사임을 입증할 절호의 기회를 만난 듯이 둘시네아에게 먼저 결투를 고하고, 이 창으로 마부의 머리를 이렇게 내리쳤다는 거예요."

내가 신이 나서 책에서 본 대로 재현해 보이는 것을, 우리 일행뿐만 아니라 지나가던 일본 관광객 두 사람도 발을 멈추고 흥미롭게 바라보았다.

"아하하하. 선생님, 그 우물은 그때 당시 것이 아니에요. 이 주

막도 자기들은 그렇다고 주장하
지만 신빙성이 없구요."

J가 학자답게 이의를 제기했다.

"그거야 가감해서 생각하면 되
지, 뭘 그렇게 따져요, 따지기
를."

나는 응원을 청하듯 Y를 향해
눈을 찡긋했다. 중요한 것은 사실
관계보다 그때 그 장소라고 여기
며 돈 키호테의 말과 생각, 태도
를 마음으로 재현해보는 것, 그것
이다. 그렇게 했을 때, 놀랍게도
우리 앞의 모든 것은 상상이라는
마법의 힘으로 그 사실이 드러내
는 감춰진 의미를 유추해볼 수 있
게 한다.

주막의 뜰에는 또 다른 흥미로
운 물건이 있었는데, 아무도 그것

두 눈을 들어 하늘을 보며 사모하는 공주 둘시네아
를 생각한다……

위　우물 앞에서 보초를 서고 있는 돈 키호테 조형물(정면).
아래 우물 앞에서 보초를 서고 있는 돈 키호테 조형물(측면).

에는 관심을 두지 않았다. 오직 돈 키호테 옆에서 사진 찍는 데만 열중하고 있었다. 돈 키호테 입상과 우물은 그들의 삶에서 자신이 이곳을 다녀갔다는 증거로서의 죽은 배경에 지나지 않았다.

나는 뜰 한쪽에 세워져 있는 수레 앞으로 다가갔다. 수레는 본래 소가 끄는 짐수레로 쓰이지만, 소설 1부 끝부분에서는 돈 키호테를 가두어 집으로 데리고 오기 위해 우리로 탈바꿈한다. 세상을 두루 다니며 너무나 맹렬히 기사도를 실천하다보니 목숨이 위태로울 지경으로 지치고 병들었는데도 막무가내로 휴식을 거부하는 돈 키호테를, 친구인 신부와 이발사가 잠들어 있는 그의 손과 발을 꽁꽁 묶어 강제로 우리에 태웠다.

그 수레를 한참 지켜보노라니, 죽기까지 한사코 기사도의 소명을 놓지 않았던 돈 키호테의 이미지가 성경 속 사도들의 이미지와 겹쳐졌다. 일본인 관광객 두 사람이 내 등 뒤로 지나가면서 수레를 보고 뭐라고 하는데, 알아들을 수 없었다.

Y가 주막의 기념품 가게에서 샀다는 물건을 보여주었다.

"우리 남편에게 줄 선물이에요."

"뭔데요?"

"둘시네아 인형. 우리 남편이 인형을 수집해요."

"그건 둘시네아가 아니라, 마르가리타 공주예요."

J의 말에 Y는 적이 실망하는 눈치였다.

"남편이 공주 인형을 더 좋아하지 않을까?"

잠든 돈 키호테의 손발을 묶어 고향으로 데려오는 데 쓰인 우리.

"아니에요. 내가 둘시네아를 사다준다고 했거든요."

"그럼 머리에 수건을 쓴 게 둘시네아니까 바꿔달라고 하세요."

하지만 Y는 인형을 바꾸지 못했다. 가게엔 아무도 없었고, 상점 주인이 돌아오기까지 기다릴 시간이 없었던 것이다. 우리는 주막을 뒤로 하고 다시 자동차에 올랐다.

"지금 우리는 에스키비아스Esquivias라는 곳으로 가고 있어요. 거기엔 세르반테스가 결혼식을 올린 교회와 또 다른 기념관이 있어요. 오늘 밤은 그곳에 있는 이달고Hidalgo 호텔에서 묵을 겁니다. 여담으로, 책에 시골귀족 또는 시골양반이라고 번역된 낱말은 원문에서 이달고예요. 이달고는 향리의 있는 집 자식, 작위는 없으나 귀족 대우를 받는 사람을 말하구요."

"책에 있는 표현을 빌리면, 태어날 때 은수저를 물고 태어난 사람이군요."

"맞아요."

"그럼 왕족은 금수저를 물고 태어났다고 하나? 호호호."

Y의 웃음에서 여정의 즐거움이 묻어났다.

비가 걷힌 하늘에 하얀 뭉게구름이 꽃송이처럼 떠다니고 있었다. 라피세를 조금 벗어나자 이내 도로 양쪽으로 황막한 평원이 펼쳐졌다. 자동차 창문을 아래로 내리자 평원의 고요를 담은 시원한 바람이 불어왔다. 국토의 중앙에 인간의 어떤 힘으로도 바꿀 수 없는 메마른 황무지를 품고 살아야 하는 스페인 국민들은 태생적으로 '생의 비극적 감정'에 익숙해 있을 법하다. 자고 나면 모든 것이 본래로 돌아가는 초자연적 속살을 대면할 때마다 생의 무력감, 권태를 가누기 어려워 그들은 투우에 열광하는 게 아닐까. 이 열광은 비극적 감정의 다른 얼굴이다. 마흔 살이 훨씬 지나 생전 처음 지평선과 마주했을 때, 맥이 쫙 풀려 주저앉을 것만 같았던 기억이 되살아났다.

황량한 들판.

세르반테스가 이 메세타 지역을 작품 무대로 삼은 이유를 알고
싶다…….

"저 까마득한 지평선이 여기서부터 얼마나 떨어져 있을까요?

"글쎄요……. 서울에서 일산 가는 거리만큼 되려나?"

J의 대답은 자신이 없었지만 느낌으로는 전달이 되었다.

"그러니까 평평한 평야지대라면, 일산에 있는 어떤 빌딩이 서울
에 있는 사람에겐 저기 까만 점처럼 보일 수도 있겠네요."

"그렇지요."

"흠."

에스키비아스가 가까워서야 나는 침묵에서 깨어났다. 길옆의 특이한 조형물을 봤던 것이다.

"잠깐 차 좀 세워주세요."

나는 카메라를 들고 자동차 밖으로 나갔다. 주변은 공터였다. 공터라기보다 도로를 끼고 모여 있는 집들 너머로 드넓은 황무지가 펼쳐져 있다. 마을의 끝 집은 뒷문이나 발코니에서 지평선이 아득히 바라다 보이는 그런 환경이다. 국토가 작은 나라에서 태어난 사람으로서는 이런 풍경이 눈으로 직접 보기 전에는 상상하기가 어렵다. 소설에서 "장밋빛 여명께서 질투 많은 남편의 부드러운 침대를 박차고 라 만차 지평선의 문과 발코니로 나와 지상의 영혼들에게 얼굴을 내미는 시간이더라" 하는 묘사가 이제서야 이해가 된다. 지금은 여명의 빛이 아니라 붉은 노을이 천지를 붉게 물들이고 있다.

조형물은 한국으로 치면 '어서 오세요. 여기서부터는 양구입니다' 하는 마을 간판 같은 것인데, 그냥 하얀 벽에 돈 키호테와 산초 그림만 그려져 있다. 검은 철판으로 모형을 뜬 그림이다. 의기충천해서 앞으로 내달리기 직전의 돈 키호테와 뒤에서 만류하는 산초의 모습이 살짝 희화화된 분위기다. 산초가 타고 있는 당나귀조차 자기 주인의 마음에 동조하듯 '뀽' 하고 방귀를 뀌고 있다.

하얀 담벼락마다 긴 그림자를 드리운 조용한 마을로 들어서서 우리는 교회부터 찾기 시작했다. 지나다니는 사람이 없어 물어볼 길이 없었다. 차를 세우고 둘러보니 그림으로 장식한 타일 담벼락에 필기체로 쓴 글씨가 있었다.

'에스키비아스 없이는 아마도 돈 키호테도 이 세상에 존재하지 않을 것이다.'

J가 우리에게도 들리게 큰소리로 글을 읽었다. 골목길을 벗어나보니, 자그마한 광장이 있었고, 길보다 조금 높은 위치에 아담한 교회가 노을에 젖어 신비로운 분위기를 자아내고 있었다.

"저 교회인 것 같은데요?"

교회문은 닫혀 있었다. J가 교회 정문 담벼락에 붙어 있는 글귀를 읽어보더니, "이 교회가 맞아요" 하며 반색을 했다. "에스키비아스 마을, 미겔 데 세르반테스와 카탈리나 데 팔라시오스의 결혼 400주년을 기념하며, 1984년 12월 12일이라 쓰여 있어요."

"교회 안에 들어가보면 좋을 텐데."

교회문 앞의 철책을 흔들어보며 내가 J를 안타깝게 바라보았다. 그때 길에 누군가 나타났다. J가 계단을 내려갔다. 행인과 얘기를 나눈 뒤에 돌아온 말.

"사제관이 저 집이라는데, 가볼까요?"

사제관의 문도 닫혀 있었다. 쪽지를 써서 문틈에 꽂아놓고 돌아

에스키비아스 도로 설치물.

'에스키비아스 없이는 아마도 돈 키호테도 이 세상에 존재하지 않을 것이다.'

서는데, 저쪽에서 신부님으로 보이는 점잖은 남성이 걸어오고 있었다. 인사를 나누는 내 허리가 절로 깊숙이 꺾였다. J의 간청에 신부님은 흔쾌히 교회 안을 보여주겠다고 했다.

"어마아!"

신부님이 스위치를 올리자 눈앞에 드러난 광경에 나는 감탄을 터뜨렸다. 금세공 은세공으로 장식한 제단 대신, 그 자리엔 승천하는 성모상 그림만 걸려 있었고, 그림 밑에 성배를 담은 작은 성

세르반테스가 결혼식을 올린 교회

교회 앞 삼거리. 고요함이 마치 교회의 일부같다.

4. 열여덟 살 연하의 신부

합과 성촉이 놓인 탁자 그리고 간결한 모양의 십자가가 하나 놓여 있을 뿐 간소하기 이를 데 없음에도, 너무나 따뜻하고 깨끗하고 정겨운 성스러움이 가득 찬 분위기였다.

절로 기도가 하고 싶어 오랫동안 무릎을 꿇고 있었다. 신부님과 J와의 이야기가 끝나는 기미에, 나는 비로소 수많은 신도가 오랜 세월 무릎으로 윤을 내온 장궤에서 일어났다.

신부님이 J에게 들려준 이야기에 의하면, 세르반테스가 결혼식을 올린 교회의 이름은 '산타 마리아 데 라 악시온Santa Maria de La Accion'인데, 1785년 바로 그 교회 터에다 사바티니의 제자가 현재 모습의 교회를 건축했고, 제단 부분은 원형 그대로 살렸다고 한다. 이곳엔 세르반테스의 장인과 장모가 묻혀 있으며, 교회가 간직하고 있는 보물 중에는 세르반테스의 진본 혼인증명서와 그때 당시부터 있어온 세례반이 있다고 한다.

우리를 데리고 교회 안의 집무실로 들어간 신부님은 성물이 간직되어 있는 장식장을 열쇠로 열고, 혼인 사실을 기록한 진본 문서를 꺼내어 테이블 위에 조심스럽게 올려놓았다.

세르반테스 결혼 400주년을 기념하는 표지판.

1584년 12월 12일에 결혼식을 올린 옛 신랑 신부의 혼인증명 문서. 세월이 잉크의 색깔은 바래게 했어도, 벅찬 마음으로 새 삶을 시작한 신랑 신부의 숨결은 그대로 살아 있는 듯 했다. 그래도 내일 일은 아무도 모르는 일이어서, 세르반테스 부부는 삼 년 뒤부터 별거를 했다고 한다.

"선생님, 이리로 와보셔요."

제단 쪽으로 이동하는 신부님을 뒤따라가며 J가 말했다. 그사이 나는 성수반을 촬영하느라고 걸음이 뒤처졌다.

"저기 성모상 그림 아래쪽에 구멍들 보이시죠? 스페인 내란 때

에스키비아스 교회의 중앙제단에 걸려 있는 성화. 스페인 내란때 공화파가 쏜 총탄 자국 일곱 개가 있다.

세르반테스가 결혼식을 올렸던 당시의 성수반.

공화파가 엽총을 쏜 자국인데, 보수하지 않고 역사의 증거로 그대로 두고 있다고 합니다."

이웃마을의 미사를 집전하고 돌아오자마자 곧바로 우리를 맞이한 신부님의 친절을 그쯤에서 사양해야 할 것 같았다. 내일 아침 미사 때 다시 오기로 하고 우리는 신부님과 헤어졌다.

호텔 '이달고'에서 여장을 풀고 나서, 우리는 라면 하나, 햇반 하나, 사과 두 개로 저녁을 때웠다. 자리에 들려는 두 사람을 간신히 설득해서 (사실은 내일 점심을 산다는 약속을 하고) '공부시간'을 가졌다.

"기사 돈 키호테의 행동규범의 바탕이 되는 기사도란 무엇인가, 알고 싶지 않아요?"

Y는 마지못해 침대 위에 다리를 뻗고 앉아 있으나, 나와 눈을 마주치지 않으려고 젖은 머리를 열심히 빗질하는 척 했다. 웃음이 나오는 것을 간신히 참고 나 역시 눈길을 비끼며, "2부에 가면, 편력기사도는 시만큼이나 좋은 학문이라고 한 부분이 있어요. 들어보세요".

어쩌면 그것은 모든 학문을 포함하고 있지요. 편력기사가 되려면 법학자여야 되고 분배정의와 교환법칙을 알아야 합니다. 그래야 각자에게 맞는 것을 제대로 줄 수 있으니까요. 편력기사는 또한 신학자여야 하니, 필요할 때 어디에서나 자신이 실천하고 있는 그리스도 신앙법칙을 확실히 남다르게 적용할 줄 알아야 하기 때문입니다. 그뿐 아니라 기사는 의사여야 하는데, 주로 약용식물 전문가여야 하지요. 사막이나 인가가 없는 곳에 있더라도 상처를 입었을 때 치유해줄 사람을 찾아다닐 수 없는 노릇이니 상처를 낫게 해주는 약효가 있는 풀을 알아야 하지요. 편력기사는 또한 천문학자여야 하니, 어떤 곳의 날씨나 현재 밤 몇 시가 지났는지 알려면 별을 보고 알아야 하거든요. 또한 수학을 알아야 하는데, 일이 벌어질 때 수학이 필요한 경우

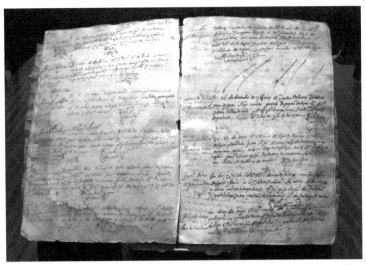

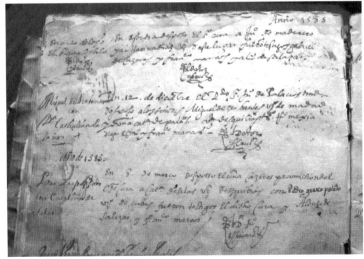

위 세르반테스에게 세례를 준 기록이 담긴 진본책.
아래 세르반테스에게 세례를 준 기록 부분.

가 생기니까요. 모든 신학적 기본 덕을 다 갖추어야 하는 점은 제쳐두더라도 다른 세세한 부문으로 내려가보면, 니코라스인가 니콜라오인가가 수영을 했다고 하듯이 수영을 할 줄 알아야 하고, 말발굽을 간다거나 말안장과 고삐를 제대로 정리할 줄도 알아야 합니다. 다시 위의 이야기로 돌아가면 하나님과 귀부인께 믿음을 지킬 줄 알고, 생각은 늘 순수하며, 말은 늘 정중하고, 행동은 너그럽고 자유로우며, 실천에는 용감하고, 고난에는 끈기를 지키며 목숨을 걸고라도 진실을 위해 싸우는 자가 편력기사입니다.

"놀랍지 않아요? 자기 삶의 지경을 이렇게 우주적 넓이로까지 설정한 사람을 본 적 있어요? 그런가 하면, 내적 삶의 지경에 대한 언급도 들어보세요."

세상 구석구석을 찾아다니며 아주 복잡한 미로에도 들어가고, 가는 곳마다 불가능한 곳에 뛰어들며, 한여름의 불타는 태양 볕에도 인적 없는 황무지에서 버티며 살고, 겨울에는 바람과 얼음의 혹독한 시련을 견디고, 사자들도 무서워하지 않고 요괴에도 놀라지 않으며 괴물도 두려워하지 않지요. 이놈들을 찾고 저놈들을 쳐부수고 모두를 이기는 게 기사의 중요한 진짜 임무올시다. 때문에 편력기사의 일원이 될 운명을 타고난 본인은 의무의 한계 속에 들어오는 것은 무엇이나 해내지 않을 수 없습니다. 그러므로 방금 사자들을 공격한 것은 기상천외한 무모함인 줄은 알았으나, 용기라고 하는 건 비겁이냐 무모함이냐 하는 두 극단적인 악덕 사이에서 구한 높은 덕을 말하지요. 그러나 용기 있는 자에겐 비겁이라는 상황에 다다를 만큼 내려가는 것보다는 무모함의 경지까지라도 올라가는 게 그래도 나쁘지 않은 방법인 겁니다.

"예전부터, 나는 운명이란 수임受任하는 자만이 만난다는 얘기를 계속해 왔어요. 성령이 우리 삶을 강하게 갈아엎을 때, 예를 들어, 천사와의 싸움에 환도 뼈를 다친 야곱, 부르심 받아 소를 잡고 농기구를 불태운 엘리사, 생업인 그물을 던지고 예수님을 따라나선 베드로 등 헤아릴 수 없이 많은 선지자가 순종함으로써 운명을 수임한 것이라고 한다면, 돈 키호테는 의義의 싸움을 운명으로 수임받은 기사인 거지요."

가부좌 자세로 앉아 귀를 기울이고 있던 J가 한마디 했다.

"우나무노는 돈 키호테를 이성에 의해 경멸당하고 무시당하는 고결한 영웅주의라고 했어요."

나는 고개를 끄덕이며 말을 계속했다.

"철학은 본질적으로 기독교를 증오한다고 우나무노가 한 말이 기억나는데, 그는 철학을 툴tool로 삼은 기독교 신자예요. 그는 자기 조국이 완전한 타의에 의해 르네상스, 종교개혁, 혁명을 겪었다고 했는데, 돈 키호테를 16세기 기독교 신앙을 대표하는 인물이

Boda de
Miguel y
Catalina

Esquivias
12-XII
1584.

Lópeza
Mo

세르반테스 결혼 400주년 기념 때 화가가 그린 신랑 신부.

라고 하고, 돈 키호테주의는 르네상스에 대항하는 중세의 가장 필사적인 싸움 이외에는 아무것도 아니라고 했어요. 이성과 신앙이 벌이는 투쟁에서, 철학은 논리의 그물짜기에서는 항상 앞서지만 그 그물에 최종적으로 남는 것은 시체뿐이라는 것이 한계지요. 개인의 구원, 불멸의 문제가 철학을 유발했음에도, 철학은 철학자의 머리를 뽀갤 만큼 사유를 하고 나서도 해답을 주지 못하지요. 그것은 철학자 자신의 성품과 기질적 한계에서 오는 것인데, 그들은 자기 이성이 자신을 설득하지 못하면 그 어떤 것도 믿으려 하지 않아요. 믿음, '믿어지는' 은혜를 받지 못하는 것이지요. 때문에 철학으로 보면 돈 키호테의 '불가능을 희망하는 의지적 열정'은 광기가 되고, 신앙으로 보면 그리스도의 전사, 제13의 사도가 되는 거지요. 스스로 감당해야 한다고 결심하는 마음의 극한이 돈 키호테의 삶을 둘도 없는 기사로 만들어가는 요인이에요. 크리스천 사이에 '하늘나라를 침노한다'는 말이 있잖아요. 인간의 실질적 능력과 무관하게 영육의 삶을 하늘나라까지 확장한다는 것인데, 영원한 삶은 사유로서는 불가능하고 믿음일 때만 가능한 거지요. 믿음은 우리가 논리의 한계를 넘어서 신비를 이성으로 이해한다는 뜻이에요. 돈 키호테가 자신에게 초인적 과제, 어쩌면 신적인 과제를 부여할 수 있었던 것도 믿음이었던 거지요. 무모함은 그의 이성의 발현이 아니라, 믿음의 발현이었던 거지요."

"선생님은 믿음이 자기 한계를 초월했던 경험이 있어요?"

"있지요. 그런 경험 없이 내가 어떻게……."

Y는 어느새 사르르 잠이 들어 있었다. 나는 이야기의 물꼬가 터져 밤이라도 새울 것 같은데 내일을 위해 참기로 했다.

"선생님, 건강이 참 좋으세요."

J의 눈에도 졸음이 가득 차올라 있었다.

"먼저 자요. 굿나잇."

나는 발코니로 나갔다. 어둠 저 멀리서부터 불어오는 바람이 제법 쌀쌀했으나, 내 마음의 열기는 쉬이 식지 않았다. 밤 속에 곤히 잠든 작은 마을을 내려다보며, 나는 혼잣말을 중얼거렸다.

'돈 키호테가 조소를 자청한 것은 자기 믿음이 항시 깨어 있도록, 살아 있도록 하기 위한 방법이었어.'

RUTA DE DON
QUIJOTE

어느 날 문득 세르반테스에게 이처럼 평화롭고 여유로운 시간은 독으로 느껴지기 시작했을 것이다. 작가는 결혼 삼 년 만에 파경의 아픔을 맛보았다. 그것은 '그럭저럭'인 삶에 안주하기에는 너무도 위대한 심혼의 작가가 자신을 대신해줄 불멸의 인물을 잉태하는 의미 있는 고통의 시간이었을 것이다.

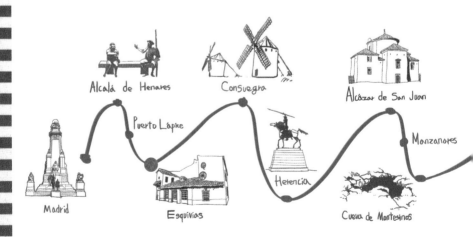

Alcalá de Henares
Consuegra
Alcázar de San Juan
Puerto Lápice
Manzanares
Madrid
Herencia
Esquivias
Cueva de Montesinos

5

키하노 집안 심장에 걸려 있는
맘부리노 투구

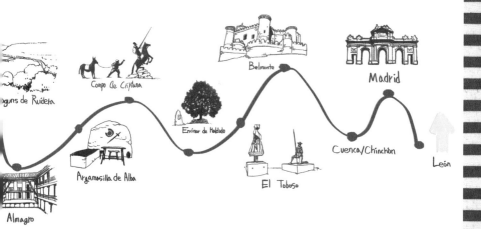

aguns de Ruidera

Compo de Criptana

Encinar de Haldudo

Belmonte

Madrid

Almagro

Argamasilla de Alba

El Toboso

Cuenca/Chinchon

León

키하노 집안
심장에 걸려 있는
맘부리노 투구
Esquivias

이튿날 아침, 배가 고파서 잠이 깼다.

부스럭거리는 소리에 두 사람도 진작부터 깨어 있었다는 듯이 자리에서 일어났다. 한 시간 만에 샤워하고 짐정리까지 끝냈다. 여덟 시에는 아침을 먹으러 일층에 있는 카페테리아로 내려갈 수 있었다. 각자가 욕심껏 가지고 온 빵과 과일이 식탁에 그득했다. 빵 한쪽, 커피 한 잔을 앞에 두고 조용히 식사를 하고 있던 다른 손님들이 눈이 휘둥그래져 우리를 곁눈질했다.

"뭘 봐."

J가 꾸짖는 시어머니 같은 어조로 한마디 했다.

"선생님은 스페인 사람들 앞에서도 전혀 쫄지 않으세요."

Y는 J가 가르쳐준 대로 반으로 가른 베이글에다 올리브기름을

바르고 토마토 즙을 뿌리고 있었다.

"배우처럼 잘생긴 남편 앞에서도 전혀 쫄지 않는 것이 더 중요하지. 내가 집에 갔을 때 남편이 아이하고 같이 텔레비전을 보고 있었는데, '그거 꺼요' 하니까 남편이 얼른 일어나서 끄더라구요."

"남편이 되면, 용모보다 돈 잘 버는 것이 더 중요해지던데요."

우리는 아침 미사를 보러가야 했기 때문에 마냥 담소를 즐길 수는 없었다.

가톨릭 신자인 J는 교회에 들어서자 곧바로 헌금함에 동전을 집어넣고 촛불을 켰다. 두 손 모아 다소곳이 기도를 드리는 뒷모습에 남편과 자식이 있는 부인의 마음이 애틋하게 드러났다. 신자들은 중년의 나이를 넘긴 아주머니와 할머니들이 대부분이었다. 옷차림이 점잖고, 몸가짐도 나이에 걸맞게 신중하고, 근면하게 살아온 생의 내력으로 인해 얼굴의 주름살마저 아름다워 보이는 면면들이었다.

비센테Leuis Vicente 신부님은 흰색 신부복 위에 초록색 영대를 걸치고 미사를 집전했다. 말을 알아들을 수 없음에도 가슴이 은혜로 차오르는 것 같았다. 미사 중에 서로 평화의 인사를 나누며 옆 사람과 나누는 악수가 참 따뜻했다. 군더더기 없는 담백한 미사가 끝나자 아쉬움이 남았다. 로마의 주교 자리를 굳이 사양하고, 작고 조용한 시골마을에서 욕심 없이 성직을 수행하는 분의 축복을 한국의 신자들에게도 담아가고 싶었다. 녹음기를 껐다.

에스키비아스의 거리 설치물.

"한국의 천주교인들과 마주하게 되어 기쁩니다. 세상에는 저마다 각각의 우상을 가진 사람들이 있지만 제게는 예수님이 삶의 중심이자 기준입니다. 우리의 중심은 예수그리스도입니다. 진정으로 우리에게 인간이 될 기회를 주시고 충만하게 만들어주신 하나님의 아들이십니다. 저는 그것을 전하기 위해 에스키비아스의 기독교 집단을 인도하며 살고 있습니다. 신앙을 지키는 것은 가치 있는 일입니다. 그러나 사랑과 우정처럼 신앙 또한 키워나가야 합니다. 만일 우리가 돌보지 않는다면 믿음의 가치는 사라지고 말겠지요. 여러분의 신앙생활을 기쁨과 환희로 응원합니다. 주님을 위해 모든 것을 잃는 것은 가치있는 일입니다. 우리는 그 모두를 다시 찾게 될 것입니다."

"감사합니다. 언제 다시 뵙고 싶습니다."

그런 날이 있을까? 신부님과 헤어지면서 문득 그런 생각에 잠겼다. 시인 박재삼이 예전에 했던 말. 초등학교 동창생을 평생 세 번 만나고 났더니 이미 이 세상 사람이 아니더라고. 그런 박재삼 시인을 평생 다섯 번 만나고 났더니 이미 이 세상 사람이 아니더라는 소리는 내가 한 말. 이제 누군가 나를 두고도 평생 세 번 만났을 뿐인데 벌써 이 세상 사람이 아니더라는 말을 할 날도 멀지 않은 것 같다.

세르반테스 기념관은 열한 시에 문을 열기 때문에 우리는 호텔로 돌아가서 천천히 체크아웃을 하고 마을을 둘러보기로 했다.

공원에 펼쳐진 노천 과일 가게.

A CATALINA
DE PALACIOS SALAZAR
LA ESQUIVIANA
MAS UNIVERSAL
ESPOSA DE
MIGUEL DE CERVANTES

1585 - 1626

JULIO 1998

에스키비아스 공원에 있는 세르반테스 부인,
카탈리나의 흉상.

"여기 사람들은 참 따뜻하고
친절하고 여유로워보여요."

　우리에게 길을 가르쳐준 농부
같지도 장사꾼 같지도 공무원 같
지도 않은, 그러나 근면하고 선량
해 보이는 산초 같은 '아저씨'를
다시 한 번 돌아다보며 Y가 말했
다. 한 생애를 선량하고 욕심 없
이 살도록 이끄는 데는 이웃과 환
경의 영향이 크다고 할 수 있다.
이 에스키비아스 주민들이야말
로, 스페인 사람들의 '안녕하시
오?' 하는 인사말에 '그럭저럭 살
고 있지요' 하는 대답의 묘미를
제대로 아는 사람들인 것 같다.

　마을의 조그만 광장에는 채소
장터가 열려 있었다. 피망, 가지,
오이, 양상추 같은 식재료에서 사

과, 오렌지, 복숭아, 자두, 감에 이르기까지 없는 것이 없었다. 식재료만 보자면 스페인 국민과 한국인 사이에는 요리방법만 다를 뿐 거의 같은 음식을 먹고사는 것 같았다. 광장 한쪽에 상반신 흉상이 있어 다가가봤더니 세르반테스 부인 카탈리나였다. 1998년 제작된 이 흉상은 세르반테스 기념관 안에 있을 법한데, 왜 이 광장 한 귀퉁이에 잊힌 듯이 서 있을까.

그건 그렇고, 세르반테스는 어떻게 이곳에 와서 결혼을 하게 되었을까. 그것도 열여덟 살이나 어린 신부를 맞이하다니! 인생의 전반부에서 이미 산전수전을 겪어 어지간히 지친 나머지 눈먼 안정이 그리웠던 것일까.

세르반테스 기념관은 한적한 주택가에 있는 모퉁이 집이었다.

한 시간이나 늦게 나타난 관리인은 무릎까지 올라오는 부츠에 옷차림도 세련된 도회풍의 여성이었다. 이 고장에서는 이 일이 지적 직업인 듯 했다. 안내를 하는 관리인이 하는 말을 J가 우리에게 통역해주는 식으로 관람이 시작되었다.

커다란 물푸레나무 한 그루가 먹빛처럼 짙은 그림자를 드리우고 있는 앞뜰을 지나서 넓은 안뜰로 들어섰다. 커다란 포도주 항아리 두 개가 눈길을 끌었다. 이층으로 된 스페인의 전형적 주택 안으로 들어서자 먼저 눈에 띄는 것이 책장의 선반에 출판 연대순으로 꽂혀 있는 《돈 키호테》였다. 몇백 년이 흘러도 끊임없이 중판을 거듭하고 있고, 앞으로도 그러할 책, 그 어떤 힘으로도 사라지

길모퉁이에서 기념관을 만나다.

5. 키하노 집안 심장에 걸려 있는 맘부리노 투구

게 할 수 없는 정신의 에일리언 같은 생명력.

사진을 찍고 있는데 관리인이 설명을 시작했다.

"이 집은 세르반테스 부인 카탈리나의 외삼촌이 살던 집이었어요. 세르반테스는 결혼을 하고 외삼촌의 방 옆방에서 신혼생활을 했다고 전해집니다. 그 삼촌은 이 지방의 이달고로서 키하노 집안의 둘째 아들이었는데, 그는 기사소설에 푹 빠진 나머지 밤낮 집안에 틀어박혀 소설만 읽었다고 합니다. 그래서 조카딸과 가정부

진열장에 가득찬 《돈 키호테》 증보판들.

가 책을 창밖으로 내던진 일이 실제로 있었다고 해요. (돈 키호테는 5~6장의 첫 번째 출정에서 비단장사꾼 일행을 만나, 그들이 가는 길을 막고 이 세상에서 가장 아름답고 고귀한 분이 둘시네아라는 것을 맹세하라고 강요하다가 노새몰이꾼들에게 몰매를 맞고 의식을 잃은 채 쓰러진다. 다행히 이웃 농부에게 발견되어 집으로 실려오긴 했는데, 부상 정도가 심해서 방에 틀어박혀 끙끙 앓는다. 신부와 이발사 조카딸 가정부는 그가 이 꼴이 된 것은 시답잖은 기사소설들을 밤새워 읽은 까닭이라 생

세르반테스가 신혼을 보냈다는 방과 책상(그때의 그 책상은 아니다).

기사소설에 빠져 살았던 부인의 외삼촌 방.

각한다. 그리하여 책들을 검열해 이단적 내용이 담긴 책은 골라 창밖으로 던져 불에 태워버린다.) 또한 세르반테스는 이곳에 살 때 노새를 빌려 타고 인근지역을 육 개월 동안 떠돌아다니면서 속담을 수집했다고 합니다. 이런 여러 정황으로 봤을 때, 이 에스키비아스에서의 생활은 세르반테스가 돈 키호테를 잉태하는 데 결정적 영감을 주었다고 볼 수 있습니다."

전시실마다 꼼꼼하게 재현해놓은 전시품들. 그것은 당시 생활

부인 카탈라나의 작업실.

실내에서 내다본 안뜰.

5. 키하노 집안 심장에 걸려 있는 맘부리노 투구

세르반테스 기념관 안뜰의 나이 많은 물푸레 나무.

을 상상해보는 데 도움은 되지만 중요한 키워드는 관리인의 설명에 담겨 있었다. 그 키워드를 염두에 두고 기념관의 전시실 하나하나를 눈여겨보며 따라가는 동안, 작가가 이곳 생활에서 느꼈음직한 권태로움과 위기감이 짐작되었다.

그렇다. 전쟁에서 팔을 잃고, 타국에서 노예가 되어 극한 체험을 했고, 매인 데 없이 전국을 유랑하며 드라마 같은 분방한 생활을 했던 시절이 있었나 하면, 유부녀와의 불 같은 사랑 이후 피폐

외삼촌의 거실.

한 마음을 추스르려고 애쓰는 작가에게 이 마을은 모든 면에서 생의 휴식처가 될 것처럼 보였을 수도 있다. 하지만 바로 옆방에 먹을 것 걱정 없는 이달고가 있어 밤낮없이 포도주를 입에 달고 살고, 흥미 위주의 시답잖은 기사소설에 빠져 그 생이 침몰해가는 것을 바라보면서, 지쳐있던 작가의 심혼은 다시 펜을 검으로 바꾸

한가한 펜놀음을 집어치우고, 검을 빼든 것은 작가 자신이었다.

무구들이 전시된 방.

5. 키하노 집안 심장에 걸려 있는 맘부리노 투구

이발사의 놋대야. 동시에 돈 키호테가 전투를 통해 빼앗은 맘부리노 투구.

어 쥐고 싶었을 것이다.

　물론 아내의 외삼촌이 정황상 돈 키호테의 모델이 되었을 수는 있다. 그러나 그보다 중요한 것은 소설의 전편에 흐르는, 안일을 바라지 않는 기사도 정신의 발로는 이 근면하고 성실한 지역주민들의 삶, 에스키비아스의 평화로움이 오히려 위기로 감지되었기 때문일 것이다.

　나는 작가의 서재로 꾸며진 방 창가에 서서 작가의 눈으로 보

창, 검, 방패, 투구. 하지만 돈 키호테는 이것들보다 훨씬 못한 무구武具들을 가지고 전투에 임했다.

키하노 집안의 부를 상징하는 포도주 항아리들.

고, 작가의 귀로 듣고, 작가의 마음으로 그 순간 속에 깊이 침잠해 보았다. 저 먼 하늘 끝에서 한가로이 흘러가는 구름, 흰 벽에 어른 거리는 물푸레나무 그림자, 뒷짐을 지고 기우뚱거리는 걸음걸이 로 긴 골목 저편으로 사라져가는 이웃집 노인……. 깊은 물속처럼 주변이 고요하다.

잠자는 자여, 깨어서 죽은 자들 가운데서 일어나라. 그리스도께 서 너에게 비추이시라(에베 5:14). 우리 삶은 영적으로 잠들어 있 을 때 가장 행복한 것처럼 착각하기 쉽다.

어느 날 문득 세르반테스에게 이처럼 평화롭고 여유로운 시간 은 독으로 느껴지기 시작했을 것이다. 작가는 결혼 삼 년 만에 파

포도주 항아리 곁에 쓰여 있는 세르반테스의 소설 《개들의 합창》에 나오는 구절들.

지하 저장고로 내려가는 계단.

경의 아픔을 맛보았다. 그것은 '그럭저럭'인 삶에 안주하기에는 너무도 위대한 심혼의 작가가 자신을 대신해줄 불멸의 인물을 잉태하는 의미 있는 고통의 시간이었을 것이다.

전시실을 둘러보다 재미있는 현상이 감지되었다. 이달고인 키하노 집안의 심장 한가운데 작품 속 인물의 용기와 모험의 증거물인 무기가 위풍당당하게 진열되어 있는 것은 부富와 나태를 이긴 정신의 승리처럼 보였다. 관리인은 그 앞에서 맘부리노 투구에 대해 긴 설명을 했다.

이어서 지하저장고를 둘러보는 순서.

각종 농기구들과 어마어마하게 큰 포도주 항아리들이 열댓 개나 있었다. 키하노 집안의 부를 짐작할 수 있는 규모였다. 항아리 바깥에 쓰여져 있는 글귀들은 세르반테스의 소설 《개들의 합창》에 나오는 글귀라고 했다. 그 글귀가 쓰여 있다고 해서 그 많은 포도주 생산과 그로 해서 벌어들인 수입이 세르반테스와 무슨 상관이 있었겠는가.

"그러니까 이 기념관은 엄밀히 말하자면, 작가가 얻은 불후의 명성에 기대어 키하노 가문을 기리려는 기념관이라고 봐야 할 것 같군요."

관람이 끝나고 밖으로 나왔으나 무언가 좀 찝찝한 기분이었다. 정문 오른쪽 담벼락에 붙어 있는 표지판을 읽어보았다.

세르반테스 초상화. 이 그림이 작가가 글로 남긴 자화상과 가장 근접하다. "코는 매부리코,
은빛 수염은 이십 년 전만 해도 금빛이었다. 콧수염은 덥수룩 하고 입은 작다⋯⋯."

5. 키하노 집안 심장에 걸려 있는 맘부리노 투구

스페인과 인류의 영광인 미겔 데 세르반테스! 이것은 그가 톨레도 태생이며 이 저택에서 체류했음을 기억하기 위함이다.

톨레도의 저택과 에스키비아스 마을의 생각과 행동으로 1933년 4월에 결합을 실현함에 감사를 표한다.

방문자여, 누구든 발을 멈추고 이 영광스러운 '외팔이'의 집에 들어오라. 그 옛날, 작품을 통해 훌륭한 사상을 우리에게 건넨 한 위대한 천재가 이곳에 살았다.

키하노 집안 문장과 기념관에 대한 안내문.

이곳은 스페인의 정취를 품은 그의 무궁무진한 작품을 좋아하는 사람들을 위한 장소이다. 알론소 키하노의 영혼은 이곳에서 태어났으며, 세르반테스는 그것을 책으로 펴냈다.

그것은 시골의 흔적이 남은 좁은 골목길에 대해 썼던 창이었다. 마을은 '외팔이'가 잠들곤 했던 침실의 오래된 창문을 기억한다.

모든 것이 닿는, 키하노의 것이었던 집의 대문을 지나라.

민중의 보금자리였던 대저택.

여행자여, 에스키비아스의 집을 방문하라!

RUTA DE DON QUIJOTE

"저, 주인님, 저기 보이는 것은 거인이 아니라 풍차인데요. 팔처럼 보이는 건 날개구요. 바람의 힘으로 돌아가면서 풍차의 맷돌을 움직이게 만들걸요."

"그건 네가 이런 모험을 몰라서 하는 소리다. 저놈들은 거인이야. 만약 무섭거든 저만큼 떨어져서 기도나 하고 있거라. 나는 저놈들과 유례가 없는 치열한 일전을 벌이러 갈 테니까."

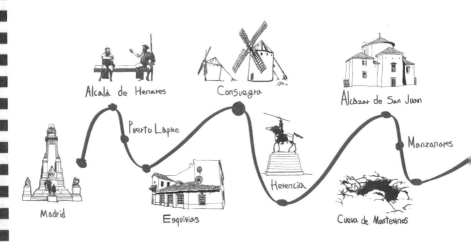

Madrid

Alcalá de Henares

Puerto Lápice

Esquivias

Consuegra

Herencia

Cueva de Montesinos

Alcázar de San Juan

Manzanares

거인들의
출현

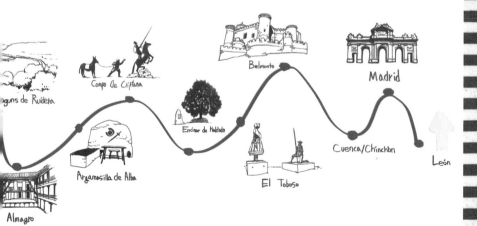

Laguns de Ruidela

Campo De Criptana

Encinar de Haldudo

Belmonte

Madrid

Argamasilla de Alba

El Toboso

Cuenca/Chinchón

León

Almagro

거인들의 출현
Consuegra

에스키비아스를 벗어나자 창밖 풍경은 다시 황막한 평원으로 바뀌었다.

나는 어지간히 돈 키호테에 몰입한 탓인지, 그 평원이 단순한 풍경이 아니라 이제부터 기사와 하인이 수많은 모험과 만나게 될 무대로 느껴졌다. 그러자 작가가 왜 이 라 만차 지방을 소설의 무대로 설정했는지 그 이유를 번개같이 깨닫게 되었다.

이 지역은 집과 마을을 벗어나면 곧바로 황무지다. '한여름의 불타는 태양볕에도 인적 없는 황무지에서 버티며 살고, 겨울에는 바람과 얼음의 혹독한 시련을 견디고, 사자들도 무서워하지 않고, 요괴에도 놀라지 않으며……' 했듯이, 하늘을 지붕 삼고, 길이 없으면 새로이 열어간다는 것 자체로서 불가해한 사건들과 마주칠 수밖에 없다. 그렇게 마주치는 갖가지 모험은 돈 키호테를 매 순간 목숨을 걸어야 하는 싸움으로 이끈다. 요컨대, 돈 키호테의 기사됨은 절대적으로 불리한 상황이 될수록 물러섬이 없는 용기와 투지로 맞섬으로써 그 모험을 장열한 것으로 만들고, 동시에 의義의 병기로서 자기실현을 하게 한다. 따라서 그 모험들은 얼마나 위험한가의 문제이기보다, 돈 키호테의 치열한 기사도 정신이 침노하는 영적 세계를 향한 빛의 확장이 된다.

어느 날 밤, 그가 산초를 데리고 아무도 모르게 길을 떠나자마자, 그의 출정은 곧바로 남아 있는 자 모두를 안주하는 자로 만들어버린다. 조카딸, 가정부, 하인 그리고 산초의 아내와 자식들, 가까운 친구인 신부와 이발사 그리고 더 넓게는 이웃과 마을 사람들 전부를……. 이들은 모두 근면하고 성실한 생활인들이다. 하지만 자신의 삶을 절대적 가치로 끌어올리는 기사 돈 키호테의 출현으로 인하여 그들의 삶은 부질없는 의미에 안주하는 차선次善의 삶이 된다.

산초는 섬을 주겠다는 꼬임에 넘어갔다고는 하지만, 그 역시 돈 키호테를 따라나선 것 자체로서 어느 정도 위험을 감수할 만큼 마음이 움직인 것이다. 때문에 산초는 길 위의 삶과 안주하는 삶의 경계에 있는 셈이다.

"주무세요?"

J의 말에 나는 화들짝 생각에서 깨어났다.

라 만차의 들판

"아뇨."

"저는 졸음이 살살 오는데요."

"운전하는 사람이 졸면 안 되지. 어디서 차를 세우고 좀 쉬었다 갈까요?"

J가 차를 세운 곳은 주변이 황량한 들판이었다. 나는 두 사람을 차 안에 남기고 밖으로 나왔다. 멀리 봉긋한 능선 두 개가 보일 뿐

황무지가 지평선 저 끝까지 펼쳐져 있었다. 어디를 향해서라고 할 것 없이 나는 지평선을 향해 걷기 시작했다. 로신안떼를 탄 돈 키호테와 당나귀를 탄 산초도 이런 길을 갔을 것이다. 사실 이곳에는 딱히 길이 없다. 그저 말이 가면 그것이 길이 된다.

몬티엘 평원 위에서 두 사람은 이런 대화를 나눈다.

"편력기사님, 제게 약속한 섬은 잊지 말아주십시오. 제 아무리 섬이 크더라도 얼마든지 다스릴 수 있을 테니까요." 그 말에 돈 키호테는 대답했다. "너와 내가 살아만 있다면, 왕국을 손에 넣은 지 엿새 안에 모든 일을 해결해줄 것이다. 왕국 외에도 부속 영토를 손에 넣을 터인 즉 그중 하나는 너를 왕으로 임명할진대, 지극히 당연한 일이 아니겠느냐. 너에게 약속했던 것보다 훨씬 더 많은 것을 얼마든지 줄 것이며, 이는 조금도 놀랄 일이 아니다. 지금껏 보지도 상상하지도 못했던 일들이 기사에게는 다반사로 일어나는 것이니 말이다."

돈 키호테의 머릿속은 한시라도 빨리 자기의 검을 휘둘러볼 전투를 생각하며 마음은 점점 흥분으로 차오르고 있는 반면, 산초는 기사의 옆에서 그저 터벅터벅 걷는 당나귀에 몸을 의지한 채 심심하다 싶으면 가죽부대의 포도주를 한 모금씩 들이켜는 것으로 무료함을 달랜다. 하늘의 구름과 까마득한 지평선뿐 변화란 것이 없는 이런 곳에서는 구름, 나무, 폐허가 된 성, 외딴집들은 실제 그대로 보이는 것이 아니라, 보는 사람의 심상心像이란 프리즘을 거쳐 생각의 현시顯示로 바뀌어 보인다. 다시 말해서 지평선 저 끝의 가물거리는 점이 무엇인가는 보는 사람의 심상에 의해서 그 사실성과 무관하게 인식될 수 있다. 그 심상에 의한 환영이 사실과 마주하기까지는 말이 걷는 속도로 다가간다고 쳐도, 그가 충분히 환영을 사실처럼 굳게 믿고도 남을 만큼 시간이 경과한 뒤이다. 때문에 심상의 환영이 바깥의 사실과 마주쳤을 때 사실이 밝혀진다 해도, 그것은 이미 행위의 의지로 바뀐 뒤이기 때문에 영향을 주지 못한다.

얼마나 걸었을까. 뒤돌아보니 자동차가 안 보인다. 내가 떠나온 자리엔 검은 점이 하나 있을 뿐이었다. 나는 길을 잃기 전에 걸음을 되돌렸다.

검은 점이 차츰 가까워지고 있음에도 내 눈엔 그것이 자동차로 보이지 않았다. 말馬이었다! 그럼 나는 돈 키호테?

"놀라운 일이야."

혼잣말을 중얼거리며 나는 자동차 문을 열었다. 고개를 좌석 시트에 기댄 채 단잠에 빠져 있던 두 사람이 부시시 눈을 떴다.

"선생님 뭐라고 하셨어요?"

Y가 피곤이 서린 음성으로 말했다.

"이제 떠나볼까요?"

J가 다시 운전대를 잡았다.

"그런데, 아까 우리가 가는 곳이 콘, 뭐라 그랬어요?"

"콘수에그라Consuegra. 거기에 가면 풍차를 볼 수 있을 거예요."

"잘됐네. 두 사람 잠도 쫓을 겸 내가 그 유명한 풍차 나오는 장면을 읽겠습니다."

나로선 너무 여러 번 읽어서 외울 수도 있는 장면이었다.

"운명이 우리가 기대했던 것보다 훨씬 더 좋은 길로 인도하는구나. 저기를 보아라. 산초 판사야. 서른 명이 좀 넘는 거인들이 있지 않느냐. 나는 저놈들과 싸워 모두 없앨 생각이다. 전리품으로 슬슬 재물도 얻을 것 같구나. 이것은 선한 싸움이다. 이 땅에서 악의 씨를 뽑아버리는 것은 하나님을 극진히 섬기는 일이기도 하다."

"거인이라니요?"

"저쪽에 보이는 팔이 긴 놈들 말이다. 어떤 놈들은 팔 길이가 2레구아나 되기도 하지."

"저, 주인님. 저기 보이는 것은 거인이 아니라 풍차인데요. 팔처럼 보이는 건 날개구요. 바람의 힘으로 돌아가면서 풍차의 맷돌을 움직이게 만들지요."

"그건 네가 이런 모험을 몰라서 하는 소리다. 저놈들은 거인이야. 만약 무섭거든 저만큼 떨어져서 기도나 하고 있거라. 나는 저놈들과 유례가 없는 치열한 일전을 벌이러 갈 테니까."

돈 키호테는 그가 지금 공격하려 하는 것은 풍차일 뿐 거인이 아니라고 소리치는 하인의 충고를 무시한 채 로신안떼에게 박차를 가했다. 돈 키호테는 그것들이 거인이라고 너무나도 굳게 믿었으므로 하인 산초의 목소리도 들리지 않았으며, 이미 풍차 가까이 다가갔음에도 불구하고 그것을 제대로 보려하지 않았다.

그는 풍차를 향해 당당하게 소리쳤다.

"도망치지 말아라. 이 비열한 겁쟁이들아. 이 기사님께서 너희들을 대적하러왔노라."

"와아! 저기 보세요. 진짜 풍차가 나타났어요."

Y의 외침에 나는 읽기를 멈추고 창밖을 내다보았다. 그런데 그것은 내 눈에 풍차가 아니라 총을 멘 병정들로 보였다.

"어디에 풍차가 있어?"

"저 멀리 산등성이에 여러 개가 보이잖아요."

"그게 어디 풍차야, 병졸들이구만."

"드디어 선생님도 이 고장에 오더니 미치기 시작하시나 봐요."

"내가 미쳤다고? 나는 정말 돈 키호테처럼 하나님 나라를 침노하기 위해 불타는 심장으로 살고 싶어."

"자아, 풍차가 점점 더 가까이 다가오니까 자세히 보세요."

"자세히 봐도 달라지는 건 없어요. 굳게 믿는다는 것이 뭔 줄 알아요? 바윗덩이가 눈앞에 있다 해도 미망을 깨치고 싶은 내 결의 앞엔 그것도 악한으로 보일 지경이야. 당장 내가 맞서야 하는 미

위 멀리서 바라본 언덕 위의 병정들.
아래 언덕 위의 병정들 또는 풍차들(?).

망은 옛 자아, 관습대로 살아온 타성이야. 내게 검이 있다면, 아니 이미 펜이 검으로 바뀌었지만, 그 검으로 내가 저 악의 현시를 향해 돌진한다면, 그것은 관습을 완전히 떨쳐내지 못한 나의 옛 자아야."

우리의 열렬한 바람이 만들어낸 것이 사실보다 더 실재實在일 수 있다는 것이 얼마나 다행인가! 그것이 지금 내 마음에서 일어나고 있는 놀라운 계시이다.

"어마, 선생님 연극하시는 게 아니네."

"아니고말고."

나는 단호했다. Y가 뒤에서 운전하는 J의 어깨를 손으로 꽉 거머쥐고, '어머, 말도 안돼' 하고 소리치는 것 같았다.

하지만 돈 키호테가 로신안떼를 몰아 정면에 있는 첫 번째 풍차를 공격하는 것과 같은 일은 내게는 벌어지지 않았다. 차도를 벗어날 수 없는 우리의 로신안떼는 순식간에 달려서 마을 입구로 들어섰다.

그러자 풍차들이 우리의 시야에서 사라졌다. 그러고는 '메손 Mason, 식사를 주로 하는 레스토랑'을 안내하는 그림표지판이 풍차 대신 나타났다.

이곳에도 거리에 행인이 드물었다. 집도 상점들도 문이 닫혀 있었다. 행인이 지나가면 풍차가 있는 곳으로 가는 길을 물어보려고 J가 차창 유리문을 밑으로 내렸다. 그때 '루타 데 돈 키호테' 표지판이 눈에 띄었다.

"저 표지판 따라가면 될 것 같군요."

J가 감을 잡은 듯이 우회전을 했다. 그러자 초록색 바탕에 그려진 'X' 표시가 띄엄띄엄 길을 안내하듯 나타났다. (X는 돈 키호테의 옛 표기의 흔적으로 돈 키호테를 상징한다.) 그리고 길은 이내 언덕길로 이어지고 병졸들이 다시 나타났다.

그러나 잠시 후 나는 더 이상 병졸들로 보이지 않는 풍차와 대면할 수밖에 없었다.

그런데도 돈 키호테는 '그것들이 거인이라고 너무나도 굳게 믿었으므로' 산초가 뒤에서 소리쳐 말리는데도 '거인'을 향해 돌진했다는 것이었다! 나와 돈 키호테의 차이는 무엇일까.

실존인물과 작중인물이라는 차이는 근본적인 것이 아니다. 왜냐하면, 앞에서도 보았듯이 사람들은 실존인물이었던 세르반테스보다 작중인물인 산초를 더 리얼하게 자기들과 동일시하고 있었다. 때문에 동일시할 수 있는 그 '무엇'이 핵심이다. 사람들이 산초를 자기와 동일시하는 그 무엇이 있듯이, 나는 돈 키호테와 나 자신을 동일시할 만한 그 무엇이 있다고 생각한다. 그런데 '풍차 가까이 다가갔음에도 불구하고 그것을 여전히 거인'으로 보는 돈 키호테와 나는 무엇이 다른 것일까. 심상의 강렬함이 부족했던 것일까.

그리하여 '풍차의 날개를 향해 창을 찌르는 순간 너무나도 세찬

콘수에그라 마을 입구.

덴티넬라 메손 외벽 그림. 산초가 훨씬 의젓하게 그려져 있다.

바람에 풍차가 움직이면서 창은 산산조각이 났고, 잇따라 말과 기사도 휩쓸려들어가 높이 떠올랐다가 들판에 내동댕이쳐졌다' 하는 장면은 풍차의 날개가 날아든 창과 기사의 몸뚱이를 내팽개친 광경이지만, 창을 꽂은 장열한 투혼에 대해서는 아무런 위해를 가할 수가 없었다. 창은 부러지고, 기사는 내동댕이쳐져 팔다리에서 피가 흐르고 뼈가 부러졌지만, 그것은 불꽃처럼 타오른 기사도 정신을 증거하기에 충분했다. 산초의 건전한 상식은 오히려 너무 건전해 우둔한 유머가 된다. "제가 뭐랬어요. 무슨 일을 할 때는 잘 살펴 하시라고 말씀드렸잖아요."

우리는 산꼭대기에 이르러 차를 세웠다. 붉은 지붕을 다닥다닥 맞대고, 세상에 무슨 난리가 나도 우리는 이 한 귀퉁이에서 이렇게 '그럭저럭' 살 것이라는 그 소시민적 삶을 마을은 꿋꿋하게 지키고 있었다. 한편 산 위의 풍차는 돈 키호테 이후 다시는 무모하게 자기를 향해 달려드는 전사를 만나지 못해 녹슬어가고 있었다. 강한 바람조차도 그것의 거짓 위용을 깨트리지 못할 것 같았다.

그때, 얼마 전 산티아고에 다녀온 J교수의 말이 떠올랐다. 팜프로나에서 우체국을 찾기 위해 어이없을 만큼 오래 헤매다가 알베르게로 온 것이 밤 아홉 시였다고 한다. 하지만 자기 자신에 대한 울화가 진정되지 않아서 잠이 올 것 같지 않았다. 다시 배낭을 둘러메고 다음 코스를 향해 길을 떠났다. 모자에 달린 랜턴 하나로

'돈 키호테의 길' 표지판.

칠흑 같은 어둠 속을 밝히며 길을 가는데, 비까지 내려서 걸음은 천근만근 무거웠다. 한 발짝이 칠흑 어둠의 벽을 앞으로 밀고 나아가는 것이었다. 그러다 문득 이 어둠은 바깥의 어둠이 아니라 내 안의 어둠, 온갖 이기적인 자기 잣대로 남을 못마땅해 하고, 그로 인해 끓어오른 미움, 질시, 분노 같은 부정적 감정의 켜라는 생각이 들었다. 그러자 회개의 눈물이 나오는데 울면 울수록 이상하게 마음이 개운해지고, 그 개운함이 자기 안의 어둠을 비추는 빛

풍차가 가까이 다가오긴 했으나······.

언덕 위의 풍차. 돈 키호테 이후 다시는 무모하게 자기를 향해 달려드는 전사를 만나지 못해 못해 녹슬어간다.

같다는 생각이 들었다. 산등성이로 오르는 경사진 길에서 빗물이 폭포처럼 흘러내려 신발 가득 들어차 철벅거리고, 우비를 입었음에도 속옷까지 비에 젖어 추위에 온몸이 덜덜 떨리는데, 그 상황이 괴롭기보다 너끈히 받아들일 수 있는 기꺼운 일로 여겨졌다. 빗줄기가 뜸해진 사이, 나무 밑에서 숨을 가다듬을 여유까지 생겼다. 젖은 옷을 하나하나 벗어 물기를 짠 뒤 비닐봉지에 담고, 배낭에서 마른 옷을 꺼내어 갈아입고 신발도 바꾸어 신었다. 그때 어디선가 커다란 바람개비가 도는 것 같은 으스스한 소리가 들려왔다. 풍차 같았다. 어둠을 헤치고 소리 나는 방향으로 걸음을 빨리하는데, 갑자기 자신이 돈 키호테 같다는 생각이 들었다. '그 밤중에 보이지도 않는 풍차를 향해 돌진하듯 달려가는 자신이 미친 것 같다'는 생각이 들었지만 그런 미친 자신이 진짜 자기라는 생각이 들었다.

그렇다. J교수는 평소에 자기라고 생각해온 거짓 자아를 눈물과 함께 젖은 옷 벗어버리듯 던져버리고, 이름 붙일 수 없는 자기 이상以上의 순수 에너지와 대면한 것이다. 그런 에너지가 분출한 자리에서만 초월적 가치가 꽃을 피운다. 어쨌든, 지금도 풍차는 여전히 전사의 용기를 시험할 대상이 되고 있다……

풍차 안에는 조그만 기념품 가게가 있었다. 코끝이 팡파짐하고 혈색이 불콰한 가게 주인이 우리를 반갑게 맞이했다. J가 그와 이야기를 나누는 동안 나는 가파르고 좁은 계단을 올라 이층으로 올

풍차의 썩어가는 날개.

라갔다. 풍차 안에서 본 날개는 그 옛날 돈 키호테를 땅바닥에 메다꽂았던 패기는 간곳없고, 곰팡이가 나서 썩어가는 날개 모양의 나뭇조각에 지나지 않았다.

아래로 내려오니 J가 기념품 가게 주인과 진지하게 뭔가를 이야기하고 있었다.

밖으로 나온 나는 풍차 주위를 둘러보다가 돌아섰다. 나에게도 무모한 용기가 있다는 것은 알지만, 미친 열정을 불태우며 몸 던질 대상이 사람인지 사물인지조차 가리지 못할 만큼 무모한 것은 아니어서, 사진 몇 장 찍고 돌아설 수밖에 없다는 것이 못내 아쉬웠다.

"이제 뭘 좀 먹어야 하지 않을까요?"

"아까, 기념품 파는 아저씨하고 무슨 얘기를 그렇게 진지하게 했어요?"

"아, 그 아저씨 어머니가 중풍으로 쓰러졌는데, 돌봐드릴 사람을 구하고 있다고 해서 내가 누구를 소개해줄까 하고 이것저것 물어봤어요."

산에서 내려와 우리가 찾아들어간 곳은 '카스티야' 란 이름의 레스토랑이었다. 식당의 벽은 온통 돈 키호테와 관련된 것들이었다. 장식장 안에 진열된 소품들은 말할 것도 없고, 벽에 걸린 그림들이 모두 돈 키호테 작품 속 장면을 소재로 한 것들이었다. 그렇게 관광객을 유치하기 위해 돈 키호테를 적극 써먹고 있음에도, 그

풍차 안에서 본 날개.

마을을 찾은 객은 우리뿐이었다. 이웃 테이블 손님들이 우리를 곁
눈질하는 이유는 반가움 때문일까.

"한번 싸워보지도 못했는데, 배가 엄청 고프네."

내가 칼을 휘두르는 시늉을 하며 농담을 했다. J는 여느 때처럼
웨이터가 가져다 놓은 차림표를 꼼꼼히 들여다보고 있었다. 마침
내 각자의 식성에 맞추어 주문을 했다. 나는 피망 속에 으깬 생선
을 채워 순대처럼 만든 전채요리와 황제Imperado라는 이름의 생선

식당 차림표의 안토호스 데 둘시네아.

구이, 샐러드 그리고 둘시네아가 어쩌고 하는 이름의 후식을 주문
했다.

"잠깐, 둘시네아가 어쨌다는 거예요?"

물을 마신 컵을 내려놓으며 내가 J에게 물었다.

"안토호스 데 둘시네아Antojos de dulcinea에서 여기 이 안토호스
Antojos란 말은 여자가 임신했을 때 못 견딜 만큼 먹고 싶은, 그런
느낌을 말하는 거예요."

"나는 한 번도 임신을 못 해봐서 그 느낌이 어떤 건지 모르겠네."

"그러세요? 그럼 거꾸로 이 후식을 드셔보고 임신한 여자들의 입맛을 짐작해보시면 되겠네요."

나는 일부러 과장되게 어깨를 으쓱했다.

"그런데, 실제로 둘시네아 모델이 있어요?"

Y가 똑똑한 모범생처럼 말했다.

"책에서 말하기로는 라 만차의 시골양반이 기사 돈 키호테로 변신한 후, 섬기는 여인을 누구로 할까 고심하다가 마을의 처녀 농부로서 그가 한때 열렬히 사랑했던 알돈사 로렌소를 둘시네아 델 토보소란 고상한 품격의 이름으로 바꾸어 섬기는 여인으로 삼았다는 언급이 있고, 또 다른 데서는 '둘시네아라는 여인은 라 만차의 그 어떤 여인보다도 돼지고기를 소금에 절이는 솜씨가 빼어나다'라고 언급한 부분을 합쳐보면, 작가가 구체적 인물을 콕 찍어 모델로 한 것 같시는 않아요. 오히려, 돈 키호테의 입을 빌려 말하는 작가의 여성에 대한 경외심을 주목해봐야 돼요. 음식이 나오려면 시간이 좀 있으니까, 그사이⋯⋯."

나는 재빨리 책을 꺼내 표시 부분을 찾았다.

"자아, 들어보세요."

사실 나를 아프게 하는 그 달콤한 여인이 내가 그분을 사랑하고 있다는 사실을 세상이 아는 걸 좋아하는지 싫어하는지조차 말할 수가

왼쪽 손은 '둘시네아' ,오른쪽 손은 '산초' .

없구려. 다만 지금 내가 할 수 있는 이야기는 이렇게 정중하게 물어
주시니까 대답하는데, 이름은 둘시네아이고, 고향은 라 만차의 한 마
을인 엘 토보소라는 곳이고, 신분은 공주쯤 되리다. 내 마음의 주인
이며 여왕이시니까요. 그녀의 아름다움으로 말하면 인간의 상상을
초월한다고 봐야지요. 모든 시인이 자신의 뮤즈에게 바치는 불가능
과 기적에 가까운 아름다움의 모든 자질이 그녀의 모습에서는 사실

이 되고 있으니까요. 그녀의 머리칼은 황금 실이고, 이마는 낙원처럼 아름답고, 눈썹은 하늘의 무지개, 눈은 태양, 볼은 장미, 입술은 산호, 치아는 진주, 목은 하얀 석고, 가슴은 대리석, 손은 상아이고 하얀 피부는 눈 그 자체이외다. 그리고 사람들의 눈에 안 뜨이게 얌전하게 감추고 있는 부분들까지 말하면 더 아름다워서 내가 생각하고 이해하기로는 오직 점잖은 상상만 그 모습을 가늠해볼 수 있는, 어디에도 비할 데 없는 아름다움이라고 알고 있습니다.

"우리가 다 여자이지만 이런 여성이 상상이 돼요?"
Y의 진지한 어조가 오히려 웃음을 자아냈다.
"남성이 지독한 사랑의 열병에 빠져 있다면, 감정의 환각상태에서 그 상대 여성은 일시적으로 그렇게 보일 수 있어요."
J가 말했다.
"감정의 환각상태만 아니라 이성의 환각상태도 있을 수 있지요. 그것은 '그랬으면' 하는 바람 같은 거랄까. 아무튼 책에서 비발도라는 사람이 정미 씨처럼 정색을 하고 둘시네아의 혈통, 가문, 족보를 알고 싶다고 하자…… 돈 키호테는 '아무도 이 무기는 건드리지 마오. 오를란도와 한판 붙을 생각이 없다면' 하고 자기가 섬기는 여인을 혹시라도 의심하면 '목숨을 내건 결투'도 불사하겠다는 결의를 보여요. 그러니까 돈 키호테에게 둘시네아는 부단히 그리고 기꺼이 위험한 결투를 감행하게 하는 절대적인 선善이고, 그런 위험을 감행하는 헌신의 대가로서 그녀의 아름다움을 더욱 의심의 여지가 없는 것으로 만들어가는 거지요. 거꾸로 둘시네아의 고결한 성품과 비길 데 없는 아름다움은 기사가 목숨을 바쳐 섬겨도 모자라는 것으로, 이런 섬김은 신앙의 한 형태이지요. 섬김과 섬김을 받는 대상이 서로에게 유일한 등가의 값을 지니고 있기 때문에 이 둘을 다른 것으로 대치하는 것이 불가능하지요. 이 세상에서 절대적 선을 상징하는 여성성이라면 성모聖母밖에 없기 때문에, 돈 키호테가 섬기는 둘시네아는 성모라고 할 수 있어요. 그럼에도 톨레도 상인들은 그 의미적 차원의 문제를 자꾸 사실로서 확인하고 싶어서 어느 가문 출신이냐고 묻는데, 그들에게 답을 해줄 인물은 오히려 산초인 거죠. 그리고 산초의 대답은 당연히 엘 토보소에는 그런 가문이 없다는 것이고."(돈 키호테는 자신이 선을 위해 싸우는 공덕을 계속 둘시네아를 위해 쌓음으로써 그 섬김을 늘 진행형으로 열어놓는다. 이만큼 했으니까 됐다가 아니라, 아직도 부족하다는 듯.)

"지금까지 그 많은 돈 키호테 연구논문들 중에 둘시네아를 성모에 비기는 학자는 없었던 것으로 아는데⋯⋯. 그 얘기 무척 흥미롭군요."

하지만 나는 이야기를 계속할 수가 없었다. 테이블 위에 놓인 음식들이 맛있는 냄새를 풍기며 위를 자극하고 있었기 때문이다.

"이게 안토호스 어쩌고 하는 거예요?"

'둘시네아가 그토록 먹고 싶어하는' 이라는 이름을 가진 후식.

후식이 나왔을 때, 나는 미심쩍은 표정으로 내 앞에 놓인 물컹
한 음식을 바라보며 식당 종업원에게 한국어로 물었다.

"……?"

J가 웃으면서 내 말을 스페인어로 옮겼다.

"시."

그가 나를 보며 '살살 녹는다'는 몸짓을 해 보였다.

한 스푼 떠서 입에 넣었더니, 녹기는 녹았다. 우유에 스펀지 빵

이 적셔져서 흐물흐물한 것이다. 맛은 글쎄? 달지도 느끼하지도 않은 담백한 맛인데, 여자가 임신하면 이런 맛을 좋아하나? 이런 걸 먹고 싶어 못 견뎌하나? 나는 고개를 갸우뚱했다.

RUTA DE DON
QUIJOTE

'기사님, 저희들은 기사님께서 말씀하신 그 훌륭한 여인이 누구인지 모르겠습니다. 그분을 좀 보여주십시오. 그 분이 정말로 기사님께서 표현하신 대로 아름답다면 기사님께서 명령하신 대로 기꺼이 고백하겠습니다.' 그러자 돈 키호테가 대답을 하는데, 이 대답이 아주 중요해요. '내가 너희들에게 그녀를 보여준다면 그렇게 분명한 사 실을 고백하는 게 무슨 의미가 있겠느냐? 중요한 것은 그녀를 보지 않고도 믿고, 고백하고, 확신하고, 맹세하 고, 받들어야 한다는 사실이다.'

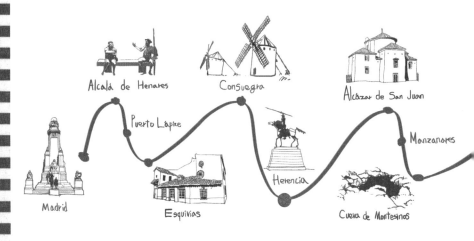

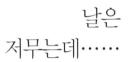

날은
저무는데……

lagunas de Ruidera · Campo de Criptana · Encinar de Holdudo · Belmonte · Madrid · Almagro · Argamasilla de Alba · El Toboso · Cuenca/Chinchón · León

날은 저무는데……
Herencia

　오늘밤 우리의 숙소는 에렌시아Herencia 지역에 있는 농원, 한국
으로 치면 콘도 같은 거라고 했다. 콘수에그라를 뒤로 하고 에렌
시아로 들어섰을 때부터 복제된 온갖 돈 키호테가 여정을 따라왔
다. 로터리, 공원, 음식점과 상점 앞에 세워놓은 다양한 형태의 설
치물들, 그리고 돈 키호테 이름을 딴 상호들……. 그것들 하나하
나를 발견할 때마다 그것이 단순한 설치물이 아니라, 이 세상을
뒤덮고 있는 산초적 삶의 위세가 더욱 강해짐에 따라 돈 키호테가
하나의 외침으로 스스로를 드러내는 것처럼 느껴졌다.
　그건 그렇고, 황혼이 깃드는 먼 하늘가로 점점 어두운 기운이
다가오고 있는데, 우리의 로신안떼를 운전하는 J의 표정에 당황하
는 기색이 떠올랐다.

"길을 잘못 든 것 같아요."

"사람들한테 좀 물어보세요."

하지만 사람들은 물론, 표지판 하나 눈에 뜨이지 않는 광야 한 가운데로 뚫린 아득한 외길이 있을 뿐이었다. 솔라나Solana라는 표지판이 나타나자 J가 반색을 했다.

"동네는 찾은 것 같은데……."

그러고도 마을은 이십 분 이상 달려서야 나타났다. 주유소에 들어갔다가 나온 J의 얼굴이 다시 어두워졌다.

"이 동네엔 코르티호cortijo(위에서 말한 농원)가 없다는군요. 아이고 힘들어."

"그곳에 전화를 해보면 어떨까요?"

Y가 말했다.

"아까부터 계속 통화를 시도하고 있는데 연결이 되지 않아요."

"그냥 이 동네에서 잠잘 곳을 찾아봅시다."

"그렇다 해도 예약을 취소해야 선생님 통장에서 벌금이 안 빠져나가는데……."

'예약 취소는 24시간 전에 해야 한다고 들었는데……. 이미 늦었잖아.'

나에게도 일시에 피로가 몰려왔다. 벌금을 물게 되더라도 얼른 쉬고 싶은 생각뿐이었다. 서행을 하며 주춤주춤 마을을 살피고 있는데, 핑크빛 건물 벽에 '돈 키호테'란 이름을 쓴 오스탈이 눈에

길을 잘못 들어 찾아간 '돈 키호테' 오스탈.

띄었다.

차에서 내린 우리는 모두 어깨를 축 늘어뜨리고 있었다. 문을 열고 들어간 실내는 바를 겸한 레스토랑이었다. 한쪽에서는 오락기가 불빛을 번쩍이며 수선스런 소리를 내고, TV에서도 여자와 남자가 스페인 말을 쉴 새 없이 쏟아내고 있었다. 사람은 없는데 장바닥처럼 소란스러웠다. 하나같이 낯빛이 불그레하고 살이 피둥피둥한 중년남자 넷이서 테이블에 둘러앉아 포커를 하고 있었다. 우리를 힐끔거리는 눈빛이 게슴츠레하고 느끼했다. 한참 후에 나타난 검은 반팔 티셔츠의 키가 작은 주인은 팔뚝에 용모양의 문신을 하고 있었다.

나는 J의 옆구리를 쿡 찔렀다.

"잠깐요."

J는 어지간히 피곤했던지 이곳에 주저앉을 모양이었다.

"3인 1박에 75유로래요."

"방은 어디 있는데요?"

J가 손가락을 세워 위를 가리켰다. 나는 위를 보는 대신 포커 테이블 쪽을 보며 단호하게 말했다.

"안 돼요. 다른 데로 가요."

밖으로 나오니, 무슨 소굴에서 빠져나온 것처럼 후련했다.

"세상에, 이런 음험한 분위기의 여관에 돈 키호테란 이름을 써 먹다니!"

문제였던 J의 휴대폰이 어찌어찌 터져서 간신히 예약 해놓은 숙소와 연결이 되었다.

"알았어요. 우리가 왜 길을 헤맸는지. 코르티호 이름이 핀카 라 솔라나Cortijo Finca La Solana인데 나는 지역 이름이 솔라나인 줄 알았어요."

오류를 알아냈음에도 숙소를 찾아가는 길은 멀기만 했다. 그사이 날이 완전히 저물어 드넓은 벌판이 캄캄한 어둠의 대해大海로

변해, 헤드라이트가 힘겹게 비춰주는 길이 우리를 인도했다. 어둠 깊숙이 파묻혀 있던 이정표가 하나씩 불빛에 몸을 드러낼 때마다, "아이고, 살았다" 하고 J가 반짝 기운을 냈다. 하지만 칠흑 같은 어둠이 다시 이정표마저도 삼켜버리고 나면 우리는 다시 어둠의 바다 한가운데 던져져 있는 조각배 같았다. 도무지 제대로 가고 있는 건지 알 만한 게 전혀 없었다. 그러다 저 멀리 어둠 한가운데 외딴 불빛 하나가 보였다.

"만약 저곳이 아니면 우리는 그냥 이 벌판에서 자야 해요."

'못 잘 것도 없지.'

사실 나는 그 같은 상황이 되기를 은근히 바라는 마음이 없지 않았다. 무기와 전투로 상징되는 전사적 돈 키호테의 내면에 스민 유랑의 우수가 마음을 나그네 되게 한 탓이랄까. 그때 J가 소리쳤다.

"와, 이건 성이네!"

우리의 앞에 나타난 코르티호는 실제로 성만큼 규모가 컸다. 오랜 시간 헤맨 끝에 기어이 찾아온 보람이 있었다. 얼핏 영감이 스쳐갔다.

그렇구나. 잠잘 곳을 찾지 못한 때일지라도, 풍찬노숙과 굶주림을 기꺼이 받아들이며, 흐트러짐 없이 기사도에 충실한 돈 키호테에게 주막이 성으로 보인 것은 믿음의 실상이었다. 그저 길 가던 평범한 나그네가 하룻밤 지친 몸을 의탁할 처소를 찾는 것이라면, 우리가 좀 전에 들기를 포기하고 나온 저 뻔뻔하도록 음험한 여관

밤늦은 시각, 천신만고 끝에 찾아온 농원.

이어도 상관없었다. 그러나 밤이 내린 황막한 들판을 헤맬 때조차
도 등을 꼿꼿이 세운 채 로신안떼의 고삐를 팽팽하게 당기고 기사
로서의 본분을 잃지 않은, 그런 돈 키호테 앞에 나타나야 하는 것
은 당연히 그의 가열한 기사도 정신에 걸맞는 성城, 기사의 도착을
알리는 장엄한 뿔나팔 소리여야 할 것이다.

"아이고 좋다!"

주름살 하나 없는, 하얀 시트가 덮여 있는 널찍한 침대에 큰 대
자로 늘어져 누운 J의 모습이 정말 편안해 보였다.

"사실 난 아까 선생님이 그 여관에 들자고 할까봐 조마조마했어
요."

"그 남자들 눈빛 봤지요? 해는 길고, 할 일은 없고, 포도주는 곁
에 무한정 있으니, 심심해서 마신 술이 술을 부르고, 심심해서 만
진 카드놀이에 푹 빠져 인생을 몽롱한 꿈처럼 살고 있는 거지요.
세르반테스가 이런 남자들에게 무기를 들려 기사도 정신으로 무
장시킨 다음 광야로 이끈 것은 소설적 상상이라기보다 삶의 좌표
를 잃은 스페인 국민들의 각성을 호소하는 선지자적 메시지인 것
이지요."

"욕실에 들어가 보세요. 일급 호텔 못지않게 럭셔리하군요."

"그보다 배가 고픈데 먹을 게 없으니⋯⋯."

"햇반은 하나 있어요. 전자레인지가 없어서 그렇지."

"내일 아침까지 참으세요. 식당이 여덟 시에 문을 열어요."

"예전에 우리 어머니 세대 생각이 나요. 배고픔을 잊으려고 잠을 잤다고 하잖아요."

"그럼 피곤을 드링크 삼아 잠을 자볼까."

눈을 떠보니 여덟 시 반이었다. 실제로 위가 느끼는 허기는 대단치 않았던 모양. 양치질만 대강 하고 식당으로 가기 위해 방을 나왔다. 정방형의 안뜰이 밤에 봤을 때보다 훨씬 커보였다. 뜰 한가운데 놓인 큰 항아리에서 치솟는 외줄기 분수소리가 이 외딴 산속의 고요에 수를 놓는 듯 맑게 들려왔다. 정갈하고 안락하게 꾸며진 식당에는 뷔페식으로 간단한 조식이 마련되어 있었고, 중년 아주머니가 서빙을 하고 있었다.

햇반을 전자레인지에 데워달라는 부탁을 하러 주방으로 간 J가 한참이나 지나서 테이블로 돌아왔다.

"저 아주머니 일가는 폴란드에서 왔는데 임금이 월 800유로밖에 안 된다고 해요. 생활이 어려워 고향으로 돌아갈까 생각 중이래요."

"이 농원 주인이야말로 전형적인 이달고로군요."

"태어날 때부터 은수저를 물고 태어났으면, 남에게 베풀 줄도 알아야지."

Y가 분개한 목소리로 야무지게 성토했다.

"그러게 말예요. 월 800유로면 한국 돈으로 100만 원 돈인데, 부부 월급을 합쳐봐야 200만 원 밖에 안 되는 걸로 이 물가 비싼 유

럽에서 어떻게 네 식구가 살겠어요."

"그러니까 기사도 정신은 오늘날에도 여전히 절실한, 기독교 정신과 궤를 같이하는 정신이지요. 엊그제 돈 키호테에게 둘시네아는 성모 같은 존재라는 얘기를 하다가 말았지요. 돈 키호테가 정식기사가 되어 주막을 나온 뒤 최초로 기사도를 실천하게 된 사건이 두 가지가 있는데, 그 가운데 하나가 무르시아로 비단을 사러가는 톨레도 상인들을 만났을 때였어요. 돈 키호테는 '기품 있는 태도와 기상'으로 자세를 바로잡고 창을 단단히 쥔 뒤 방패를 가슴 앞에 받쳐들고 길 한가운데로 나서서 거만하게 말해요. '모두 멈춰라, 이 세상 그 누구와도 비할 데 없이 아름다운 라 만차의 여제 둘시네아 델 토보소보다 더 아름다운 여인은 없다고 맹세하라'고 느닷없이 고함을 쳤어요. 그러자 상인들 중에 장난기 있는 한 사람이 나서서 말하죠. '기사님, 저희들은 기사님께서 말씀하신 그 훌륭한 여인이 누구인지 모르겠습니다. 그분을 좀 보여주십시오. 그분이 정말로 기사님께서 표현하신 대로 아름답다면 기사님께서 명령하신 대로 기꺼이 고백하겠습니다.' 그러자 돈 키호테가 대답을 하는데, 이 대답이 아주 중요해요. '내가 너희들에게 그녀를 보여준다면 그렇게 분명한 사실을 고백하는 게 무슨 의미가 있겠느냐? 중요한 것은 그녀를 보지 않고도 믿고, 고백하고, 확신하고, 맹세하고, 받들어야 한다는 사실이다.' 이런 말은 크리스천들이 예수님을 두고 비크리스천들에게 하는 말이지요. 너는 나를 본고로 믿느냐 보지 못하고 믿는 자들은 복되도다(요한 20:29)."

"선생님 말씀에 100퍼센트 동의하구요, 얘기 하느라고 식사를 못 하시는데 어서 드세요. 앞으로도 시간은 얼마든지 있으니까요."

J의 말에 두 사람의 접시를 보니 깨끗이 비어 있었다. 나는 서둘러 빵에 잼을 바르기 시작했다.

우리는 체크아웃을 하기 전에 주방 아주머니에게 팁을 좀 주고

농원 소유의 치즈 공장이 멀리 보인다.

솔라나 농원 소유의 거대한 경작지.

다시 길을 떠났다. 농원 바깥은 그대로 황막한 들판이었고, 집 뒤로 우람하게 솟아 있는 산 때문에 큰 성 같았던 농원도 게딱지만 해보였다.

이 드넓은 땅이 다 한 사람 소유라니. 그것도 조상으로부터 물려받은 유산이라니.

일 킬로미터쯤 떨어진 곳에 농원 소유의 커다란 치즈공장이 있었다. Y가 집에 가져갈 치즈를 사고 싶다고 했다. 공장에 들른 김에 그곳 지배인의 안내로 공장 견학도 했다. 금발의 미녀 지배인의 설명에 의하면, 순수 혈통의 양젖을 하루 두 번 짜서 저장통에 받고, 4도 저온에서 계속 휘젓다가 34도 고온에서 숙성한 뒤에 4도로 압축해서 물기를 짜는 데 열다섯 시간이 걸리고, 응고된 것을 소금물에 담갔다가 냉장 바람으로 건조시키는데, 제품에 따라 오 개월, 팔 개월, 일 년이 걸린다고. 출시 전에 자연 곰팡이를 씻어낸 다음 포장해서 라벨을 붙인다고 했다. 보다시피 모든 공정이 위생적인 시설에 의해 과학적으로 처리되기 때문에 이곳에서 생산되는 치즈는 유럽 전체에서도 알아주는 고품질 제품이라고 한다.

공장을 둘러보고 나서 견물생심이 생긴 우리는 각자가 선물용으로 욕심껏 (공장도 가격으로) 덩어리 치즈를 샀다. 그러고 나서 흐뭇한 기분으로 로신안떼의 박차를 가한 지 채 십 분도 되지 않아서 사단이 생겼다. 자동차가 진구렁에 빠진 것이다. 마력 좋기로 이름난 BMW도 힘에 부친 듯 계속 헛바퀴만 돌았다. 뒤에서 밀

치즈공장 전경.

치즈 포장에 붙이는 라벨.

어보고 돌멩이도 괴어보고 온갖 방법을 다 동원해도 자동차는 꿈쩍도 하지 않았다.

"우리가 치즈를 너무 많이 샀나봐. 잠시 돈 키호테의 무소유 정신을 망각했어."

사람은 물론 개 한 마리 얼씬거리지 않는, 드넓은 벌판을 막막한 심정으로 둘러보며 내가 말했다.

이 킬로미터 떨어진 치즈공장까지 사람이 가서 도움을 청해야 하나, 어쩌나 하고 있을 때 저 먼 곳에 가물거리는 점 하나가 나타났다.

"산초야, 저기 우리를 도와주려고 달려오는 기사가 보이느냐?"

"제 눈엔 기사가 아니라 트럭으로 보이는 뎁쇼."

내가 혼자서 연극을 하고 있는 사이, '산초'의 말대로 트럭 한 대가 우리로부터 오십 미터쯤 떨어진 농로로 다가오고 있었다. 우리는 일제히 두 팔을 높이 쳐들고 흔들기 시작했다.

"살려주세요!"

그냥 지나칠 듯 달려가던 트럭이 생각을 바꾼 듯 멈춰섰다. 그리고 힘 좋게 생긴 스페인 농부가 우리 쪽으로 다가왔다. 이럴 때 손짓 발짓이 아니라, 스페인어로 우아하게 도움을 요청할 수 있다는 것이 얼마나 다행스런 일인가.

RUTA DE DON
QUIJOTE

"하나님께서 이것을 가져가도록 해주셨으면 좋겠습니다. 아니면 최소한 별로 시원찮아 보이는 제 당나귀와 바꾸기라도 했으면 좋겠습니다. 정말이지 기사도는 너무 엄격한 것 같습니다. 이 당나귀를 다른 것으로 바꾸는 것조차 안 된다고 하니 말입니다. 그러면 마구만이라도 좀 바꾸면 안 될까요?"

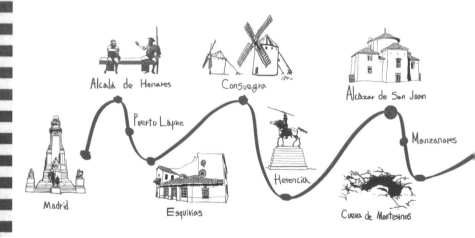

Madrid · Alcalá de Henares · Puerto Lápice · Esquivias · Consuegra · Herencia · Alcázar de San Juan · Cueva de Montesinos · Manzanares

8

친구 산초여,
세상을 바꾸는 것은……

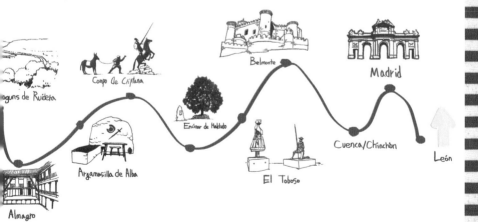

Laguns de Ruidera

Compo de Criptana

Encinar de Habldo

Belmonte

Madrid

Almagro

Argamasilla de Alba

El Toboso

Cuenca/Chinchon

León

친구 산초여,
세상을 바꾸는 것은……
Manzanares

"드디어 우리의 로신안떼도 광야를 주유하면서 관록을 쌓아가
는군요."

네 바퀴는 물론 앞 유리창까지 튀어오른 붉은 진흙을 손가락질
하며 내가 웃었다.

"아이구, 선생님 아까 같아서는 눈앞이 아찔했어요."

"루타 데 돈 키호테를 관광하자는 게 아니라는 것을 잊지 맙시
다. 모험은 우리의 운명!"

우리가 알카사르 데 산 후안Alcazar de San Juan에 들어서 말끔한
다른 차량들이 우리 곁을 지나갈 때마다, 우리의 로신안떼가 얼마
나 험난한 길을 달려왔는지 확연히 비교가 되었다. 그와 동시에
검붉은 벽돌로 지은 고색창연한 교회가 우리의 눈앞에 나타났다.

교회 앞뜰에 세워져 있는 세르반테스 입상.

뿐만 아니라, 교회 앞뜰 한쪽에 세르반테스 입상이 세워져 있었고, 동상 앞면에 붙인 동판에는 '알카사르 데 산 후안'이라는 지명이 명시되어 있었다.

"우리의 로신안떼가 이제는 척척 알아서 주인을 찾아가는군요."

차를 세워놓고 우리는 교회를 탐색하기 시작했다.

산타 마리아 라 마요르Santa Maria La Mayor 교회. 안내문에는 1226년에 성 요한에게 바쳐졌으며, 1558년 11월 9일 세르반테스 사베

드라와 카탈리나 로페즈의 아들 미겔에게 영세를 주었으며, 그 세례증명서 진본이 보관되어 있다고 씌어 있었다.

"이상하네. 존 헤이의 책을 보고 세스 노터봄이 찾아간 마요르 교회는 에렌시아에 있고, 세례를 받은 성수반을 보려 한다고 노터봄은 책에 썼어요. 부조니의 책에는 1547년 10월 7일 알칼라 교회의 교적부에 미겔에게 유아세례를 준 사실이 쓰여 있다고 했는데, 연도와 날짜, 어머니 이름이 서로 다르네. 어떻게 된 걸까?"

J에게 정확한 것을 물어보려고 했으나, 그녀는 어느 틈에 교회의 아치문을 흔들어보고 있었다.

산타 마리아 라 마요르 교회에 대한 소개문.

/3

Iglesia
de *Santa María La Mayor*

▶ | Santa María la Mayor es la más antigua de las iglesias de la ciudad, conservando vestigios de arquitectura visigoda.

Pudo haber sido una mezquita antes de la llegada de las órdenes militares a principios del siglo XIII, convirtiéndose según un documento de 1226 en parroquia adscrita a la Orden de San Juan en ese mismo año.

A lo largo del tiempo ha sufrido numerosas transformaciones que nos permiten apreciar la mezcla de estilos que confluyen en sus muros: mudéjar, románico, renacentista y barroco, estilo al que pertenece el Camarín de la Virgen construido en 1742.

En el Camarín, obra del ma[...] cantería del convento de Uclé[...] co de Mazas, destaca la deco[...] cerámica de Talavera de la R[...] recubre los zócalos y suelo.

En esta iglesia, en 1758 se e[...] en El libro I de Bautismos un[...] de bautismo a nombre de Mi[...] de Blas de Cervantes Saave[...] Catalina López, fechada [...] noviembre del año 15[...] descubierta por D. Blas Nasa[...] director de la Biblioteca Naci[...] 1735 y 1752 y un importante [...] de la obra de Cervantes. A é[...] la cita que reza en el margen [...] del libro de bautismos: "*Este [...] de la Historia de Don Quix[...] Mancha*".

▶ Detalle de la azulejería talaverana del Camarín, en línea con los camarines andaluces.

En esta iglesia, en 1758 se encuentra en El libro 1 de Bautismos una partida de bautismo a nombre de Miguel, hijo de Blas de Cervantes Saavedra y de Catalina López, fechada a 9 de noviembre del año 1558. Fue descubierta por D. Blas Nasarre y Ferriz, director de la Biblioteca Nacional entre 1735 y 1752 y un importante estudioso de la obra de Cervantes. A él se atribuye

세르반테스의 세례증명 부분.

지금까지 경험했듯이 교회문이 닫혀 있으면 아무도 그 안의 일을 알 수가 없다. 미사시간을 기다렸다가 문이 열린 뒤에 안으로 들어간다 해도, 그 진본 세례증명서는 여전히 우리 손엔 닿지 않는 깊은 곳에 보관되어 있을 것이다.

"시간이 벌써 두 시가 지났는데, 뭘 좀 먹어야 하지 않을까요?"

어정쩡해진 우리에게 Y의 제안이 할 바를 알게 해주었다. 레스토랑을 찾다보니 마을 구석에 작은 분수대가 있었고, 돈 키호테가

산타 마리아 라 마요르 교회. 세르반테스 세례증명서 진본을 보관하고 있다.

혼자 남은 고양이 미미를 생각하며

보던 책을 놓고 고양이와 눈을 맞추고 있는 서정적인 동상이 있었다. 나는 집에서 키우는 고양이 '미미'를 생각하며 고양이를 쓰다듬기도 하고, 고양이를 가운데 두고 마치 돈 키호테와 대화를 나누는 듯이 포즈를 잡고 있는데, 차츰 마음 안에서 한 줄기 슬픔이 고여올랐다.

"이제 됐어요. 어서 오세요."

Y의 말에 나는 그저 고개를 끄덕이며 손짓으로 앞서가라는 시늉을 했다. 난데없이 눈물이 쏟아졌기 때문이다. 사실 이 눈물은 한국을 떠나기 사흘 전 십삼 년이나 길러온 개, 귀동이를 안락사시켜 내 손으로 묻어줄 때 흘렸어야 했고, 어머니의 사망소식을 들었을 때 흘렸어야 했고, 그보다 훨씬 전에 먼저 떠난 김동리의 사십구재 때 흘렸어야 하는 눈물이었다. 그 눈물 뒤의 나는, 혼자인 자기를 간신히 버티고 살아온 터여서 울음을 터트리는 순간 버티던 자기가 풀썩 무너질 것 같고, 무너지면 다시는 일어나지 못할 것 같아 울지 못했다.

"저기 괜찮은 레스토랑을 발견했어요."

Y가 되돌아왔을 때 나는 이미 소리를 내며 울고 있었다.

"아니, 선생님 왜 우세요?"

"그냥 좀……."

나는 자리에서 일어나며, 휴지로 코를 풀었다.

Y가 발견했다는 레스토랑은 이름이 '돈 키호테'였다. 구석 테이블에 자리를 잡고 앉자마자, Y가 정색을 하고 "선생님 무슨 일 있으세요?" 하고 또다시 물었다.

"아니라니까."

"그래도 얘기해보세요."

이번엔 J가 며느리 달래는 시어머니 같은 투로 말했다.

"갑자기, 우리 죽은 귀동이 생각이……. 아 참, 아무것도 아니라니까."

얘기를 하려고 생각해보니 갑자기 슬픔이 쑥스러운 웃음으로 바뀌어 있었다. 두 사람은 이유도 모르는 채 나를 따라 웃었다.

"하여튼 선생님 점점 돈 키호테 닮아가는 거 있죠?"

"닮는 게 아니라 미쳐야지."

음식을 시키는 J에게 나는 후식으로 '둘시네아가 먹고 싶어 하는' 그것으로 달라고 했다.

"여기는 그런 이름의 후식이 없다고 하는데요?"

"없다고 하니 더 먹고 싶네. 이런 느낌을 '안토호스'라 하나? 이제 알겠어. 내 인생의 '안토호스'가 갑자기 물밀듯 살아났었나 봐."

나는 혼잣말을 중얼거렸다. 그리고 J가 따라놓은 와인잔을 천천히 들어올렸다. 와인을 마시자 나는 다시 기분이 울적해졌다. 방 청소를 하던 중 귀동이가 깔고 자던 방석에 묻은 마른 변을 보고 마음이 미어졌던 그 감정이 다시 살아나는 것 같았다.

레스토랑에서 나오면서 걸음이 휘-청하는 바람에 넘어질 뻔했다. 한숨을 길게 쉬며 문 앞에서 손으로 챙을 만들어 해를 바라보았다. 나도 모르게 입술을 꾸욱 깨물고 있었나 보았다. 입술이 아팠다.

우리는 다시 만사나레스Manzanares로 출발했다. 내가 입을 꾹 다물고 있자 침묵의 무게 때문에 자동차마저 무겁게 굴러가는 것 같았다.

"선생님, 소화도 할 겸 돈 키호테 얘기 좀 해주세요."

"!……."

"제가 무슨 말을 잘못한 건가요?"

"나는 한담이나 하자고 돈 키호테 얘기를 하는 게 아니에요."

"그럼 공부요, 공부."

나는 못 이기는 척 입을 열었다.

"에스키비아스에서 관리인이 벽에 걸려 있는, 놋대야처럼 생긴 동그란 것에 대해 한참 동안 설명했던 기억나지요? 그건 투구로 벽에 걸려 있지만, 사실은 대야예요. 맘부리노 투구는 돈 키호테 에게 있어 반드시 되찾아야 하는 역사적 소명이 있는 투구지요. 왜냐하면 맘부리노 아랍왕이 레이날도 왕을 죽이고 탈취한 것, 즉 이슬람 왕이 기독교 왕을 죽이고 탈취한 것이기 때문에 돈 키호테 는 정식기사가 되자마자 그 투구를 반드시 찾겠다고 스스로 맹세 한 바 있어요. 그와 같은 심리적 배경을 염두에 두고 이 장면을 들 어보세요."

"자, 봐라. 저기 얼룩말을 타고 황금투구를 머리에 쓴 채 우리 쪽 으로 오고 있는 기사가 보이지 않느냐?"

"저 멀리 어렴풋이, 제 당나귀처럼 황갈색 당나귀를 타고, 머리에 는 뭔지 모르지만 번쩍거리는 걸 얹고 오는 웬 남자가 보입니다."

"그게 바로 맘부리노 투구란 말이다. 너는 한쪽으로 비켜 서거라. 나 혼자 그를 대면하도록 해다오. 너는 그저 숨죽이고 내가 그토록 원하던 맘부리노 투구를 어떻게 내 것으로 만들며, 이 모험의 전말이 어떻게 되는지를 잘 지켜보도록 해라."

돈키호테가 투구와 말, 기사라고 보았던 것의 정체는 이랬다. 그 주변에는 마을 두 개가 이웃하고 있었는데, 그중 하나는 너무 작은 마을이라 약방도 이발사도 없는 반면에 다른 하나는 모든 것이 갖추어져 있었다. 따라서 큰 마을의 이발사가 작은 마을로 출장을 가곤 했는데, 때마침 이번에 피를 뽑아야 하는 환자와 수염을 깎고 싶다는 사람이 있어서 이발사가 놋대야를 들고 나선 것이다. 그런데 운명의 장난이었는지, 도중에 비가 내리기 시작했다. 이발사는 새로 산 것이 틀림없어 보이는 모자가 젖지 않도록 놋대야를 머리에 뒤집어썼다. 그런데 대야가 어찌나 반질반질했던지 반 레구아나 떨어진 곳에서도 번쩍거리는 것을 볼 수 있었다.

돈키호테는 가까이 다가오고 있는 불쌍한 기사를 보면서 일말의 여지를 주지 않고 짤막한 창을 앞으로 겨누고 전속력으로 로신안테를 몰았다. 창으로 기사의 가슴을 관통시켜버릴 심산이었다. 상대가 점점 가까워지자 돈키호테는 여전히 세차게 말을 몰면서 소리쳤다. "네 이놈, 나와 겨루자. 그러기 싫거든 당연히 네놈이 나에게 갖다바쳐야만 하는 그것을 얼른 내놓아라."

이발사는 앞뒤 생각해볼 틈도, 두려움을 느낄 새도 없이 순식간에 자기를 향해 돌진해오는 저 괴물 같은 사람을 보았다. 그로서는 창을 피하기 위해 스스로 당나귀 아래로 떨어지지 않고는 다른 수가 없었다.

돈 키호테는 이발사가 땅바닥에 떨어뜨리고 간 놋대야를 보고 만족스러워하며 산초에게 투구를 집어들라고 시켰다. 산초가 그것을 양손에 들고 말했다.

"와, 이 놋대야 참 좋아 보이는데요. 은화로 8레알은 나갈 테니까, 1마라베디 정도는 될 것 같군요."

그것을 주인에게 건네주자 돈 키호테는 얼른 머리에 뒤집어쓰고 이리저리 돌려가며 얼굴 가리개를 찾아보았다. 그러나 가리개가 없자 이렇게 말했다. "이 투구를 자기 머리 크기에 맞춰 고친 이교도놈의 머리통이 엄청나게 컸던 모양이다. 설상가상으로 투구의 절반은 어디 가고 없구나."

"돈 키호테의 모든 결투가 그러하지만, 이번 결투의 경우도 표면적으로는 그의 오해에서 비롯되지만 그는 너무나 진지하게 결투에 몸 던지고, 그 상황은 사람들에게 비웃음과 조롱거리가 되지만, 결투의 진정성에 의해 그는 매번 숭고한 당위성을 획득하는 것을 볼 수 있어요."

"산초의 반응이 정말 재미있어요. 놋대야를 손에 넣자 재빨리 돈으로 계산해보고 있잖아요."

"반면에 돈 키호테는 한 치의 의심도 없이 대야를 머리에 써보고, 그것이 투구라기에는 둘레가 너무 크고 얼굴가리개가 없음에도 여전히 그것이 대야라는 생각은 추호도 하지 않지요. 좀 쉬었다 할까요?"

나는 몸을 돌려 뒷자리를 돌아보았다. Y는 노트에 열심히 뭔가를 적고 있었다.

"아뇨, 계속해주세요."

"이발사가 얼룩말을 포함해 가진 것을 모두 둔 채 도망쳐버렸기 때문에 산초는 버려진 말과 안장이 탐나지만 그런 속내를 감추고, 돈 키호테에게 그것들을 어떻게 처리할지 물어봐요. 여기서 재미난 것은 말馬을 두고 하는 산초의 말이 오락가락 하는 거예요. 처음엔 '얼룩말을 어떻게 할지 말씀해보시라'고 했다가 '사실 제 눈에는 당나귀로 보이지만요' 라고 재빨리 단서를 붙여요. 그러자 돈 키호테는 '나는 정복당한 자의 것을 빼앗은 적이 없다. 정복당한 자의 말을 빼앗는 것도, 결투 중에 말을 잃은 상대가 말을 타지 않고 걸어가게 하는 것도 기사도의 관례가 아니다. 결투에서 말을 잃은 경우라면, 합법적인 결투에서 상대의 말을 취하는 것과 마찬가지로 패배한 자의 말을 취하는 게 합당할 것이다. 그러니, 산초야, 그 말인지 당나귀인지를 내버려두어라. 우리가 이곳을 떠나면 주인이 데리러 돌아올 테니까' 라고 산초의 속내를 슬그머니 견제해요. 그러자 산초는 더 이상 참을 수 없다는 듯, 자기 속내를 홀렁 까보이지요."

"하나님께서 이것을 가져가도록 해주셨으면 좋겠습니다. 아니면 최소한 별로 시원찮아 보이는 제 당나귀와 바꾸기라도 했으면 좋겠습니다. 정말이지 기사도는 너무 엄격한 것 같습니다. 이 당나귀를 다른 것으로 바꾸는 것조차 안 된다고 하니 말입니다. 그러면 마구만이라도 좀 바꾸면 안 될까요?"

"그건 나도 잘 모르겠다. 정확한 정보가 없어 좀 미심쩍긴 하다만, 네가 그토록 필요하다면 바꾸도록 해라."

"정말 필요합니다. 이 마구들이 제 것이 될 수만 있다면 더 이상은 아무것도 필요치 않을 것입니다."

주인의 허락을 받은 산초는 상대 당나귀의 마구를 자기 당나귀에 옮겨서 최대한 근사하게 꾸민 다음 그럴싸하게 안장을 올려놓았다.

"여기서 보듯, 산초는 돈 키호테가 이발사를 공격할 때는 물론, 공격한 후에도 충실히 기사도 정신에 입각한 자세를 견지하는 데 대해 나름대로 깊은 인상을 받았어요. 때문에 돈 키호테가 이발사와 벌인 싸움은 역사성이 내재된 의미심장한 전투이고, 전투의 결과에 의해서 그것도 엄격한 기사도법에 따라 취득한 마구와 안장이기에 무단으로 취득한 것과 확연히 다르다는 의식이 깔려 있어요. 그래서 자연스럽게 전리품이란 말이 나올 수 있었던 거지요. 집을 떠날 당시의 모습과 의식이 많이 달라져 있지요. 이때의 산초와 이발사의 싸움은 어딘지 또 다른 돈 키호테와 이발사의 싸움

같은 분위기가 느껴져요. 이른바 돈 키호테적 산초랄까."

"어어, 선생님 저기 보세요!"

도로변에 커다란 입간판이 서 있었다. 'Cambiar el Mundo Amigo Sancho!' 하고 뒤이어 문장이 이어지는데, 나로선 알 수가 없었다.

"무슨 말인가 하면요, '친구 산초여! 세상을 바꾸는 것은 미친 짓도 아니고, 유토피아를 이룩하는 것도 아니고, 정의를 실현하는 것도 아니다', 이런 뜻이에요."

J가 한눈에 읽은 간판 내용을 해석하고 있는 동안, 자동차는 간판 옆을 지나쳐갔다.

"그러니까 책 속에서 산초는 돈 키호테화化 되고 있는데, 책 밖에서는 산초를 내세워 돈 키호테를 부정하고 있군요."

"그런 뜻인가요?"

J의 고개가 옆으로 갸우뚱 기울어졌다. 나는 내 생각이 잘못된 건가 다시 한 번 그 뜻을 곱씹어보았다. 그리고 미처 어떤 결론을 내기도 전에 자동차는 만사나레스 시가지로 들어서고 있었다. 만사나레스에는 여정 내내 길을 따라왔던 돈 키호테와 산초의 설치물 같은 것이 전혀 눈에 띄지 않았다. 초록색 표지판 하나도 눈에 띄지 않았다.

"이 도시는 그야말로 왜 '루타 데 돈 키호테'에 편입되어 있는지 알 수가 없군요."

길가의 설치물. 친구 산초여……

"뭔가 이유가 있지 않을까요?"

J가 차를 한적한 도로변에 세우며 말했다. 우리는 차에서 내려 상가를 따라 시적시적 걸었다. 상점의 진열장을 눈여겨 들여다봐도 그 흔한 미니어처 조각품 하나 눈에 띄지 않았다.

"정말 냉랭하기 그지없군요."

하얀 시청 건물이 있는 제법 너른 광장에도 사람 하나 없었고, 돈 키호테의 입김이 서린 간판 하나 없었다.

"저 닫혀진 문 뒤에서 이곳 사람들은 이렇게 말하고 있는 거 같아요. 나는 꿈도 열정도 믿지 않는다. 꿈이나 열정은 허무한 낭비에 지나지 않는다. 내 인생의 좌표는 오로지 눈 똑바로 뜨고 속지 않는 것이다, 라구요. 아까 그 문구를 합치면 뭔가 이 도시의 이런 분위기를 이해할 수 있지 않을까요?"

이런 얘기를 나누며 우리는 광장에서 뻗어나간 골목길로 접어들었다. 한참 가노라니 갑자기 진열장에 논 키호테가 등장했다. 그것도 하나 둘이 아니라, 온갖 모양의 돈 키호테와 산초가 진열장을 가득 채우고 있었다. 상점 문을 밀고 안으로 들어가보고 더욱 입이 딱 벌어졌다. 그 집은 상점이라기보다 돈 키호테와 산초를 모델로 해서 만든 세상 모든 종류의 물건들이 남김없이 수집되어 있는 박물관이나 다름없었다.

"이것들은 당신의 개인 수집품인가요?"

"그렇지만, 하지만, 원하면 팔기도 합니다."

만사나레스 시청 앞 광장.

　나는 진열되어 있는 온갖 형태의 수천 점쯤 되어 보이는 수집품
을 둘러본 끝에, 돈 키호테가 그려진 수첩과 풍차 그림을 샀다.
　"저 아주머니 혼자 이 도시의 반反 돈 키호테 정서를 대적하고
있군요."
　"그런가요?"
　J가 운전대에 손을 올려놓고 내 말을 잠시 생각하는 눈빛으로
가만히 있었다.

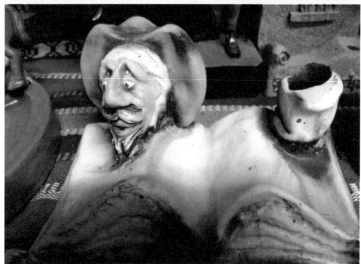

기념품들.

RUTA DE DON QUIJOTE

"나는 자네들이 내려준 밧줄을 모아서 한 덩어리로 뭉쳐 그 위에 앉아 무엇에 의지하지 않고 바람에 내려갈 수 있는 방법이 없을까 하고 곰곰이 생각을 했네. 이런 힘든 생각을 하던 중에 갑자기 나도 모르게 깊은 잠이 들었는데, 잠을 깨어 보니 어찌된 영문인지 전혀 뜻밖에도 생생한 인간의 상상력이나 자연이 창조해낼 수 없을 만큼 아름답고, 상쾌하고 즐거운 들판 한복판에 내가 있지 않겠나!"

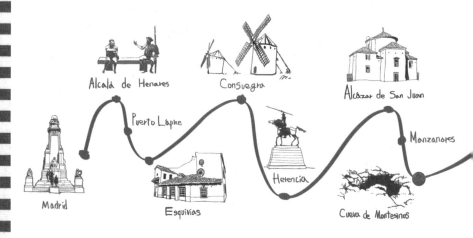

9

어둠의 거울
– 몬테시노스 동굴

어둠의 거울
- 몬테시노스 동굴
Ruidera

어제 우리는 발데페냐스Valdepeñas의 한 오스탈에서 묵었다.

발데페냐스는 저가 포도주로 유명한 곳이라고 하는데, 그 때문인지 마을의 분위기가 술에 푹 절은 주정꾼이 옷 입은 채로 잠에 든 듯한 느낌을 주었다. 아홉 시가 채 안 된 시간임에도, 대부분의 좁은 길이 어두컴컴하여 예약해놓은 오스탈을 찾기가 쉽지 않았다. 길쭉한 네온 간판을 어렵게 찾고 보니 좁은 도로 양쪽으로 차들이 빽빽하게 주차되어 있었다. 다행히 오스탈에서 백 미터쯤 떨어진 곳에 빈 공간이 있어 주차를 할 수 있었다. 축축하게 젖은 포장도로가 울퉁불퉁하여 가방을 끄는 소리가 유난히 크게 들린다 싶었다. 리셉션을 지키고 있는 젊은 아가씨도 까닭 없이 퉁명스럽다 싶었다. 체크인을 한 뒤 닭장 같은 엘리베이터에 큰 짐부터 신고 삼층에서 내려보니, 좁은 복도를 사이에 둔 객실 문들이 얼굴과 얼굴을 맞댄 형국이었다. 방은 침대 세 개가 나란히 붙어 있는 것만으로도 공간이 비좁았다.

욕실에서 나온 J가 자동차에 두고온 가방을 아무래도 가지고 와야겠다고 하자, Y가 같이 가겠다고 따라나섰다.

혼자 남은 나는 조용한 시간을 틈타 지나온 길에서 놓친 느낌을 메모하기 시작했다. 그러고 나서 가방을 열어 잠옷과 양치도구를 꺼내놓고, 먼저 샤워를 할까 망설이며 시계를 보았다. 두 사람이 돌아오고도 남을 만한 시간이었다.

'무슨 일이 있나? 아니면 먹을 것을 사러 다니나?'

잠시 누워 쉰다고 한 것이 깜박 잠이 들었나보다. 벨 소리에 일어나서 문을 열었다. 두 사람의 얼굴이 붉게 상기되어 있었다.

"왜 이렇게 늦었어?"

"자동차기 사리졌이요."

"뭐라구?"

"누가 불법주차라고 신고를 해서 견인해 간 거예요."

"그래서!?"

"결론은 경찰서에 가서 벌금 물고 찾아왔어요."

"세상에 그런 일이 있었구나. 얼마나 놀랐을까."

"올라오는 길에 리셉션 아가씨하고도 막 싸웠어요."

Y가 J를 대신해서 보조 설명을 했다.

"오스탈 전용 주차장이 있는데도 말을 해주지 않은 거예요."

"어쨌든 찾았으니 다행이고, 벌금은 내가 물어줄게."

"카드로 결제했어요."

나는 지갑에서 100유로짜리 지폐를 꺼내어 J에게 건네었다.

"내가 주차를 잘못했는데, 선생님이 왜 주세요."

"놀랐을 텐데 벌금까지 물게 되면 화가 더 날 거 아냐."

J는 잠들 때까지 차를 찾아다닌 얘기, 경찰들과 싸운 얘기를 쉬지 않고 했다. 주차한 지 불과 이십 분도 안 되어 견인해 가는 게 말이 되느냐, 주민신고가 들어와서 견인하지 않을 수가 없었다, 그러면 벌금이라도 감해달라, 등등 그런 얘기였다.

아침에 우리는 눈을 뜨자마자 약속이나 한 듯이 서둘러 짐을 챙겼다. 그리고 한달음에 내려와 체크아웃을 했다. 그것이 발데페냐스에서 있었던 일의 전부였다.

"도대체 만사나레스와 발데페냐스는 뭣 때문에 루타 데 돈 키호테에 넣었을까."

내가 또다시 투덜거리자 이번에는 J도 맞장구를 쳤다.

"우리나라 말에 삼천포로 빠진다는 말이 있잖아요. 루타 데 돈 키호테가 살짝 삼천포로 빠진 거죠."

우리한테서 100유로를 강탈해 간 '삼천포'에서 빠져나오노라니, '메손 산초Mason Sancho'라는 간판이 차창 밖으로 스쳐지나갔다.

"산초 이름이 붙은 업소는 처음 발견하네."

돈 키호테는 사방팔방으로 광대하게 열린 아득한 지형 속에서 하늘과 대지가 탄생시킨 우주적 캐릭터
이다.

"어디요?"

Y가 창밖을 기웃거리고 있는 동안, 차는 침울하고 무기력해 보이는 마을 거리를 이미 빠져나온 뒤였다. '문제는 저가 포도주야.' 나는 혼자 속으로 생각했다.

"이 마을이 잊히지 않을 것 같아."

"왜요?"

"삶의 누추함, 비굴함, 소심함이 마음을 슬프게 할 때마다 떠오를 것 같아."

우리는 어느새 고속도로로 나와 있었다. 양쪽으로 아득하게 펼쳐진 지평선 저 끝까지 거친 붓질 같은 잿빛 구름이 하늘을 뒤덮고 있었고, 넓디넓은 대지에 무엇인지 분간되지 않는, 점점이 흩어져 있는 검은 점들은 마냥 그 자리에 그대로 있는 것 같았다. 마치 자동차가 한자리에 머물러 있는 것 같았다. 획획 뒤로 사라져 가는 것은 전신주 정도였다.

갑자기 세상이 내 앞에서 마술처럼 텅 비어버린 것 같다. 이토록 텅 빈 크나큰 무대에서 저토록 멀리 있는 점들을 두고 꿈꾸지 못한다면 꿈이란 도대체 어떤 경우에 꾸어야 한단 말인가. 그것이 집이든 나무든, 성이든 탑이든 너무 멀리 있어 잡히지도 확인할 수도 없는 것인데, 그것을 두고 우리가 상상하지 못한다면 상상은 또 어떤 경우에 해야 하는 것일까. 전신주가 탑으로, 숲이 호수로, 풍차가 거인으로 보이는 이 풍경의 무한한 반전. 풍경의 반전은

라 만차 지역에서는 오히려 실제보다 더 실제다운 일이다. 십오 킬로미터, 이십 킬로미터 밖에 떨어져 있는 것을 정확히 알아본들 그것이 무슨 의미가 있을까. 사실성이 몽땅 사라진 이 광활한 공간에서는 팩트가 불필요하다. 하얀 뭉게구름이 날개를 펄럭이며 다가오는 수천수만 천사의 무리로 보이는 것이 이곳에서의 팩트이다. 돈 키호테는 사방팔방으로 광대하게 열린 아득한 지형 속에서 하늘과 대지가 탄생시킨 우주적 캐릭터이다. 작가로 하여금 이 우주적 인물을 잉태하게 한 것은 라 만차 지역 전체이다.

말 잔등 위에서 천천히 흔들리는 것처럼 상념에 젖어 있을 때, 뒤에서 Y가 손을 쭉 뻗어 50유로 지폐를 내밀었다.

"이게 뭐예요?"

"벌금, 저도 반 낼게요."

"아이, 괜찮아요."

"받으세요."

"마음만 받을게요."

"마음이 돈이니까 돈을 받으세요."

내 지갑으로 돌아온 50유로짜리 지폐로 마음이 부자가 된 것 같았다.

"루이데라Ruidera에는 뭐가 있어요?"

Y가 물었다.

"몬테시노스 동굴, 돈 키호테가 사차원의 세계를 경험한 곳이

지평선에 나무들이 나타나고 있다.

에요."

J가 말을 계속했다. "열한 시에 동굴 앞에서 안내원을 만나기로 했어요."

"사차원 세계라구요?"

흥미로워하는 Y를 위해 J가 선뜻 나섰다.

"몬테시노스는 본래 두란다르테와 함께 전쟁에 나갔던 기사인데, 두 사람의 드라마틱한 우정과 사랑에 대한 일화가 아주 유명하고, 이름에 '산의, 산에 있는, 산에서 자란' 이란 뜻이 있어 따온 것 같아요."

"그러니까 우리나라로 치면, 고수동굴에다 이순신 이름을 갖다 붙인 격이군요."

"그렇지요, 두란다르테에게는 벨레르마라는 연인이 있었는데, 그는 전쟁에 패해 치명적인 부상을 입었을 때 사촌 몬테시노스에게 자기가 죽기들랑 가슴을 열고 심장을 꺼내어 벨레르마에 전해달라는 유언을 남겼어요."

J의 뒤를 이어 내가 좀 더 보충 설명을 했다.

"그리하여 몬테시노스는 자기 가슴에 안겨 두란다르테가 숨을 거두자, 약속을 지키기 위해 예리한 칼로 가슴을 가르고 심장을 도려냈어요. 그리고 레이스 달린 하얀 수건에 싸서 벨레르마가 있는 프랑스로 날듯이 달려가 전했다고 하는 이야기가 있어요. 책에서 돈 키호테는 동굴 속에서 잠시 깊은 잠이 들었다가 깨어나보니 명부에 와 있는데, 그때 그를 맞이한 백발 노인이 몬테시노스였고 '그대와 같은 불굴의 심장과 충천하는 용기를 가진 자만이 수행할 수 있는 부탁이 있노라' 라고 해요. 그건 그렇고……."

나는 시계를 보았다.

"삼십 분밖에 안 남았네."

"주변 지형이 많이 달라지는 것을 보니 곧 도착할 것 같아요."

아득히 보이던 지평선이 사라지고, 흙 빛깔이 붉어지면서 광활하던 황무지에 포도밭이나 검푸른 올리브숲이 나타나고 있었다. 하지만 올리브라고 쉽게 단정지을 수는 없다. 올리브처럼 보이는 나무들 대부분이 도토리나무라고 한다.

얼마 가지 않아서 말 탄 돈 키호테와 루이데라 표지판이 나타났다.

"와, 호수다!"

"어마, 여기는 별천지네."

Y의 외침에 나도 감탄을 더했다. 이어서 나직한 산을 배경으로 폭이 좁아졌다 넓어졌다 하면서 무성한 숲과 갈대 사이로 몸 색깔을 바꾸며 모습을 드러내는 호수는 아름다운 물의 여신 같았다.

"우리, 동굴 가지 말고 여기서 놀면 안 될까요?"

고개를 돌려 Y를 보니 목이 안으로 쏙 움츠러들어 있었다.

"정말 그렇게 하고 싶어요?"

"사실은 제가 폐소공포증이 있거든요."

루이데라 마을 입구.

"폐소공포증? 얘기는 들었지만 실제로 그 증세가 어떤 건지는 모르겠네?"

"어두운 데 들어가면 심장이 졸아들고 누가 입을 틀어막는 것처럼 숨이 막혀 죽을 것 같아요."

"그럼 여기 있어요. 오는 길에 데리러올게요."

"우리가 옆에 있으니, 이 기회에 한번 극복해보세요."

우리는 이런 얘기를 하며 동굴로 다가가고 있었는데, 책 속에서 돈 키호테는 그를 안내하러 온 석사검객의 조언을 받아들여, 자기 몸을 묶고 동굴 안으로 깊이 내려갈 밧줄을 산다.

돈 키호테는 동굴 밑바닥이 지옥에 도달한다고 해도 밑바닥을 보고야 말겠다는 생각으로 두 팔 길이로 거의 100발이나 되는 밧줄을 샀다. 그리고 다음날 오후 두 시에 동굴에 당도했다. 동굴 입구는 크고 넓었지만 무성한 엉겅퀴, 야생 무화과나무, 가시덩굴이 빽빽하게 얽히고설켜 눈에 보이는 데 없이 뒤덮여 있었다. 굴 어귀를 발견한 사촌과 산초, 그리고 돈 키호테가 말에서 내렸고, 두 사람은 곧 돈 키호테를 밧줄로 아주 세게 묶었다. 밧줄로 돈 키호테의 허리를 두르고 동여매는 동안 산초가 그에게 말했다.

"나리 지금 무슨 짓을 하고 계시는지 잘 생각해보세요. 산 채로 묻힐 생각은 마시구요. 우물 속에 식히려고 달아매놓은 병꿀이 되지 마시구요. 이곳을 탐험하는 게 어디 나리가 하실 일인가요? 지옥보다

루아베라 시호 풍경. 에마르 베세라의 분봉도원.

루이데라 석호.

더 끔찍스런 곳인지도 몰라요."

"밧줄이나 매고 입은 다물어라." 돈 키호테가 대답했다. "이런 일
은 내가 하라고 마련되어 있는 거야."

그러자 안내인이 말했다.

"나리께 부디 간청하옵니다만, 잘 보시고 온 눈을 다 해서 그 안에
뭐가 있는지 잘 살피세요. 어쩌면 제가 쓸《변신들》이라는 책에 써야
할 게 있을지도 모르니까요."

"그런 일이라면 제대로 잘 칠 줄 아는 사람 손에 북이 있구먼요."

산초가 속담을 인용했다. 돈 키호테는 동굴로 들어가기 전에 무릎을 꿇고 낮은 소리로 하늘을 향하여, 천주님께 이 신기하고 위험한 모험에 행운을 주시고 도와주십사 기도를 올렸다.

"오, 제 온갖 행동거지의 여주인, 더 없이 고명하신 둘시네아 델 토보소 아씨여, 그대의 모험적인 연인의 기도와 청원이 그대의 귀에 도달할 수 있다면 그대의 무한한 아름다움을 힘입어 간구하오니 들어주소서. 그대의 총애만 있으면 내가 행하여 달성하지 못할 불가능이 없다는 것을 세상에 알리려는 단 하나의 목적으로, 내 앞에 열려진 구렁 속에 내 몸을 던져넣고 묻으려는 것입니다."

말을 마치고 동굴 입구로 가까이 가보니 길을 뚫지 않으면 들어갈 수가 없는지라, 칼을 빼어 굴 언저리에 자라는 가시덤불을 쳐 없애기 시작했다. 이런 무시무시한 소리가 나니, 무수한 왕가마귀떼와 갈가마귀떼가 후다다닥 몰려나오는 바람에 돈 키호테는 그 기세에 밀려 뒤로 나가넘어졌다. 그가 가톨릭 교인이 아니고 미신을 믿는 사람이었다면 나쁜 징조로 보고 그런 곳에 들어가겠다는 생각을 버렸을 것이다.

약속장소인 동굴 근처는 책에 묘사된 내용과 전혀 달랐다. 우선 현대작가의 작품으로 보이는 조형물인 돈 키호테와 산초가 우리를 맞이했다.

동굴이 있는 공원 입구의 돈 키호테와 산초의 조형물.

길옆에는 여러 개의 메숀, 레스토랑 팻말이 있어 이곳이 소설 《돈 키호테》로 인해 관광지로 바뀐 뒤 편의시설이 날로 늘어나고 있음을 말해주고 있었다.

우리보다 먼저 약속장소에 와있던 안내인이 감색 승용차에서 나왔다. 몸이 다소 뚱뚱한, 사람 좋게 생긴 아주머니였다. 인사를 나눈 뒤에 나는 그녀의 목에 걸려 있는 명찰을 보았다. 마틸데 Matilde가 그녀의 이름이었다. 그녀는 차 트렁크에서 안전모 세 개를 꺼내어 우리에게 나눠주고, 큰 손전등을 손에 들었다.

숲으로 들어서 동굴 입구를 찾아가는 동안, 안내인은 발을 멈추고 그 산에 사는 여러 수종樹種에 대해 이런저런 설명을 해주었다.

얼마쯤 더 들어갔을 때 안내인이 '아키Aquí, 여기'하며 손짓으로 가리켰다. 평면으로 파인 동굴 입구는 크지도 않고 가시덩굴 같은 것이 입구를 가리고 있지도 않았다. 마치 괴상하게 생긴 물고기가 입을 딱 벌리고 있는 것처럼 보였다.

"다들 안전모를 쓰세요."

안내원의 지시에 따라 우리는 안전모를 쓸 채비를 했다. 나는 Y가 어떻게 하는지 지켜보았다. 깊은 산중에 혼자 떨어져 있는 거나, 폐소공포증을 무릅쓰고 동굴에 들어가는 거나, 무서운 건 마찬가지인데 일행과 함께 가는 쪽이 그래도 낫다 싶었던 것일까? 두말없이 안전모를 머리에 착용하는 것을 보고 안심과 걱정이 마음속에서 교차되었다.

동굴 안내원이 루이데라 국립공원의 수종에 대해 설명하고 있다.

내가 안내원의 손을 잡고, Y가 J의 손을 잡고, 우리는 더듬거리며 한 발 한 발 조심스럽게 동굴 속으로 들어갔다. 입구에서 십여미터까지는 바깥의 빛이 희미하게 안으로 스며들고 있어, 발밑에 흩어져 있는 울퉁불퉁한 바위를 어느 정도 가려 밟을 수 있었다. 오랜 세월 그곳을 찾은 사람들의 발자국으로 닳은 흔적이 길 구실을 했다. 조금 가다보니, 백여 명이 한꺼번에 모일 수 있는 큰 공간이 나타났다.

소설 속에는 잡풀이 무성하여 입구가 보이지 않는다고 했다.

선사시대에는 이곳이 주거공간으로 쓰인 흔적, 로마시대에는 무기고로 쓰인 흔적이 발견되었다는 설명을 듣고 나서, 우리는 계속 안으로 들어갔다. 바닥도 천장도 울퉁불퉁한 암석이긴 해도 안은 꽤 넓은 편이었다. 길이 비스듬한 사선斜線으로 누우며 빛이 사라지자, 안내인의 손전등 불빛이 앞을 비추었다. 손전등이 칠흑같은 어둠을 이리저리 옮겨가며 비출 때마다 안내인의 설명이 곁들여졌다.

박쥐들.

"저기 박쥐들이 보이죠?" 또는 "석회질 물이 흘러내린 흔적이에요." "여기 이 돌은 보석류에 속하는 공작석이에요." "저기 바위 밑으로 물이 흐르고 있는데, 이 물이 루이데라 호수로 흘러들어요."

그럴 즈음, 눈이 나쁜 나는 안내인의 손을 잡고도 걸음이 계속 비틀거려, 앉아서 걷다시피 했다. J가 안내인의 설명을 그때그때 통역해서 들려주는 얘기 중에 내 귀를 사로잡은 말이 있었다.

"이 동굴 속은 아무리 캄캄해도 가만히 앉아 있다보면 어디선지 한 줄기 빛이 들어와요. 손전등을 한번 꺼볼까요?"

"안 돼요!"

Y의 비명 같은 반대에 부딪쳐 안내인은 자기 말을 증명해 보일 수가 없었다.

"희진 씨!"

나는 손전등 빛에 희미하게 드러난 J의 신발을 보며 말을 이었다.

"나를 이곳에 삼십 분만 혼자 남겨둘 수 있는지 물어봐요. 그냥 이 자리에 꼼짝 않고 있을 테니 삼십 분 후에 데리러오면 안 되겠느냐고 물어봐주세요. 돈 키호테와 같은 체험을 해보고 싶을 뿐, 다른 생각은 추호도 없으니 안심하고 내 말을 믿어달라고 해보세요."

J는 마틸데와 한참 동안 이야기를 주고받았다. 그러다 J의 어조가 강하게 설득하는 투로 바뀌었고, 잠시 후 "자기가 지금까지 십 년 넘게 안내를 해왔지만 이런 부탁을 하는 사람은 처음이라는군

이 물이 흘러들어 루이데라 석호를 만든다.

요. 무슨 일이 있으면 이 호루라기를 불래요. 그나저나 혼자 괜찮
으시겠어요?"

"하나님이 계시잖아요. 기도할 거니까……. 사실 어둠과 박쥐
이외에 여기 뭐가 있겠어요."

"시계 있지요? 아 참, 있어도 볼 수가 없겠네."

"그쪽에서 시간을 정확히 지켜주면 돼요. 삼십 분."

세 사람은 나를 혼자 남겨두고 동굴을 거슬러올라가기 시작했다.

"아, 선생님 목숨은 이제 우리 손에 달렸네."

Y의 장난스런 음성이 실려온 쪽에서 불빛이 어른거리다 사라졌다.

마침내 나는 캄캄한 어둠 속에 혼자 남겨졌다. 간간히 마틸데와 J가 주고받는 말소리가 웅얼거리듯 들려오다 그 소리마저 끊겼다. 나는 손으로 바위 상태를 더듬어 좀 더 평평한 데를 찾아 엉덩이를 붙이고, 무릎을 세워 양팔로 무릎을 끌어안았다. 그런대로 편안했다. '가만히 앉아 있다보면 어디선가 한 줄기 빛이 들어온다'고 했으니 그대로 해보려는 것이다.

눈을 크게 뜨고 어둠 속을 멀리 내다보고, 또 깊이 들여다보았다. 눈을 크게 떴음에도 보이는 것은 아무것도 없었다. 어둠은 방금 전까지 눈앞에 있던 모든 것을 사라지게 했다. 하늘도 숲도 나무도 바위도 빛까지도 사라졌다! 내가 나라고 생각했던 징표까지도 사라졌다. 남은 것은 들려오는 미세한 소리들, 만져지는 느낌을 의식하는 나뿐이다. 손으로 발끝에서 머리끝까지 천천히 더듬어본다. 운동화에 묻어 있는 흙먼지, 끈을 묶어 리본 모양으로 지은 매듭, 바지를 걷어올린 주름, 투박하고 질긴 청바지의 질감, 면 소재의 상의 재킷, 주머니 속에 들어 있는 구겨진 휴지…… 손을 머리로 가져가보고 둥그런 물체에 흠칫했다. 머리에 쓰고 있는 안전모였다. 모자를 벗어 다리 사이에 끼고, 손바닥으로 얼굴을 만져본다. 자꾸 쓰다듬어보아도 무언가 낯설다. 거울에 비춰진 얼굴을 나라고 생각했던 그 얼굴과 손바닥으로 어루만져보는 이 느낌은 아무것도 일치하는 게 없다. 두피에 당겨지는 느낌이 없다면 머리카락도 내 머리카락이라고 확신할 수 없다. 눈으로 보기만 해온 것과 만져서 감각하는 것의 차이 때문일까. 가만히 있어도 깨어 있는 눈처럼 모든 것을 낱낱이 의식하는 이것이 '나'라면, 어둠은 그 의식하는 나를 비추는 거울이다. 어둠에 오롯이 비추인 이 의식은, 밝은 곳에서는 '보이는 모든 것'에 의해 굴절되고 차단되어 생각의 수면 아래 가라앉아 있었던 '어떤' 것이다. 이것이 바로 생명의 원형질이 아닐까. 형태 이전, 시간 이전의 원형질은 어둠 속의 잠에서부터 그 생명활동을 시작한다. 나는 지금 시간을 거슬러 생명의 원점에 와있다. 근원으로 돌아온 시간.

세르반테스도 돈 키호테의 지하체험을 통해 시간의 환원에 대해 이렇게 말하고 있다.

"나는 자네들이 내려준 밧줄을 모아서 한 덩어리로 뭉쳐 그 위에 앉아 무엇에 의지하지 않고 바람에 내려갈 수 있는 방법이 없을까 하고 곰곰이 생각을 했네. 이런 힘든 생각을 하던 중에 갑자기 나도 모르게 깊은 잠이 들었는데, 잠을 깨어 보니 어찌된 영문인지 전혀 뜻밖에도 생생한 인간의 상상력이나 자연이 창조해낼 수 없을 만큼 아름답고, 상쾌하고 즐거운 들판 한복판에 내가 있지 않겠나! 눈을 비비고 보니 내가 잠이 들었던 게 아니라 기실 깨어 있었다는 걸 알았어. 하여튼 거기 있는 게 정말 나인지, 또는 가짜 허깨비인지 알아보려고 머리와 가슴을 만져 보았더니, 촉감이나 느낌이나 스스로 자문자답하여 보아도 내가 지금 여기 있는 것과 똑같이 내가 거기 있는 것이 확실했어."

내 의식 안에서 이전의 '나' 또는 이후의 '나'를 구분지어주는 시간이 사라지면서 나는 까마득한 태초의 '나'가 될 수도 있고, 까마득한 미래의 '나'가 될 수도 있다. 원형질인 '나'는 하나, 근본에 내포된 하나이나, 시간에 따라 수많은 편재偏在가 있어왔다. 따라서 인생이란 부채 같은 것이어서, 접혀진 한 면이 한 생이라면, 하나의 부채 안에서 여러 개의 생으로 나뉘어 있어, 나뉘어진 생을 접으면 이전의 나와 겹쳐질 수도 있는 것이 아닐까. 지금 '여기'와 '거기'는 의식이 구분하는 차이일 뿐, 공간의 차이는 아니다. 공간이 사라졌으므로 시간도 무로 돌아간 것이다.

문득 생각에서 깨어났을 때 나는 마치 다른 시간에서 돌아온 듯한 느낌이었다. 나는 나의 그 느낌이 사실인지 아닌지 확인해보고 싶어서 어둠 속을 힘껏 둘러보았다. 저 먼 어딘가에 희미한 빛줄기 하나가 있었다. 그것이 예전에 내가 이미 보았던 빛인지, 지금 여기서 보고 있는 빛인지 분명치 않았다. 그래서 눈을 감아보았다. 희미한 빛줄기는 여전히 거기에 그렇게 있었다!

"선생님!"

동굴 안의 캄캄하고 오랜 침묵을 묵직하게 울리는 소리. 그것은 나를 부르는 소리였지만 나는 얼른 대답을 할 수가 없었다.

"선생님!"

그제서야 시간의 압축에서 풀려나듯 내 귀가 뺑 소리를 내며 터지는 것 같았다. 나는 귀를 만져보고, 손으로 몸도 더듬어 보았다. 잊고 있던 안전모가 생각났고, 바지 주머니 속 호루라기도 생각났다.

"호루라기 소리다!"

"거기 꼼짝하지 말고 계세요. 우리가 갈 때까지."

얼마 후 나는 마틸데의 손을 잡고 천천히 동굴 밖으로 이끌려나왔다. 뒤따르던 J와 Y도 동굴에서 밖으로 올라왔다.

"무섭지 않았어요?"

Y가 숨 쉴 겨를도 없이 물었다.

"글쎄, 내가 무서웠나?"

나는 천천히 안전모를 벗었다. 시원한 바람이 불어와서 머리카락을 날렸다. 나는 손가락으로 몇 차례 머리카락을 빗질했다.

"어머나?!"

Y가 소스라치며 손으로 내 머리를 가리켰다. 안전모를 벗고 있던 J가 나를 쳐다보았다.

"아니, 어떻게 된 거예요? 선생님 머리카락이 하얀데요?"

"원래 그래요. 우리 남편 쓰러지고 나서 두 달 만에 백발이 되던 걸요."

"아이, 염색하셔서 까맸었잖아요. 동굴에 들어가기 전만 해도 까맸었다니까요."

"그건 그런데……. 지금 내 머리가 하얗다구요?"

"그렇다니까요."

J가 스페인어로 내 머리카락에 대한 얘기를 마틸데에게 했다. 마틸데는 동굴에 들어갈 때 내 머리가 어떠했는지 기억이 안 난다고 하면서 어깨를 들-썩하고 빙긋 웃었다. 설사 그렇다 하더라도 그것이 어쨌다는 것이냐, 하는 표정이었다. 나는 세 사람의 뒷전에서 말없이 고개를 끄덕였다. 내게 어떤 일이 일어났어도 그 전부를 긍정하고 이해할 수 있었다.

나는 J에게 들은 대로 일인당 3유로에다 1유로를 더한 10유로에다 곱을 더해 20유로를 마틸데에게 주었다. 그리고 식사를 같이 하자고 초대했다. 마틸데는 고개를 가로저으며 갑자기 나를 의미심장한 눈빛으로 바라보았다.

"물론 그 빛을 봤어요, 나는."

그녀의 의중을 눈치채고 내가 먼저 말했다. J가 얼른 통역을 했다. 마틸데가 환하게 웃음을 지었다. 나는 엄지와 검지로 동그라미를 만들어 보였다.

자동차에 오르는 그녀의 뒷모습을 아쉽게 지켜보다가 나는 불현듯 손을 흔들었다. 내 손에 남겨진 그녀의 온기가 전생에 알던 누군가를 기억나게 해주고 있는 것 같았다.

RUTA DE DON
QUIJOTE

그러나 오백 년이 지났어도 우리 중에 아무도 죽지를 않았네. 단지 루이데라와 그 딸들과 두 조카만이 여기 있

지 않는데, 그들이 흘리는 눈물을 본 멀린이 동정을 해서 여러 개의 호수를 만들어버렸다네. 그 호수들은 산 사

람의 세상, 라 만차 지방에서 루이데라 석호라는 이름으로 알려져 있네.

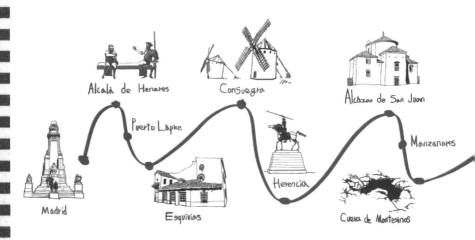

10

물의 시간

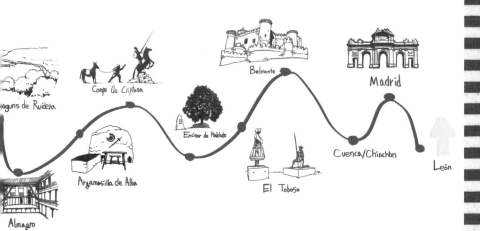

Laguna de Ruidera

Compo De Criptana

Encinar de Habludo

Belmonte

Madrid

Almagro

Argamasilla de Alba

El Toboso

Cuenca/Chinchón

León

물의 시간

Ruidera

왼쪽 창으로 여러 개의 작은 폭포가 나타났다. 아직도 나는 좀 얼떨떨한 기분이었고, 그 풍경이 다른 시간, 다른 공간의 몽롱한 아름다움으로 느껴졌다.

"여기서 좀 쉬었다 갑시다."

"이심전심이군요."

J가 차를 세웠고, 우리는 각자 카메라를 챙겨 밖으로 나왔다. 폭포는 키 큰 여자의 치마 길이 정도 밖에 되지 않아서 여섯 개나 되는데도 낙차 소리는 크지 않았다. 예전에는 탄산칼슘으로 이루어진 기암의 단애로 떨어져내리는 폭포소리가 꽤나 우렁찼던 모양으로, '루이데라'라는 호수 이름은 '루이도ruido, 소음'라는 낱말에서 유래되었다고 한다. 이 호수들은 구아디아나 강이 석회석 지대

루이데라 석호의 폭포들.

를 지나면서 수만 년 동안 침식작용을 일으켜 형성된 것으로 열다섯 개의 석호로 나뉘어 이십팔 킬로미터까지 이어지는데, 그 끝이 시우다드 레알이라고 한다.

책에서 몬테시노스는 '지금도 꼭 살아 있는 것처럼 신음하고 한숨을 쉬는' 두란다르테에게 자기가 약속을 얼마나 잘 지켰는지 들려주는 장면이 있다. 뿐만 아니라, 이 호수에 대한 전설이 사실이었던 것처럼 말하기도 한다.

우리는 사진을 찍고 나서 호숫가에 마련된 테라스에 나란히 앉았다. Y가 소녀처럼 다리를 흔들다 말고 손끝으로 내 머리카락을 만져보며 말했다.

"아무리 생각해도 이상해요. 그 동굴 안의 어떤 성분이 머리 염색약을 변화시킨 게 아닐까요?"

"믿거나 안 믿거나인데, 사실은 나 시간을 잃어버렸댔어."

"그게 무슨 소리예요?"

"전생에 다녀왔다고 할까?"

"예에?"

두 사람이 동시에 어이없다는 표정으로 나를 쳐다보았다.

"어찌됐든, 나는 시간 밖으로 나갔다왔어요."

나는 그렇게 말을 잘랐다.

"소설 속에서 망자인 두란다르테가 '살아 있는 것처럼 신음' 한다는 말을 나는 너무도 잘 이해할 수 있어요. 사후 세계에서는 우리가 살았다 죽었다 하는 개념이 무용해지는 거지요. 육체를 놓고 살았다 죽었다를 구별해온 기준은 이미 쓸모 없어지고, 육체를 벗을 때 그 육체가 가꾸어온 영혼의 생명성에 따라 같은 내용끼리 그룹을 짓는 것 같아요. 이 세상에서의 유유상종이 거짓에 의해 왜곡될 수 있는 데 반해, 영혼 세계에서는 사랑의 능동성을 기준으로, 보다 섬세한 자발적 소속감에 의해 그룹이 형성되는 것 같아요. 의식은 육체가 살아 있을 때 가장 은밀한 생명작업을 수행하다가, 육체를 벗어난 뒤에는 넘念 상태가 되지요. 넘은 두께도 무게도 없는 파장 같은 것인데, 넘과 영혼이 어떻게 다른지는 모르겠어요. 어쩌면 쓰임 상태일 때의 영혼을 넘이라 하고, 속성 상태일 때의 넘을 영혼이라고 하는 게 아닐까 싶어요. 예를 들어 스웨덴보리의 영계일기를 보면, 한 영혼이 누구를 만나고 싶다는 넘을 품자마자 그 상대가 즉각 나타난다는 얘기가 있는데, 이때 상대의 출현은 이 세상에서처럼 육체를 가진 것이 아니브로, 의식체意識體 같은 것이겠지요. 그건 그렇고, 이 루이데라 호수를 사람이 슬퍼서 흘린 눈물이 모인 거라고 하면 무슨 생각이 드세요?"

"무슨 동화 쓰냐 하지요."

"그렇지요,《돈 키호테》에 나오는 동화 같은 얘기예요."

"그런 게 있다고요?"

"2부에 나와요. 몬테시노스가 '살아 있는 것처럼 신음' 하는 두란다르테에게 하는 얘기 중에 있어요. 한번 볼까요?"

사랑하는 나의 사촌, 좀 더 증거를 대라면, 론세스발예스를 떠나서
처음 도착한 곳에서 나는 자네 심장에다 소금을 약간 뿌려서 나쁜 냄
새가 나지 않게 하여, 싱싱하지는 못해도 최소한 물기가 없이 벨레르
마 아가씨 앞으로 가져가려고 했었네. 그러나 마술사 멀린이 벨레르
마 아가씨에게 마술을 걸어서 이곳에 자네와 나와 자네 시종 구아디
아나와 루이데라 부인과 그 일곱 딸과 두 조카딸과 그 밖에도 자네가
아는 사람과 친구들과 함께 마술에 걸린 상태로 머물러 있다네. 그러
나 오백 년이 지났어도 우리 중에 아무도 죽지를 않았네. 단지 루이
데라와 그 딸들과 두 조카만이 여기 있지 않는데, 그들이 흘리는 눈
물을 본 멀린이 동정을 해서 여러 개의 호수를 만들어버렸다네. 그
호수들은 산 사람의 세상, 라 만차 지방에서 루이데라 석호라는 이름
으로 알려져 있네.

"여기서 새겨볼 만한 것은 명부세계에서 이미 망자가 된 사람이
'살아 있는 것처럼 신음' 한다는 것이 무슨 뜻일까 하는 거지요. 육
체는 죽었지만 살아 있었을 때 그 육체를 움직이게 했던 의식은
그대로 '살아 있다' 는 뜻이 아닐까요? '오백 년이 지났어도 아무
도 죽지를 않았다' 는 것도 같은 뜻일 테고. 그러니까 사후 세계란
죽음을 치른 영원한 영혼의 세계, 불멸을 뜻하는 거지요. 호수 물

이 인간이 한스러워서 뿌린 눈물이 한 방울씩 모인 것이라는 전설은 슬픔의 깊이를 이 세상 가슴으로, 장구한 시간을 이 세상 시간으로 비유한 것이라고 볼 수 있지요. 아까 동화 쓰냐고 했는데, 어린아이들 경우 육체는 미숙하지만 전생의 잔영이 아직 의식 깊숙이 생생하게 남아 있기 때문에 '장구한 시간'을 당연한 듯이 받아들이고, 주인공이 도무지 죽지 않아도 전혀 이상할 것 없는 거지요. 여기서 전생은 서사敍事가 아니라 시간의 소거랄까, 어머니의 자궁 안에서 생명의 씨앗으로만 있어도 그것을 인지하는 의식이라고 말할 수 있지요."

"선생님 말이 믿어지려고 하네요."

"내 말보다는 이 여행에서 보고 듣고 생각하는 것들이 정미 씨의 깊이 잠든 의식을 흔들어 깨우는 거겠지요."

무슨 까닭인지 대화가 거기서 끊겼다. 그러자 깊은 산중의 맑은 침묵이 우리를 감쌌다. 언제나 그래왔듯이, 붉은 빛깔의 산새가 호수 건너 숲에서 후루룩 날아올라 물 위로 미끄러져 사라졌고, 폭포는 낙차 소리를 내며 하얗게 호수로 떨어졌고, 구름은 쉴 새 없이 피어나 흐르다가 먼 하늘가로 사라졌다. 바람이 불어 잔물결이 일 때마다 호수에 잠긴 숲 그림자는 물의 오랜 흐느낌에 몸을 맡겼다.

"이럴 때 사람들은 귀신이 나올 것 같다고 하나?"

Y가 혼잣말처럼 중얼거렸다. J가 고개를 돌려 물끄러미 그녀를

바라보았다.

"너무 조용하잖아요."

Y의 말에 나는 고개만 끄덕였다.

RUTA DE DON QUIJOTE

돈 후안의 타고난 걸림감에 대한 구원은 권력한 여자의 숫자에 있는 것이 아니라, 방탕한 자신의 유혹에 끝까지 넘어가지 않은 진정한 (그의 방탕은 아마의 순결을 담금질하는 수단일 수도 있었요) 사랑을 보고 싶었던 거에 요. 돈 후안 현상은 남성의 걸림감이 스스로 만든 미망임을 깨닫게 해주는 이야기라고 할 수 있어요.

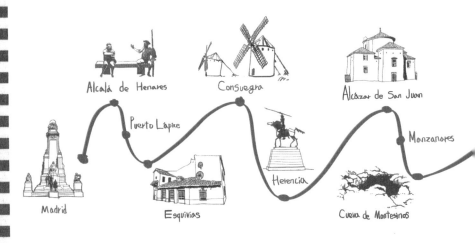

11

삶의 연극,
돈 후안 현상

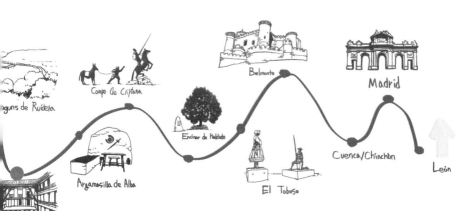

Laguns de Ruidera

Campo de Criptana

Encinar de Halduto

Belmonte

Madrid

Argamasilla de Alba

El Toboso

Cuenca/Chinchón

León

Almagro

삶의 연극, 돈 후안 현상

Almagro

루이데라의 '메손 데 후안Meson de Juan'이라는 레스토랑에서 늦은 점심을 먹고, 우리는 알마그로Almagro로 출발했다. 그 도시에는 연중 내내 연극을 무대에 올리는 유명한 상설극장이 있었고, 오늘의 숙소인 파라도르parador, 숙박시설로 이용하기 위해 개조한 성이나 수도원가 있었다. 떠나기 전 스페인 전국 어디서든지 파라도르에서 닷새 밤을 묵을 수 있는 파이브 나잇 카드를 사두었는데, 그 1박을 알마그로에서 사용하기로 한 것은 그 때문이었다.

먼 하늘에서 푸른빛이 사위고 구름이 발그레하게 노을에 젖어들 무렵 알마그로의 파라도르에 도착했다. 깨끗하지만 외관이 수수한 이 파라도르는 산타 카탈리나 수도원이 관광객을 위한 호텔로 바뀐 것이다.

파라도르 정문.

생각보다 일찍 숙소에 도착한 기분이 맨숭맨숭했다. 로비에 들어서 고풍스러운 실내를 둘러보는 동안 노스탤지어가 되살아났다. 체크인을 하고 나서 이층 45호실로 짐을 끌고 가노라니, 천장이 나직한 복도에 놓인, 수를 놓은 비로드 의자나 왕관이 그려진 궤, 정교한 문양을 새긴 책상 같은 앤티크 가구들이 흠씬 옛 정취를 더했다. 객실 벽에는 19세기 스페인의 국민시인 안토니오 마차도가 돈 키호테에 대해 쓴 색 바랜 종이의 원본 글이 붙어 있었다.

알마그로의 파라도르 안뜰. 전에는 산타 카탈리나 수도원이었다.

파라도르 로비에서 전통방식으로 수예품을 만드는 아주머니.

"짐만 들여놓고 얼른 플라사 마요르로 나가봅시다."

"서비스 와인은 한 잔씩 하고 가야지요."

J는 체크인을 할 때 접수원에게 이것저것을 물어 정보를 얻어서
그것을 십분 활용하고 있는데, 나로선 그 덕분에 경비가 조금은
절감되고 있었다. 로비 오른쪽에 있는 바는 예전에 수도원 식당이
었던 곳으로 보였다. 지금은 술병이 가득 진열된 벽을 등지고 붉
은 셔츠를 입은 남자가 와인 서비스를 해주었다. 바에 기대선 채

파라도르 복도에 놓인 앤티크 가구.

잔을 부딪치며,

"돈 키호테를 위해!" 하고 내가 말하자 Y가 뒤이어,

"또한 산초를 위해!"

하고 살짝 애교 웃음을 곁들였다.

"여기 플라사 마요르에 있는 극장은 세르반테스가 죽은 지 십이년 뒤(1628년)에 지어져, 세르반테스가 이 극장을 밟아볼 수는 없었어요. 부조니에 의하면, 노예생활에서 풀려나 귀국한 뒤에 국가

Y tú, la cerca y lejos, por el inmenso llano eterna
compañera y estrella de Quijano, lozana labradora
fincada en tus terrones -oh madre de manchegos y
numen de visiones-, viviste, buena Aldonza, tu
vida verdadera cuando ta amante erguida su lanza
justiciera, y en tu casona blanca ahechando el rubio trigo
Aquel amor de fuego era por ti y contigo.

Mujeres de la Mancha con el sagrado mote de Dulcinea,
os salve la gloria de Quijote.

Antonio Macha

안토니오 마차도의 돈 키호테에 대한 글.

공무원으로 일해보려던 뜻이 좌절되자, 카페의 문학서클 친구들이 부추겨서 세르반테스는 시문으로 쓰는 희곡 습작부터 했다고 해요. 1580년경의 스페인에는 극장이 한 개도 없었고, 그에 따라 가설무대에서 행해지는 원시적인 소극笑劇이나 교회 축제 때 예수 탄생, 수난, 부활을 극화한 기적극이 성행하고 있었어요. 세르반테스는 실생활에서 소재를 취하고 삶의 이야기로 작품을 구성해서, 이 점에서도 스페인 최초로 근대작가의 길을 걸었다고 할 수

파라도르 실내의 앤티크 가구.

도자기로 구운 객실번호.

와인을 서비스하는 바. 예전의 수도원 식당.

있지요. 이러한 그의 작업을 눈여겨 본 조그만 극단 지배인이 그
의 작품을 받아들여 상당량의 금화를 지불했을 뿐만 아니라, 자기
가 쓴 연극에 직접 출연해서 연기를 하는 세르반테스에게 연출감
독까지 해보라고 했대요. 그것이 세르반테스가 몇 년 동안 극단을
이끌고 스페인 전역을 유랑하게 된 계기가 되었다고 해요.《돈 키
호테》를 읽다보면, 기사가 편력하는 길 전체가 무대이고 길 위에
서 벌어지는 여러 사건과 만나는 사람들의 수많은 사연, 거기에

개입하여 벌어지는 새로운 사건 전개가 저절로 연극의 내용을 이루고 있다는 것을 알 수 있어요. 또한 이 형식은 우리의 인생길과 가장 흡사해서, 어느 이야기도 종결되는 것 없이 만났다 헤어지고 헤어졌다 다시 만나 새로운 이야기가 전개되는데, 그러한 시간의 변용을 통해 되풀이해 중첩되고 변화되는 인물들의 삶을 들여다보면 인생에서는 완전한 행복도, 완전한 불행도 없다는 사실을 알게 되지요. 소설의 끝 부분에 가서 산초적 돈 키호테, 돈 키호테적 산초의 모습은 시간의 변용이 남긴 증거가 되겠지요."

"그 부조니란 작가의 책을 사봐야겠어요."

"시간이 있으면 그렇게 하겠는데, 실은 작가의 일대기를 소설로 썼을 때 자료의 공백을 상상으로 채운 문제는 이 책에서도 엿보여요. 내가 쓰게 될 책은 이 '루타 데 돈 키호테' 즉, 돈 키호테를 기리기 위해 만든 오늘날의 길이 무대이고, 등장인물은 우리 세 사람, 그리고 내용은 이 길 위에서 만나는 인물과 사건들로 구성할 것이지만, 얼굴 없는 돈 키호테와 산초가 사실은 주인공이에요. 주제는 그들이 오늘 우리의 삶에 불러일으키는 사유의 무한 반향反響에 대한 것이에요."

"예? 우리가 선생님 책의 등장인물이 된다고요?"

"이미 그렇게 하고 있잖아요."

"그럼 저는 둘시네아가 될래요."

Y가 먼저 역할 하나를 채어갔다.

귀족 후예의 집 출입문. 집은 신축건물, 문장이 있는 출입문만 떼서 붙였다.

ALMAGR

CIUDAD DEL TEATRO

07 PALACIO DE LOS CONDES DE VALDEPARAÍSO

Este palacio perteneció a don Juan Francisco Gaona y Portocarrero, primer conde de Valdeparaíso desde el año 1705, título concedido por Felipe V por su participación en la Guerra de Sucesión y por su matrimonio con doña María Arias de Porres Rozas y Treviño, marquesa de Añavete.

El palacio ya existía anteriormente pero fue remodelado a finales del siglo XVII, tal y como aparece en su portada "AÑO DE 1699". El edificio continuó restaurándose siguiendo la tipología de los Palacios Madrileños por parte del segundo conde de Valdeparaíso, el cual fue ministro de hacienda del rey Fernando VI, adquiriendo el lujo y la suntuosidad propia de tan alto dignatario.

This palace belonged to Don Juan Francisco Ga ro, the first count of Valdeparaiso since 1705, V, for his participation in the war of successio rried to Doña María Arias de Porres Rozas and Añavete.

The palace was remodelled at the end of the on its facade "Year 1699".

The building carried on being restored follo the palaces in Madrid by the second count was the treasurer of the king Fernando VI, prestige and the sumptuousness only worthy dignities.

사라진 옛 건물의 사진 판넬.

Castilla-La Mancha

Castilla-La Mancha

Excmo. Ayuntamiento de Almagro

"그럼 제가 할 역은 이미 정해졌네요."

"그렇지, 돈 키호테."

내가 얼른 J의 의중을 간파하고 선수를 쳤다.

"여정이 시작될 때라면 몰라도 지금은 너무 많이 왔어요. 선생님이 작가와 작품의 재해석을 돈 키호테 중심으로 말씀해왔는데, 그런 선생님 말씀을 제가 한 척 할 수 있나요?"

"이건 소설적 기행 에세이이기 때문에 실제의 '나'라는 정체성은 별개예요. 어쨌든 연극의 고장에 왔으니, 지금 공연 중인 작품이 있으면 한번 봅시다."

"입장권이 꽤 비쌀 텐데요. 이럴 때 나는 영락없는 산초야. 하하하."

J가 산초라기에는 너무 거침없고 위세스러운 웃음을 터뜨리는 바람에 내가 주변의 눈치를 살폈다.

파라도르 밖으로 나와 우리는 중후한 건물들이 즐비한 거리를 천천히 걸었다. 십十자, 왕관, 사자 등이 들어간 방패 모양의 문장이 출입문 위에 부조된 집들은 가문의 옛 영화榮華를 지금도 꿈꾸고 있는 것일까. 건물을 새로 지어 외양을 하얗게 칠한 어느 후작 후예의 집은 오래된 문장이 있는 옛 출입문의 앞부분만 새 건물에 덧붙여놓고 옛 건물의 사진 판넬을 붙여놓기도 했다.

기록에 의하면 독일 슈바벤 출신으로 스페인 전역에서 무역 상권을 장악하고 막대한 부를 축적하여 카를로스 1세의 후원인 노릇을 했던 푸거 집안이 르네상스 양식으로 지은 집도 있고, 무어인을 축출하기 위해 1158년 시토회 수사들이 세운 칼라트라바 기사 수도회 본부도 이곳에 있다고 한다.

동글동글한 자갈돌들이 깔린 한적한 거리를 따라서 쭉 걷다보니 넓은 광장이 나타났고, 그 앞에 백발이 성성한 수사 같은 느낌의 교회 하나가 있었다. 그 건물이 바로 칼라트라바 수도회 건물이었다. 하지만 안으로 들어가보니 현관홀은 수도원 분위기인데 평상복을 입은 수사 타입의 젊은 청년이 리셉션을 보고 있었다.

"여기도 숙박이 가능한가본데요?"

J가 청년과 얘기를 나누고 나서 말했다.

"여기도 숙박시설이 있다고 하는데, 내일 밤 이곳에서 묵으면 어떨까요? 세 사람이 한방에 들 경우 67유로래요."

"내일 갈 곳은 어딘데요?"

"아르가마시야Argamasilla, 세르반테스가 갇혀 있던 감옥이 있는 곳이에요. 하지만 여기서 멀지 않기 때문에 잠은 이곳에 와서 자도 돼요."

예약을 해놓고 밖으로 나오는 우리 곁으로 방금 도착한 미국인 여행객들이 짐을 끌고 줄줄이 들어섰다. 노인들임에도 옷차림이 밝고 자유분방해 보였다.

"이런 데서 붉은 백합 십자가가 그려진 하얀 망토를 걸친 칼라트라바 수사가 아니라, 미국인 관광객을 만나니 기분이 이상하

수도원 전경.

군요."

　그사이 어둠이 내려와 있었다. 초저녁인데도 도무지 인적이 느껴지지 않는 어두컴컴하고 조용한 주택가를 지나는 우리의 발걸음은 알게 모르게 어딘가로 이끌려가고 있었다. 그리고 마침내 불빛이 환한 길쭉한 광장이 우리 앞에 열렸다. 그곳이 장방형, 곡선 목재 회랑으로 유명한 알마그로의 플라사 마요르였다. 스페인 국기가 걸려 있는 시청 건물을 가운데 두고 양쪽으로, 삼층 목조건

플라사 마요르의 목조건물, 곡선의 기묘한 아름다움.

알마그로의 플라사 마요르.

물이 똑같은 모양으로 길게 이어져 있는데, 이어지다 살짝 휘어진
모양이 묘한 아름다움을 자아내고 있었다. 아래 회랑 기둥은 흰색
이고, 기둥 위의 대들보는 갈색, 유리문이 달린 베란다 창틀 부분
은 초록색으로 칠해져 있어, 흰색, 갈색, 초록색의 대비가 자아내
는 유머러스한 발랄함이 광장에 활기를 불어넣고 있었다. 검은 밤
하늘이 지붕처럼 내려와 있는 광장은 꽤 큰 편인데도 일단 이곳으
로 나오면, 무대에 등장한 배우들처럼 누군가 나의 일거수일투족

을 바라보고 있는 것처럼 느껴지지만 만나는 사람이 누구든 이내 친해질 것 같은 유쾌한 밝음이 흘러넘쳤다.

회랑 안쪽 상점들은 불을 환히 밝히고 문을 열어놓았으나, 손님은 거의 없었다. 기웃거리며 극장을 찾다말고 돌아보니 두 사람이 곁에 없었다. 그래도 이곳에서는 전혀 걱정이 되지 않았다.

극장은 왼쪽 회랑에 있었다. 게시판에 공연 중인 〈돈 후안〉 포스터가 붙어 있어 반가운 김에 나는 소리쳐 J를 불렀다. 내 목소리가 마치 긴 나팔을 통해 퍼져나가는 것처럼 울렸다. J가 어디선가 쓰윽 나타났다.

"여기 〈돈 후안〉을 하네요. 이거 봅시다."

J가 빠른 걸음으로 다가와 포스터를 한참 동안 읽어보고 나서 말했다.

"오늘 마침 공연이 있는데, 〈돈 후안〉을 옛날 방식대로 연출한다고 해요."

"잘됐네. 공연이 몇 시부터인가?"

매표소 입구 안쪽의 보이지 않는 매표원과 얘기를 나누고 J가 말했다.

"공연시간은 여덟 시, 입장권은 40유로래요."

좀 비싼 편이지만, 알마그로를 찾은 이유이기도 해서 두 눈 질끈 감기로 했다. 120유로를 주고 입장권 세 장을 샀다.

"스페인에 산 지 이십 년 가까운데, 선생님 덕분에 비싼 연극을 보게 되는군요."

"그 대신 저녁은 가볍게 먹읍시다. 그런데 정미 씨는 어디로 갔지요?"

"저 앞에 있는 상점에서 뭘 구경하고 있나봐요."

Y는 꿀을 탐하는 벌처럼 기념품 상점 진열대에 꼭 붙어서서 우리가 들어가도 눈치채지 못했다.

"재미있는 게 많이 있나보네."

Y는 그때서야 나를 돌아다보았다.

"사고 싶은 게 많아요."

"정미 씨한테 물어보지도 않고 연극표를 샀어. 그러니까 다른 데 돈 쓰는 건 참아."

Y는 내가 손을 잡아끌자 웃으며 끌려나왔다. 시간이 한 시간 반 정도 남았으므로, 우리는 가볍게 뭘 먹으려고 레스토랑을 찾아보았다. 바람이 쌀쌀한 탓인지 광장 돌의자에 앉아 있는 사람은 많지 않았다. 회랑을 끼고 있는 거의 모든 음식점이 한산한데, 유난히 손님들로 북적거리는 집이 있었다. 그 집에 특별한 게 있는 듯했다. 마침 구석자리에 비어 있는 동그란 테이블이 하나 있었다.

"왜 이 집만 이렇게 손님이 많지? 음식이 싼가?"

의자에 앉아 주위를 두리번거리며 J가 고개를 갸우뚱했다. 우리는 와인과 간단한 안주를 시켰다.

"무슨 연극이에요?"

위 게시판에 붙어 있는 〈돈 후안〉 포스터.
아래 알마그로 연극 전용 공연장의 정문.

타베르나 실내.

Y가 생각난 듯 물었다.

"〈돈 후안〉."

"〈돈 후안〉요?"

"왜, 바람둥이한테 당한 일이라도 있어?"

"사실 귀에 익히 들어왔지만 소설을 안 읽어봐서 스토리를 전혀 몰라요."

"소설이 아니라, 로페, 칼데론Calderon과 더불어 17세기 스페인 연극을 주도한 세 사람 중 한 사람인 티르소 데 몰리나Tirso de Molina의 극작품인데, 본래 제목은 〈세비야의 농락자와 석상의 초대손님〉이에요. 모차르트 오페라 〈돈 조바니〉, 리하르트 슈트라우스의 교향시 〈돈 후안〉도 있고, 스페인 감독의 영화도 나와 있어요."

J가 스페인어를 섞어 빠르게 말하는 동안, 금발의 소녀가 테이블 위에 와인잔과 바게트에 얹은 하몽, 엔초비 접시를 하나씩 내려놓았다.

"야, 설렌다. 본고장에 와서 〈돈 후안〉을 보게 되다니."

와인잔을 집어들며 내가 짐짓 바람을 잡았다. Y가 단숨에 와인을 들이켜고 잔을 내려놓았다. 내 시선이 문득 Y의 V넥 셔츠 사이로 살짝 드러난 하얀 젖가슴을 스치고 안주 접시로 옮겨왔다. Y는 길에서 길로 옮겨다니는 바쁜 일정 중에도 검자주색으로 매니큐어 손질을 꼼꼼히 할 만큼 외모에 신경을 썼다.

"사실 말이지, 여자들 마음속에는 돈 후안 같은 남자가 나한테 관심만 보여봐라 한방에 날려주겠다, 하는 모험심이 있지 않아요?"

"오호, 그래요? 문제는 우리말에도 있듯이 열 번 찍어 안 넘어가는 나무가 없다고 하잖아요."

내가 넌지시 Y의 자신감에 의문을 표하며 J를 쳐다보았다.

"왜 절 쳐다보세요?"

말은 그렇게 하면서도 J는 그 이유를 알고 있다는 듯 쑥스러운 웃음을 지었다.

"정미 씨, 한 잔 더 해요. 혼자 너무 진도를 빨리 나가네."

그러자 J도 남은 잔을 비우고 소녀를 불러 와인을 더 주문했다.

"돈 후안은 한 남자의 방종한 성향으로만 볼 것이 아니라, '돈 후안 현상'으로 봐야 해요. 남자에게는 누구나 권력의지가 있어요. 권력의지는 뒤집어보면 결핍감의 표출이에요. 그러니까 결핍감이 큰 사람일수록 권력의지가 강하다고 볼 수 있는데, 돈 후안 경우는 그 의지가 여성편력으로 변형된 경우라고 봐요. 원작을 살펴보면, 돈 후안은 귀족가문에 출중한 외모, 넉넉한 재산, 호탕한 성품, 뛰어난 언변까지 갖춘 사람이에요. '그런 사람이 어째서?' 라고 하겠지만 결핍감은 타고난 성품의 빈곤이기 때문에 현재 그의 손에 무엇이 쥐어져 있든 만족을 모르지요. 돈 후안에게 진정성이 없는 건 아니에요. 그가 진정성을 바치는 여성은 도냐 아나라는 집정관 곤살로의 딸이에요. 아나는 정숙하고 고결한 성품인데, (하얀 소금단지를 테이블 중심에 놓고) 이게 바로 그 여성이라고 쳐요. 이 여성에게만은 돈 후안이 가진 모든 것이 이미 있거나, 없어도 돈 후안이 여성들을 사로잡을 때 무기로 내세우는 것들이 그녀에게는 다 소용없고, 이미 마음을 준 모타에 대한 사랑을 지키는 것만 중요한 거지요. 돈 후안은 자기 아닌 남자에 대한 아나의 정절을 꺾고 싶기도 하고, 이 여성이 자기에게 쉽게 넘어올까봐 겁이 나기도 해요. 그래서 이곳에는 (소금단지로 테이블을 톡톡 두드리며) 사랑의 성소처럼 다가가기를 두려워하며, 다른 한편으로는 이 여자 저 여자(와인잔을 소금단지 주변에 흩어놓으며)에게 자기의 신분이나 부를 이용해 끊임없이 색기를 피워보는 거지요. 그의 색기는 원색적이어서 누가 보더라도 진정성과 거리가 먼데도 여성들이 넘어가는 것은 그가 지닌 사랑 외적인 것으로 자기를 채우려는 욕구 때문이지요. 돈 후안 입장에서는 자기가 지닌 보검寶劍을 슬쩍 보여만 줬을 뿐인데, 여성 쪽에서 너무나 쉽게 몸이 달아오르는 것을 볼 때 속으로 '너는 나를 잘도 믿는구나Qué largo me lo fiáis!' 하는 탄식이 나오는 거지요. 그런데 여기 (소금단지를 가리키며) 아나는 모타가 첫 남자이기 때문에 그 남자 이외에 다른 누구도 마음에 둔 일이 없어요. 바로 이 점이 돈 후안으로 하여금 모타로 변장하고 아나의 집 담을 넘게 하는데, 아나가 그 사실을 알게 되어 비명을 지르는 바람에 아나의 아버지가 나서서 돈 후안을 처단하려다가 칼에 찔려 죽게 돼요. 아버지를 잃었지만 아나는 사랑을 지키고 정절貞絶을 완성한 거지요. 돈 후안이 바라는 것도 바로 그것이에요. 돈 후안의 타고난 결핍감에 대한 구원은 편력한 여자의 숫자에 있는 것이 아니라, 방탕한 자신의 유혹에 끝까지 넘어가지 않은 진정한 (그의 방탕은 아나의 순결을 담금질하는 수단일 수도 있어요) 사랑을 보고 싶었던 거예요. 돈 후안 현상은 남성의 결핍감이 스스로 만든 미망임을 깨닫게 해주는 이야기라고 할 수 있어요. 우리나라 옛 여성들의 삶에서 정절이나 절개를 으뜸가는 덕목으로 삼은 것도 같은 맥락에서 보면 되지요. 상대방이 이러니까 나도 이런다는 식의 상대적 관계에서는 결핍감이 증폭, 확산될 뿐이에요. 그러나 여성 또는 남성 쪽에서 그 결핍감을 감당하며 상대적 관계를 초월적 관계로 바꾸어갈 때만 사랑은 서서히 두 사람 사이에 구원의 다리로 가시화돼요. 예수 십자가야말로 인류 전체의 원죄적 결핍감을 십자가 치형으로 감당함으로써 인류를 미망에서 깨어나게 한 사건이었어요. 너희 결핍감은 너희가 만든 환영이다, 그런 거죠. 내가 진정한 사랑은 '치러내다' '감당하다' 는 동사가 될 수밖에 없다고 말하는 이유예요."

너무 힘주어 말한 탓인지 갈증이 느껴졌다. 나는 반쯤 남은 와인을 들이켰다. 아련한 피로가 몰려왔다.

"아이구, 이대로 들어가서 잠이나 자면 좋겠다."

"연극은 어쩌고요."

공연장 무대.

"말이 그렇다는 거지요."

그러고 나서 나는 J의 잔에 남은 와인을 내 잔에 옮겨 또다시 들이켰다. 문득 '내가 말을 많이 한 것은 성의 억압을 다른 형태로 푸는 것이 아닐까' 하는 의심이 스쳐갔다.

"왜 웃으세요?"

Y가 발그레 상기된 얼굴로 나를 빤히 바라보았다.

공연장 내부.

"정미 씨 은근히 매력 있어. 박사님, 그렇지 않아요?"

"그러니까 본인이 알고 얼른 둘시네아 역을 하겠다고 했잖아 요." J가 창 너머로 광장을 내다보더니, "사람들이 줄을 서고 있어 요. 우리도 나가서 줄을 서야 되겠어요" 하고, 하나 남은 타파tapa 를 얼른 입으로 가져갔다.

줄을 서면 이내 입장을 하는 줄 알았더니 그게 아니었다. 십분, 이십 분이 흐르는 동안 우리 앞에는 물론 뒤에도 점점 긴 줄이 늘어섰다. 그 줄은 광장을 가로질러 극장 반대편 회랑 아래로 계속 뻗어나갔다. 관람객은 이 지역 사람들만이 아니었다. 앞에서 뒤에서 영어, 독일어, 프랑스어로 끊임없이 재잘대는 소리가 들려왔다.

입장은 여덟 시를 훨씬 넘겨 여덟 시 삼십 분에 시작되었다. 사진에서 봤던 대로, 극장은 회랑식 삼층 목조건물이었다.

오페라하우스와 흡사한 구조로서 무대를 중심으로 삼층까지 의자가 놓여 있고, 무대는 객석에서 보면 삼층, 무대에서는 이층으로 설계되어 있었다. 가운데 객석 위에는 지붕이 없어 별들이 쏟아질 듯 내려와 있었다. 좌석번호가 없었으므로 우리는 가운데 객석에 자리를 잡았다. 무대가 객석보다 높은데도 앞사람의 키가 커서 시야가 반쯤 가려졌다.

구불구불 길게 이어졌던 그 많은 관람객이 한 사람도 서지 않고 다 자리를 차지하고 앉는 것이 신기했다.

마침내 객석의 불이 꺼지고 실내에 잔잔한 음악이 흘렀다. 조명이 비추인 곳은 옥타비오, 돈 후안, 모타 세 사람이 모여 있는 주막. 세 사람은 얼굴을 맞대고 이야기를 나누고 있다. 대화 중에 모타가 아나에게서 받은 편지를 꺼내보이고, 그것을 읽게 된 돈 후안은 질투심이 끓어올라 연거푸 술을 마신다. 조명이 꺼져 있

공연 시작 전 객석.

는 다른 반쪽 무대는 아나의 집 거실. 아나의 집이라는 암시만 있
을 뿐 장의자 하나가 전부이다. 세 남자가 퇴장한 뒤에 아나의 집
에 조명이 켜지고, 잠시 후 잘록한 허리에 발등을 덮는 드레스를
입은 아나가 하녀와 같이 등장했다. 대사는 스페인어였지만 내용
을 이미 알고 있는 나로선 두 여인의 대화를 충분히 짐작할 수 있
었다.

아나: 그이가 내 편지를 읽어봤을까?

하녀: 그럼요. 어쩌면 지금, 이리로 오고 계실지도 몰라요.

아나: (두 손을 비비며) 왜 이렇게 마음이 떨리는지 모르겠네. 혹시 다른 볼일이 있어 발길을 되돌리는 건 아니겠지. 일이 손에 잡히지 않아.

하녀: (발코니로 나가서 바깥을 기웃거리며) 밤길은 어둡지만 나리가 오시는 발소리는 결코 제 귀를 비켜가지 못해요. 조금만 기다려보세요.

아나: (갑자기 의자로 가서 털썩 주저앉으며) 아, 시간이 어서 지나갔으면…….

맘속으로 무대 위의 인물들 대사를 써내려가고 있는데 슬슬 졸음이 엄습했다. 옆 자리의 J가 나를 쿡 찔렀다. 나는 눈을 비비고 다시 무대를 응시했다. 하지만 잠이 너무나 달콤해서 다시 고개를 떨구지 않을 수 없었다. 내가 화들짝 자신을 추스른 것은 잠결에도 입가에 침이 흘러내린다고 느꼈기 때문이다. 슬그머니 손으로 입가를 훔치고, 다시 무대를 응시하려고 필사의 노력을 다했다.

박수 소리에 또다시 화들짝 눈을 떴다. 연극이 끝나고 배우들이 무대에 늘어서 인사를 하고 있었다. 절로 힘찬 박수가 쏟아졌다. 그제서야 배우들의 얼굴이 선명하게 보였다.

"선생님 참 비싼 잠 주무셨어요."

〈돈 후안〉 공연 후 인사하는 배우들. 알마그로 극장에서.

"어쩌나 잠이 달콤한지 40유로가 하나도 안 아깝네."

"아, 창피해!"

세 사람의 웃음으로 알마그로 광장이 잠시 들썩였다.

RUTA DE DON
QUIJOTE

세르반테스는 이곳에서 우리가 아는 저 유명한 《돈 키호테》의 첫 구절을 쓰지 않았을지도 모른다. 오히려 작가는 이제야말로 이곳에서 나가면 징수원 일을 그만 두고 일생일대의 걸작이 될 작품과 맞붙어보리라 결심했을 것이다. 그것이면 충분했다. 《돈 키호테》는 앞으로 쓰여질 작품이 아니라, 이미 그의 마음에서 완결된 작품이었다.

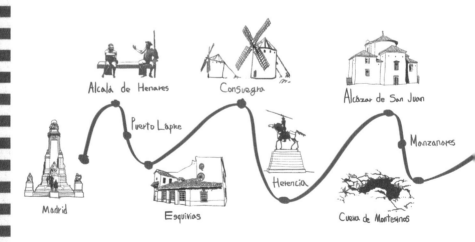

12

결단의
횃불

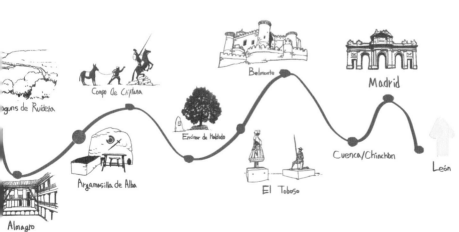

Laguns de Ruidera

Compo de Criptana

Encinar de Halddo

Belmonte

Madrid

Almagro

Argamosilla de Alba

El Toboso

Cuenca/Chinchon

León

걸단의 햇불
Argamasilla

이튿날이었다. 늦잠을 자려던 생각과는 달리 눈을 뜨고 보니 여섯 시가 조금 지난 시각이었다. 옆에서 들려오는 곤한 숨소리 때문에 나는 일어나고 싶어도 소리를 낼 수 없었다. 다시 잠을 청하려고 애를 써봐도 정신이 더 맑아졌다. 그때 오늘 일정에 대한 궁금증이 스쳐갔다. 세르반테스는 왜 감옥에 가게 됐을까. 한 번도 아닌 두 번, 세 번, 몇 번씩이나. 아르가마시야의 감옥에는 언제 투옥된 것일까. 참고자료를 미리 공부해놓으면 좋을 것 같았다. 살그머니 일어나서 침대 밑에 놓아둔 자료 가방을 들고 욕실로 들어갔다.

욕실 문을 닫아걸고, 바닥에 수건을 깔고 편히 앉았다. 흰 타일 벽에 반사되는 불빛은 시리도록 밝고 깨끗했다. 나는 세 권의 책을 타일 바닥에 펼쳐놓고 1585년 이후의 연보와 그 연보를 뒷받침 해줄 자료를 훑어보기 시작했다. 그 결과…….

당시 작가가 처한 상황을 살펴보면 다음과 같았다.

극단劇團을 이끌고 전국을 유랑하는 생활을 접은 뒤, 세르반테스는 마드리드 집으로 돌아와, 목가소설《라 갈라테아》(1585년)를 썼다. 이 소설은 작가 자신에게는 미흡한 점이 많았으나, 친구들은 물론 출판업자 길 로블레스로부터 호평을 이끌어냈고, 속편을 써 달라는 요청까지 받았다.

하지만 세르반테스는 이 달갑지 않은 성공을 미련 없이 접어버리고, 군대에 들어가거나 정부의 어떤 직책을 찾아보기로 결심했다.

1586년 무렵, 스페인과 영국의 관계는 나날이 험악해지고 있었다. 가톨릭을 신봉하는 스페인 국왕 펠리페 2세와 프로테스탄트를 지지하는 영국의 엘리자베스 여왕 사이에 종교를 내세운 유럽 지배권 다툼이 치열했다. 스페인 식민지인 네덜란드의 신교 세력이 줄기차게 일으키는 반란의 배후에는 영국 여왕의 지원이 있었고, 멕시코로부터 재화를 가득 싣고 스페인으로 귀항하는 범선을 약탈하는 해적 우두머리들에게 작위를 수여하고 포상을 하는 것도 영국의 여왕이었으며, 스코틀랜드의 메리 여왕을 종교 문제로 처형한 것도 영국의 여왕이었다.

스페인 국민의 거국적 분노가 들불처럼 번져갈 즈음, 영국을 징벌하기 위해 대규모 원정군을 파견할 것이라는 소문이 떠돌았다. 어느 날부터 대장장이의 힘찬 망치질 소리가 밤낮없이 요란하게 스페인 방방곡곡에서 울려퍼졌다. 투구, 방패, 탄약, 총포 같은 병기 제작은 빠르게 진척되었고, 영국을 무찌르고 국가의 자존심을 세워줄 함대가 출범할 날은 점점 가까이 다가오고 있었다.

세르반테스는 바로 이 함대에 필요한 보급품을 징발하는 업무를 담당하는 부징발관에 임명되었다. 엉덩이가 짓무르도록 앉아 있던 책상을 후련하게 박차고 일어난 것이 얼마 만인가. 어린 아내와의 불화로 울적해 있던 마음에 심기일전의 기회가 온 것이다. 그는 왕의 문장이 박힌 제복을 입고 부하들을 거느리는 군인武의 세계로 다시 돌아오게 되었다.

부자도 호락호락하지 않았지만 가난한 사람에게서 물자를 징발하는 일은 쉽지 않았다. 하지만 세르반테스는 이 임무에 탁월한 능력을 발휘했다. 공정하게 징수하면서도 각자의 형편을 세심하게 배려하는 양동작전과 연극으로 다져진 변설이 큰 도움이 되었다. 하지만 그가 한 가지 몰랐던 것이 있었으니, 수도원은 징세로부터 면제된다는 사실이었다. 에시야 수도회 원장과 수도사들의 완강한 저항에도 불구하고 병사를 풀어 지하저장고를 수색해서 적당한 비율의 물품을 징수해온 것이 문제였던 것이다.

그 일로 세르반테스는 종교재판을 받게 되었는데, 끔찍한 화형을 면할 수 없을 거라는 예상과는 달리, 뜻밖에도 '파문' 처분으로 일이 마무리되었다. 그 당시 무소불위의 권력을 휘두르고 있었던 도미니크 수도사들이 마음을 바꾸지 않았더라면, 그들은 죽은 뒤에 하늘의 계시를 무시한 죄를 영원히 짊어져야 했을 것이다.

1588년 국왕에 의해 '엘 푸르덴데'라고 명명된 스페인 무적함대는 출항신호 대신 총사령관 산타쿠르스 후작의 사망소식을 접하게 되었다. 나쁜 징조는 그것만이 아니었다. 폭풍과 적의 전력에 대한 오판으로 무적함대는 제대로 맞붙어보지도 못하고 무참히 패퇴했다. 귀국한 소수의 배에서는 병들고 부상당한 병사들이 서로 몸을 의지하며 꾸역꾸역 밀려나왔다. 이 해전의 패배로 스페인은 해상 지배권을 영국에게 넘겨줘야 했고, 네덜란드 식민지배 또한 포기해야 했다.

군인들에게 보급품을 조달하는 일이 필요 없게 되자, 세르반테스는 신대륙에 공석 중인 관직을 청원했지만 거절당하고 세비야의 세금징수원으로 임명되었다. 연보에 의하면, 이때가 1591년이었다. 다음해인 1592년에 그는 '불분명한 이유로 안달루시아 지방의 감옥에 투옥'되었고, 1594년에도 몇 차례 감옥에 감금되었으며 1597년에는 회계 문제로 세비야 감옥에 석 달이나 갇혀 있었다.

툭 하면 감옥에 투옥된 이 오 년 동안 무슨 일이 있었던 것일까? 대부분의 사람에게 투옥의 경험은 범죄나 불운의 덫에 빠진 결과로서 겪게 되는 악몽이기 때문에 평생 한 번도 많다고 한다. 하지만 후세 사람들은 《돈 키호테》란 이 불후의 걸작을 잉태한 산실이

'감옥'이라고 말한다.

세스 노터봄도 아르가마시야의 감옥을 찾아가 한 할머니가 열쇠로 문을 따주는 동굴 저 아래로 내려가는 계단을 보면서, '작가가 갇혀서《돈 키호테》앞부분을 써내려갔다는 곳이다'라고 썼다.

하지만 모든 작가의 방은 스스로 갇히는 감옥이기 때문에, 갇혀 있던 곳에서 작품의 첫 문장을 쓰기 시작했다는 것은 그 방에 창문이 있느냐 없느냐의 차이밖에 되지 않는다. 상상의 나래를 높이 펼치기 위해서 몸뚱어리는 묶어놓고, 눈 막고 귀 막고 들어앉는 게 아닌가.

그리하여 '돈 키호테'란 작중인물이 잉태되어 무르익어온 외적 배경과 내적 자취를 좀 더 섬세하게 따라가보는 것이 중요하다. 오늘을 사는 우리의 내면에 그 인물이 흔들어 깨우는 영적 파장의 홈으로 인해, 혼자 된 벤치, 오솔길, 네모난 공간 어디쯤에서 물끄러미 앞을 바라보고 있을 때, 술틀에서 흘러나오는 첫 포도즙 방울처럼 숙성된 깨달음의 첫 환호가 새어나오는 그 순간을 체험하는 것이 중요하다.

그런 점에서 부조니의 '세리稅吏 세르반테스의 불운'이라는 장을 보면, 이 기간 동안 세르반테스의 세금징수원 생활과 세금징수와 관련된 작은 실수들이 투옥의 원인이 된 과정이 실감나게 쓰여 있다. 그것만이 아니다. 어쩌면 이 오 년 동안의 경험 하나하나가 작가로 하여금 이미 삶으로《돈 키호테》를 쓰게 했다는 생각이 들게 한다.

누군가 욕실 문을 두드리는 소리에 나는 밑줄을 긋던 펜을 멈추었다.

"뭐 하세요?"

Y가 부스스한 얼굴로 들어섰다.

"공부 좀 했지. 지금 몇 시야?"

"여덟 시예요."

"벌써? 잠깐, 내가 나갈 테니 샤워해요."

노트와 책을 주섬주섬 챙겨가지고 밖으로 나오는데, 마치 하얀 감옥에서 나오는 기분이었다. 집에 돌아가면 욕실에서 글을 꼭 써볼 생각이었다.

아침 산책 삼아 광장을 둘러보고 들어와서 짐을 챙겨 칼라트라바 수도회 숙소로 옮겨가기로 했다.

어제는 닫혀 있던 칼라트라바 기사 수도회 문이 열려 있었다. 건물 외벽에 붙여놓은 표지판에 '성모승천 칼라트라바 수도회 Convento de la Asuncion Calatrava'라고 쓰여 있어, 문득 세르반테스가 무적함대에 실을 물품을 차출하던 시절 수도원은 면제된다는 것을 모르고 강제 차출했다가 종교재판에 걸렸던 곳이 여기가 아닌가 하는 생각을 해보았다. 당시 금욕 청빈을 신조로, 이성보다는 성서나 교부의 권위를, 논증보다는 사랑, 겸손, 기도를 강조했던 시토회 계열의 교회들은 수사들의 청빈 근면한 생활 덕분에 자산

CONVENTO
DE LA
ASUNCION
CALATRAVA
FECHADO ENTRE 1504-1534
CLAUSTRO HACIA 1534

수도원 표지판.

수도원의 단아한 안뜰.

수도사들의 흰 옷자락에 쓸릴 때마다 천국을 꿈꿔온 계단.

이 엄청나게 불어났다고 한다. 지하저장고에 쌓여있는 갖가지 물품을 본 세르반테스는 그 일부만 차출해도 가난한 마을 전체에서 징발하는 것보다 더 많은 물량을 채울 수 있다고 생각했을 것 같다.

수백 년이 흘러 지금은 지원하는 수도사의 수가 급감했으므로, 지하저장고는 먼지와 거미줄뿐인지도 모른다. 수도사 침실까지 관광객 숙소로 변용할 정도이니, 재정상태를 짐작할 만하다. 하지

칼라트라바 수도원, 알마그로에서.

만 시토회 정신은 오히려 수도원의 성채 밖, 고층 빌딩의 사무실 한가운데, 도시의 골목길, 농촌의 오지, 섬의 외진 벽지 같은 곳으로 흩어져 오늘날에도 여전히 말씀의 길을 닦아가고 있을 것이다.

지금 내 앞에 있는 이 건물은 시토회 수사들이 칼라트라바 수도회를 설립했을 때의 본부라고 하니 그 정신이 건물에 깊이 반영되어 있을 법하다. 나는 천천히 둘러본다. 정방형의 단아한 내정內庭, 단순하고 섬세한 곡선의 이층 아치 회랑, 반달형 아치 사이로 보이는 뾰족한 지붕 위의 은빛 십자가. 촛대처럼 가느다란 기둥 부분은 새로 보수를 한 흔적이 뚜렷하지만, 고요 중에서도 가장 맑은 고요만 깃들어 있는 정갈한 뜰의 분위기는 조금도 손상되지 않았다. 이층 회랑 기둥에 기대어 가만히 서 있기만 했는데도 마음이 천국의 한 자락을 스쳐온 듯 평화롭다. 갑자기 사진 찍는다는 걸 잊어버린 것이 생각났다.

계단을 미처 다 내려가기도 전에 관리인이 밑에서 출입문 닫을 채비를 하고 있었다. 운이 좋았던 것이다.

J와 Y가 숙소 쪽 문 앞에서 나를 기다리고 있었다.

"체크인하려면 한 시간 정도 기다려야 한대요. 리셉션에 짐을 맡기고 다녀와서 할까요?"

"좋은 생각이네요."

우리는 큰 가방만 리셉션에 맡겨놓고, 홀가분하게 아르가마시야 데 알바Argamasilla de Alba로 출발했다.

나는 파라도르에서 얻은 지도를 무릎 위에 펼쳤다. 우리가 가는 방향에 '볼라뇨스 데 칼라트라바Bolaños de Calatrava'라는 지명이 있었고, 반대 방향으로도 '바렌수엘라Valenzuela 데 칼라트라바' '그라나툴라Granatula 데 칼라트라바' 뿐만 아니라 서쪽 시우다드 레알에 이르는 광범위한 지역에 칼라트라바 수도회 이름이 붙은 지명이 부지기수였다.

"이건 무슨 까닭일까."

"뭐가요?"

"칼라트라바란 지명이 왜 이렇게 많지?"

"그 수도회가 원래 스페인 땅에서 무슬림을 몰아내기 위해 결성된 기사 수도회예요. 아마 무슬림들이 차지하고 있던 땅에서 무슬림을 몰아내고 수도원을 지었을 거예요."

여행 중에 스쳐가는 의문에 J는 정확하든 아니하든 그때그때 대답을 잘해주었다. 그래서 우리의 대화는 계속 이어질 수 있었다.

"뿐만 아니라, 신심 깊은 귀족들이 신앙으로 또는 딸의 교육을 수도원에 맡기면서 감사의 뜻으로도 기부를 많이 했다고 하더군요. 그런데 오늘날에 와서 보면 수도원 소유의 그 많은 땅이 농민과 일반 대중에게 상당 부분 되돌아와 있는데, 그것을 가능케 한 역사적 사건이 무엇이었는지 궁금하군요. 스페인 내전인가요?"

"스페인 내전은 교회와 정치의 분리를 주장하는 해방전선이 주도했지만, 나중에 구소련의 지원을 업은 공산당 공화파를 견제하기 위해 프랑스와 영국이 프랑코를 승인하는 바람에 왕당파가 승리한 싸움이 됐어요. 그리고 파시즘 정권이 들어섰는데, 프랑코가 자기 사후에 부르봉 왕가로의 왕위 계승까지 못 박아놓는 바람에 지금까지도 그 협정에 발목이 잡혀 있어요. 설사 땅을 경작하고 공장을 돌리는 노동자 농민의 지위가 올라갔다고는 해도, 그들이 창출하는 부는 아직 미미한 수준이고, 교회와 왕족들이 소유한 재산이 스페인 부의 대부분을 차지하고 있다고 해요."

"하지만 우리말에 부자가 삼대를 못 간다고 하잖아요. 세르반테스의 세금징수원 시절을 보면 그 사실을 알 수 있어요. 세르반테스는 마차 한 대와 호위하는 군인 두세 사람과 조를 이루어 세금을 징수하러 다녔어요. 안달루시아는 산세가 험악해 고생고생 끝에 도착해보면 폐허가 된 모리스코(국토수복전쟁 후에 스페인에 그대로 잔류하게 된 무어인을 말함) 부락에 가톨릭으로 개종한 농부 몇 가구가 남아서 한숨을 쉬고 있는 게 고작이었고, 예전에는 부지런하기만 하면 땅의 풍족한 소출 덕택에 양젖과 치즈, 포도주를 내다팔아 자식새끼 먹여 살리는 건 끄떡없던 산초들이 나날이 황무지로 변해가는 땅에 물을 댈 수 없어 걱정이 태산 같았고, 수십만 마리의 양을 방목하던 고원지대 귀족의 장원을 찾아가봐도, 실상 집은 낡아빠지고 그 많던 양은 일만 마리도 채 안 남아 있는가 하면, 실을 잣고 옷감을 짜던 베틀에는 먼지만 뽀얀 채 허울뿐인 귀족으로 쇠락의 길을 걷고 있었어요. 희망과 명예심을 잃은 아들들은 신세계로 떠나가고, 나이든 부모는 하룻길 안에 사는 성직자나 몇 안 되는 이달고들과 교류하며 무위도식하고 있는 것을 목격하기 일쑤였지요. 이들이 모두 악성 체납자들이었는데, 세르반테스는 왕에 대한 충성심 하나로 막중한 징수 업무를 천직처럼 여기며 수행했어요. 어떻게? 우선 그들의 하소연을 밤새워 들어준 다음, 그들이 목말라하는 도시의 소식을 전해주고, 도중에 만난 사람들에게서 들은 인생사를 입담과 연기를 곁들여 풀어놓다 보면, 세르반테스 자신은 어느새 일인 다역의 연극배우가 되어 있어요. 듣는 사람은 듣는 사람대로 다재다능한 이 세리의 재능에 푹 빠져 울고 웃다 보면, 서로가 격의 없는 사이가 되었던 거지요. 요컨대 인간적 신뢰의 구축, 그것이 강제적 징수를 자발적 징수로 바꾼 비결이지요. 그는 소도시의 상인이나 여관 주인, 술통 제조업자, 수레바퀴 제조인 같은 직업군에 대해서는 고도의 심리전술로 닳고 닳은 장사꾼들의 때 묻은 주머니를 풀게 했어요. 그런데 빚쟁이를 상대하다보면 꼭 그런 일이 발생하는데, 어떤 술통 제조업자가 내일은 맹세코 세금을 내겠다고 철석같이 약속을 했어요. 평소 그의 행동거지로 봐서 믿어도 될 사람으로 보였기 때문에, 그날 당일 장부에 입금처리를 하고 이튿날 그의 가게로 갔더니 문을 닫고 잠적해버린 거예요. 그리고 불운하게도 하필이면 그날 궁중관리가 장부조사를 나온 거지요. 세르반테스는 자초지종을 설명했으나, 그 관리는 지체 없이 그를 횡령죄로 투옥시켰어요. 하지만 투옥된

이 세금징수원은 보통 사람이 아니었어요. 그에게 왕은 하나님을 대신하는 세상 권력의 표상이었기 때문에 그의 충성심과 정직함은 하나님의 절대선에 헌신하는 마음가짐이었으므로 눈먼 불운도 그를 오래 잡아둘 수 없었어요. 조사를 해본 즉, 세르반테스의 말이 모두 사실일 뿐 아니라, 악성 체납자들의 미수금도 가장 많이 징수했다는 사실까지 밝혀져 며칠 만에 석방되었지요. 지금 우리가 가고 있는 아르가마시야 감옥에 투옥된 이유라는 것도 대체로 이런 상황에서 벌어진 일이 아닐까 생각돼요."

"와- 선생님 완전히 소설 쓰시는군요."

"부조니의 소설을 내가 다시 쓴 소설인데, 《돈 키호테》 속의 또 다른 작가 베넹헬리라고 할까요?"

"하지만 네다섯 차례나 투옥된 게 매번 사람을 잘못 믿었기 때문이었을까요?"

"사안은 다르지만, 자고로 돈 문제에 있어서는 믿거나 안 믿거나 두 가지예요. 세르반테스가 세금 관련 일을 한 기간은 십 년인데, 그사이 다섯 번 투옥되었다면 믿어서 그가 낭패 본 것은 다섯 번밖에 안 된다는 뜻이므로, 오히려 믿지 않으려고 애를 쓴 거지요. 그보다는 피폐한 국민의 삶을 속속들이 들여다보는 동안, 국가의 조세라는 것이 공평한 분배를 위한 중간 수단일 수 있을까 하는 근본적 회의가 생겼을 거예요. 끼니 때우기마저 어려운 극빈층을 만날 경우, 국왕은 이들의 가난과 고통에 대해 무엇을 알고 있나, 가난한 사람들이 세금 때문에 더 고통스러워진다면 세금은 누구를 위한 것인가 하는 고민이 깊어지면서, 더 큰 틀의 정의로움을 실현한다는 뜻에서 의도적으로 어떤 세금은 영구 미수로 처리하지 않았을까요? 이런 경우엔 그가 대신 옥고를 치러 책임을 졌을 수도 있잖아요. 어쨌든 이 시기에 작가의 생활은 하루하루가 그대로 소설이었기 때문에 그는 이미 어떤 작가가 되어 자기를 주인공으로 소설을 쓰고 있었던 거지요. 그게 바로 《돈 키호테》 속의 또 다른 작가 '베넹헬리' 였어요."

"선생님 시각은 세르반테스가 무덤 속에서도 고개를 끄덕이겠어요."

"그건 그렇고, 하나님은 우리 인간 한 사람 한 사람에게 그만의 시련을 주시는 분인데, 그 시련의 의미를 완성시키는 것은 각자의 몫이에요. 인자로 오신 예수님은 인류의 죄를 짊어지는 고난을 통해 십자가의 의미를 완성시킴으로써 구원자가 되셨고, 욥도 선지자 열전列傳 중에 한 사람이 되겠지요. 후세 사람들은 세르반테스가 매우 불운한 삶을 살았다고 하는데, 그의 불운은 그가 시련을 피하지 않고 그 의미를 완성시켜가는 과정의 고통이었을 뿐이에요."

"그런데 당장 우리 앞의 시련이 더 큰 문제인데요?"

"……?!"

"기름이 간당간당해요."

"어머나, 어떻게 해요?"

그동안 내내 잠잠히 있던 Y가 다급하게 반응했다.

"마을이 나타나기를 기도하는 수밖에요."

기름탱크의 계기 수침이 눈금 바닥에 떨어져 있었다. 은근히 걱정이 되기 시작했다. 창밖으로는 무한 천공의 하늘과 끝도 없이 펼쳐진 황무지였고, 오가는 차량 하나 없었다. 나로서는 이 길 위에서 맞닥뜨리는 미미한 문제일지라도 세르반테스가 체험했던 것을 상상해보는 단서가 되므로 비켜가기보다는 맞닥뜨리는 것이좋다. '맞닥뜨려야 그 일을 풀어나가는 자기의 생각, 의식을 들여다 볼 수 있다.' 이런 생각을 하고 있을 때였다.

"저기 마을이 보이는데요."

"주유소가 있어야 할 텐데."

다행히 주유소가 있었다. 그런데 우리가 너무 일찍 기뻐했나 보았다. 가까이 다가갈수록 무언가 스산하고 씰렁하다 싶었는데, 열쇠가 채워진 사무실엔 뽀얗게 먼지를 뒤집어쓴 집기들뿐이었고, 한 대뿐인 급유기는 기름을 주유한 기억이 언젠가 싶게 녹이 슬어 있었다. 주유소뿐만이 아니었다. 날림으로 지은, 똑같은 모양의 주택들이 스무남은 채 모여 있는 마을엔 사람 그림자조차 발견할 수 없었고, 마을 한가운데로 뚫린 이차선 차도엔 바람에 쓸려온 낙엽과 빈 비닐봉지 같은 쓰레기가 엉켜 도로 턱을 메우고 있었다.

아르가마시야를 찾아가는 도중 어느 인적 드문 마을에서.

주유소 건너편을 바라보니, 짓다만 이층건물 외벽에 너무나 어
설픈 솜씨의 풍차와 돈 키호테와 산초의 타일 모자이크 그림이 있
었다. 라 만차 지역 어디쯤이라는 것만으로 작품《돈 키호테》와 억
지로 연관성을 만들어내 나그네를 끌어들여 장사를 해보려는 마
을이 어찌 여기뿐이겠는가. 주유소가 들어설 때만 해도 바나 레스

토랑을 곁들인 메손이 들어서고, 아르가마시야로 가는 길목이라는 명분을 내세워 지방 자치정부로부터 '루타 데 돈 키호테'로 인증을 받고, 오가는 차량을 상대하면 그럭저럭 장사가 되겠다는 예상을 했을지 모른다. 우리는 그 누군가의 '예상' 보다 너무 늦게 이 마을을 지나가게 된 것일까. 모자이크 벽화 위에 가로수가, 또 다른 벽화처럼 덧없는 그림자를 쓸쓸하게 드리우고 있었다.

다행히 '앵꼬'가 나기 전에 아르가마시야에 도착할 수 있었다. 주유부터 하고 느긋한 마음으로 주유소 직원에게 '감옥'으로 가는 길을 물었다.

세스 노터봄은 세르반테스가 갇혀 있었다는 감옥을 찾아가며 이렇게 쓰고 있다.

양치기가 일러준 대로 좁은 골목을 이리저리 돌아가니 커다란 녹색 문이 나온다. 똑똑 두드린다. 한참 만에 갈라진 노인의 목소리가 들린다. "시!" 그러고는 그만이다. 나는 쇠로 된 커다란 손잡이로 다시 한 번 문을 친다. 그때서야 등이 완전히 접힌 꼬부랑 할머니가 나온다. 머리가 하얗고 아주 곱게 늙은 할머니다. 동굴은 저리 가야 있다고 할머니가 말한다. 우리는 비를 맞으며 할머니를 따라간다.

노터봄이 이곳을 찾았던 시기는 1980년대이므로, 위의 묘사는 1905년 화재로 집이 소실된 후이다. 17세기에 메드라노Medrano 가

'메드라노의 집, 세르반테스 감옥' 정문.

문 소유였던 집이 1862년 크리스티나 데 보르본 미망인 소유로 소유권이 이전된 뒤, 1905년 화재 발생 후 그 폐허 위에 L자형 단층집을 올리고 세르반테스가 갇혀 있었던 '동굴' 입구 부분은 그대로 두었다고 하는데, 노터봄이 위에 묘사한 장면은 이 무렵의 집이 아니었을까 싶다.

하지만 우리 앞에 나타난 건물은 1994년 4월 23일에 낙성식을 올린 '메드라노의 집, 세르반테스 감옥' 이란 기념판을 달고 있는

세르반테스 감옥 전경.

Relación con Argamasilla

세르반테스가 갇혀 있었던 감옥을 둘러보고 나오는 유지.
이 사람이 화재가 난 귀족의 집을 재건축하는 데 후원을 했다.

새 건물이다.

첫눈에 봐도 이곳에 머물고 있는 시간은 현대이다. 2005년 《돈
키호테》 발간 400주년' 기념행사 포스터, 후원자 그레고리오 프리
에토가 이곳을 방문했을 때의 사진과 약력 판넬, '돈 키호테'를 주
제로 한 사생대회 때 출품된 작품들, 이곳을 방문한 저명인사들,
스페인 아카데미 회원, 세르반테스 문학상 수상자, 마리오 바르가
스 요사 등의 자취……

N Vn lugar de la Mancha, de
cuyo nombre no quiero acor-
darme, no ha mucho tiempo
que viuia vn hidalgo de los de
lança en aftillero, adarga anti-
gua, rozin flaco, y galgo corre-
dor.
M. de Cervantes

감옥으로 들어가는 입구.
왼쪽의 흉상은 돈 키호테.

로비를 지나 갈색 타일이 깔려 있는 네모난 안뜰 한쪽에 좁다란 지하 계단이 있었다. 그 계단 입구를 지키고 있는 건 흰 대리석으로 만든 돈 키호테 흉상이었다. 이 세상에서 지하로 내려가는 좁은 계단 하나가 세계인을 끊임없이 모여들게 하고, 지하로 향하게 한다는 사실이 갑자기 무슨 희극처럼 느껴졌다. 이 희극을 만들어내는 요소들은 무엇일까.

세르반테스가 이 지하로 내려간 것은 삶의 불운 때문이었고, 그를 감금시킨 것은 부유한 세도가勢道家, 그가 감금된 곳은 그 저택의 지하였다. 몇 세기 뒤에 후원자로 나선 그레고리오 프리에토가 이곳을 방문했을 때의 사진을 보면, 동굴에서 올라오는 그를 머리 희끗한 남자들이 에워싸고 굽실거리는 분위기가 감지된다. 그의 도움으로 오늘 이 모습의 건물이 세워졌다 하더라도, 지상의 재력과 권력은 안식을 거부하는 세르반테스가 항시 겨루는 어떤 것의 중심에 있었고, 그 때문에 위험한 힘인 그의 의지적 열정은 세상 권력의 억압과 조롱의 대상이 되었다. 그는 어둠과 절대고독이라는 종이 위에 정신의 잉크로 《돈 키호테》의 앞부분을 써내려갔다. 우러름받는 한 작가의 세계적 명성이 사람들을 인공조명이 눈부신 단상壇上이 아니라 좁은 지하로 내려가게 만들고, 각자의 어둠과 대면하게 하는 것이야말로 《돈 키호테》의 행간에 숨어 있는 참 빛의 위대함이다.

검은 나무문 고리를 잡아당기고 들어간 지하동굴은 벽과 천장

감옥으로 내려가는 계단.

이 온통 흰빛이었고, 한 사람이 누울 수 있는 침상 옆에 소박한 책상이 하나 놓여 있었다. 책상 뒤로는 칼과 창 그리고 돈 키호테가 맘부리노 투구라고 명명한 놋대야가 벽에 걸려 있었다. 지금 내가 보고 있는 것은 노터봄이 봤던 것과 다른 풍경이다. 또한 그가 봤던 풍경도 세르반테스가 갇혔던 당시의 상황이 아니었음은 물론이다.

당시는 《라 갈라테아》라는 소설을 쓴 일이 있지만 책상을 떠난

이것은 출입문이 아니다.
한 위대한 작가가 불멸의 작품을 잉태한 어둡고 냄새나는 산실産室의 입구였을 뿐,
나올 때의 그는 같은 사람이 아니었다.

세르반테스가 여기에 감금될 당시에는 아무것도 없는 캄캄한 동굴일 뿐이었다.

지 오랜 한 세금징수원이 직업상 실수로 인해 갇혀 있었던 춥고 음습하고 냄새나는 귀족의 집 지하동굴이었을 뿐이다. 눅눅한 볏 짚이 깔려 있을 뿐 침대도 책상도 없었다. 한 계단 더 내려간 곳에 서 항아리마다 가득 담긴 포도즙이 시큼하고 끈적한 냄새를 풍기 며 숙성되고 있는……

　　그러므로 나는 시간을 거슬러 세르반테스가 이곳에 갇혀 있었 을 때의 어둠 또는 흔들리는 호롱불 하나를 상상해보려고 한다.

지하에서 다시 지하로 내려가는 계단. 포도주를 숙성시키는 저장소.

세르반테스를 생각하며.

몇 번이나 세상과 격리되어 혼자가 되어봤지만 어둠이, 혼자인 것
이 두려운 것은 늘 마찬가지이다. 하지만 이번엔 뭔지 특별한 느
낌이 가슴을 먹먹하게 한다. 몸은 천근처럼 무겁고, 자신이 젊지
않다는 돌연한 자각, 이렇게 길 위에서 길로 흘러다니다가 어느
날 죽을 수도 있다는 불안감, 그러자 시간이 없다는 절박함이 마
음을 쿵 내려앉게 했다. 그동안 광활한 라 만차 지역을 두루 돌아
다닐 때, 흔들리는 말 위에서 그 자신이 주인공이 되어 지었다, 부

수었다 해온 갖가지 이야기들을 어떻게 할까. 그 핍진한 나날의 고달픔과 외로움, 덜미를 잡는 운명의 집요한 심술에도 굴하지 않고, 대찬 마음으로 깨어일어나 저 높은 곳을 향해 불타는 의지를 다져온 시간들은 이대로 스러져야 하는 걸까.

세르반테스는 이곳에서 우리가 아는 저 유명한 《돈 키호테》의 첫 구절을 쓰지 않았을지도 모른다. 오히려 작가는 이제야말로 이곳에서 나가면 징수원 일을 그만두고 일생일대의 걸작이 될 작품과 맞붙어보리라 결심했을 것이다.

그것이면 충분했다. 《돈 키호테》는 앞으로 쓰여질 작품이 아니라, 이미 그의 마음에서 완결된 작품이었다. 먼지를 뒤집어쓰고 허구한 날 갈증과 싸우며 메세타 지역 구석구석을 누비고 다녔던 쇠털같이 많은 날에 그 자신이 기사였고, 산초였고, 이발사, 신부, 주막집 주인이었다.

이곳에 와서야 비로소 마드리드 스페인 광장에 있던 돈 키호테의 높이 쳐든 오른손의 의미가 내 가슴 안에서 뜨겁게 불타오르기 시작했다.

RUTA DE DON QUIJOTE

"만약 《돈 키호테》가 리얼리즘적 세계였다면, 이 작품은 돈 키호테가 풍차를 향해 돌진하는 장면에서 끝나야 하는 거지요. 왜냐하면 그의 몸은 만신창이가 되어, 이미 그 뒤에 일어나는 편력을 수행할 수 없을 만큼 망가져 버렸으니까요. 하지만 우리가 크림타나에서 보았듯이 '돈 키호테의 길'은 거꾸로 의미의 세계가 사실의 세계를 재창조하고, 사실의 세계 뒤에 가려져 있는 의미가 드러나서, 이 둘이 서로 호환하고 있는 유일한 길이지요."

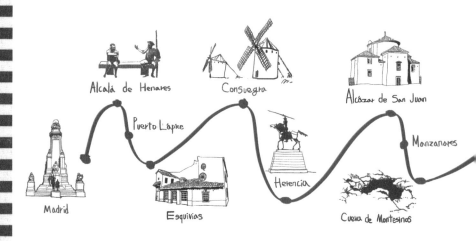

오늘날의
알두도

Laguns de Ruidera   Compo de Criptana   Encinar de Haldudo   Belmonte   Madrid

Almagro   Argamasilla de Alba   El Toboso   Cuenca/Chinchon   León

"가는 길에 캄포 데 크립타나Campo de Criptana에 들르려고 해요."

칼라트라바 숙소를 뒤로 하고 셀프 세차장에서 세차를 하고 났을 때였다.

"아아, 거기가 진짜 풍차 고장이라면서요."

"네, 오늘의 우리 숙소는 킨타나르Quintanar 근처에 있는데, 거기서 3박을 할 거예요. 엘 토보소El Toboso, 벨몬테Belmonte가 가까워요."

"어느덧 우리 일정도 막바지로 가는군요."

"차를 세차하고 나니 마음이 다 시원하네."

J가 말쑥한 신사 같은 감색 BMW를 흐뭇한 얼굴로 바라보며 말했다.

세계를 이해하는 두 가지 코드.

　하지만 나는 우리의 로신안떼가 메세타 황야를 비좁다 하고 뛰어다닌 진흙 흔적이, 고압분사기에서 쏟아져나오는 물줄기에 의해 말끔히 씻겨내리는 것을 보고 내 시간의 발자취가 하수구로 쓸려나가는 것처럼 느껴졌다. 길 위에 있어보면 앞으로 나가는 것과 동시에 지나온 시간은 등 뒤에서 곧바로 지워진다. 기억이 없다면 시간도 인생도 없다.

　알마그로를 떠난 지 삼십 분이 채 되지 않았을 때 우리는 인적

저 돈 키호테의 기상을 보라, 우리는 더 이상 그를 보고 웃을 수 없다.

"악당이 아니라 풍차"라고 소리쳐 말리는 산초.

없는 로터리에서 차를 세우지 않을 수 없었다.

돈 키호테가 풍차를 향해 돌진할 때의 정황을 실감나게 보여주는 설치물이 로터리 한가운데 있었다. 아마도 라 만차 지역 전체, 스페인 전체를 다 둘러봐도 이만큼 실감나게 책 속의 정황이 실제 상황 속에 재현된 경우는 없을 것이다. 제작자는 돈 키호테가 풍차를 향해 돌진하는 데 있어 가장 중요한 것은 그 배경이라는 것을 알고 있었다. 돈 키호테와 산초의 캐릭터는 아무리 잘 표현해도 설치물 자체의 역동성만으로는 부족하다. 그의 앞에 황량한 들판이 펼쳐져 있을 때, 그들은 더 이상 책 속의 두 인물이 아니라 이 세상을 이해하고 헤쳐나가는 방식에 있어 두 가지 부류를 대표하는 캐릭터로 살아난다.

로터리를 지난 지 십 분도 안 되어 크립타나에 도착해서 나는 다시 한 번 그 설치물 제작자에게 감탄하지 않을 수 없었다. 크립타나에 있는 풍차들은 의도적으로 드넓은 언덕에 여러 개 만들어 놓은 것이었지만, 로터리의 그 설치물이 풍차와 같은 경계에 있음을 연상할 수 있도록 장소를 택했다는 것을 알 수 있었다.

풍차 언덕 주변에는 주차된 차들이 많아서 우리는 간신히 어느 골목 비탈에다 차를 세울 수 있었다.

놀라운 일이었다. 이렇게 많은 사람들이 단지 풍차를 보기 위해 이곳을 찾다니. 아니 더욱 놀라운 것은 이 지역에서는 풍차를 아예 콜로소Coloso, 거인라고 한다지 않는가. 사실의 세계를 의미의 세

캄포 데 크립타나 가는 길 로터리에 세워진 (거인을 향해 돌진하는 돈 키호테와 이를 말리는 산초의) 설치물 앞에 펼쳐져 있는 들판.

계로 전환해서 인식하고 있다는 증거였다. 이곳은 이 세상에서 평범하게 사는 것 같지만 속으론 뜻을 세우고 살아온 필부들이 스스로 자기를 기사라고 생각해도 무방한 유일한 장소이다. 아지랑이 아른거리는 언덕 저 쪽에서 비루먹은 말을 타고 창을 꼿꼿이 쳐든 채 거인을 향해 돌진해 오는 것은 이 시대의 돈 키호테들이다.

사실이 아무리 엄연해도, 사실 너머 비가시적 의미의 세계 또한 사실이다. 형이상학은 우리 영혼의 비밀스런 기호로, 보이지 않는 세계의 보화를 캐내는 작업이다.

"덤벼라, 이 악당아! 오늘 내가 너에게 인간의 존엄이 무엇인지 알게 해주겠다."

기사가 외치는 소리가 들리지 않는가. 나는 카메라에다 찰칵찰칵 콜로소를 담으며 돌진해오는 기사의 말발굽 소리를 듣는다. 그때 마침 내 곁을 지나가는 피부색이 하얀 키 큰 남녀를 멈춰세우고 내가 물었다.

"당신은 저것이 무엇이라고 생각하는가?"

"콜로소!"

남자의 눈빛이 진지했다.

"그럼 당신 손에는 이미 창과 방패가 들려 있군요."

"물론, 이제 돌진하기만 하면 됩니다."

남자는 손에 든 창을 높이 쳐들고 풍차를 향해 달려가려는 시늉을 했다. 그런데, 시늉 같은 그의 몸짓이 너무 진지해서 나는 속으로 놀랐다. 그러자 그의 동행인 여성이

"오 노, 하비엘, 저것은 풍차일 뿐이야."

하고, 남자친구 옷자락을 잡았다. 방금 일어난 것은 단순한 해프닝일까, 우리 안의 정의, 평화, 사랑을 이루려는 잠재된 본질적 충동일까. 우리는 목소리를 포개어 한바탕 같이 웃었다. 저만큼 멀어져가는 두 사람을 향해 손을 흔들며 나는 갑자기 주기도문을

언덕의 거인.

말 탄 돈 키호테가 금방이라도 모습을 드러낼 듯하다.

언덕 아래 세상.

중얼거렸다.

'뜻이 하늘에서 이뤄진 것 같이 땅에서도 이루어지이다.'

언덕 아래 세상은 웃고 떠들고 마시고 소리치고 있었다. 추구하던 삶의 의미는 가뭇없이 사라졌고, 욕구와 거래 그리고 소란스러움이 와글거리고 있었다.

사람들이 그를 등진 것인지, 세르반테스가 부질없음을 등진 것인지, 광장 한 켠 대리석 좌대 위에 그의 동상이 내리쬐는 햇빛에

CAMPO DE CRIPTANA
A
MIGUEL DE CERVANTES
SAAVEDRA
MAYO 19.95

도 단정한 자세로 앉아 있었다. 한 손엔 종이, 한 손엔 펜을 들고. 하지만 내 눈에 그 종이는 감옥의 캄캄한 어둠이었고, 펜은 너무 높아 오히려 조롱받는 이상주의자의 절대 고독으로 보였다.

페드로 뮤노스Pedro Munoz. 우리의 숙소가 위치한 지역 이름이다. 이 지역은 모처럼 눈이 시원하도록 확 트인 대평원에 숲이 무성했고, 포도밭이 자로 잰 듯 가지런하게 손질되어 있었다. 수확이 끝난, 트랙터 자국이 선명한 빈 경작지도 잔돌이 많긴 해도 다른 지역보다 상대적으로 땅이 비옥해 보였다. 이 지역에 부농富農들이 많이 살고 있는 것은 그 때문인 것 같았다.

크립타나 성당 앞뜰에 있는 세르반테스 동상.

우리가 예약한 숙소는 교외에 있는 농원형 리조트 단지 안에 있었다. 앞뒤로 넓은 포도밭이 있었고, 새로 지은 팬션들이 정원수와 분수 연못과 잘 가꾼 잔디밭 사이에 흩어져 있었다.

하얀 와이셔츠 차림의 종업원이 바 뒤에 서서 우리를 맞이해주었다. '엘 엔시나르 데 알두도El Encinar de Haldudo'라는 리조트 간판이 그의 어깨 너머로 보였다. 잠시 후 입실 수속을 하기 위해 우리 앞에 나타난 사람은 나이 지긋한, 말쑥한 용모의 노신사였다.

"이분이 이곳 주인이래요."

수속을 하기 위해 여권을 꺼내고 있을 때 J가 첫 번째 정보를 우리에게 알려주었다. 그사이 나는 널찍한 손님 접대실을 둘러보았다. 실내의 벽면 여기저기에 《돈 키호테》와 관계된 타일 그림과 그 내용 판넬이 걸려 있었다. 재미난 것은 양치기 소년을 매질하다 돈 키호테에게 혼쭐나는 인물이 '킨타나르에 사는 부유한 농부 알두도'인데, 리조트의 이름뿐만 아니라 벽을 장식한 것도 바로 그 장면을 묘사한 그림들이었다.

팬션은 두 채씩 서로 등을 맞대고 있었고, 장미와 갈대, 작은 정원수들이 어우러진 꽃밭에 둘러싸여 있었다.

"야, 좋다." 창문을 열어젖히고 나서 J가 소리쳤다. "우리 애들 데리고 한번 놀러와야겠네."

아래층에는 벽난로가 있는 거실과 침실과 욕실, 주방이 있었고, 이층에는 두 개의 침대만 있었다. J와 Y는 이층에, 나는 아래층에

리조트 바. '엘 엔시나르 데 알두도' 가 리조트 이름이다.

펜션 앞의 갈대. 공작새가 깃을 펼친 것 같다.

각각 짐을 풀었다. 이층으로 오르는 계단이 위험하다고 나를 배려해준 것이었다.

"여기서는 밥을 해 먹고, 벽난로에 불을 피워 감자도 구워먹을수 있어요."

"쌀이 있어야지."

"제가 집에서 조금 가지고 왔어요."

'쌀'이라는 말과 함께 길 위의 고달픔이 훅 날아가는 것 같았다.

짐을 그대로 둔 채 나는 밖으로 나왔다.

참으로 넓고 조용한 곳이었다. 산책로를 따라 끝까지 걸어간 곳
에는 리조트를 확장하던 공사가 중단된 채 여기저기 산처럼 쌓여
있는 흙무더기가 방치되어 있었다. 비수기이기 때문인지 또는 불
경기 때문인지, 활황일 때 사용되었던 많은 야외의자가 접혀져 천
막 안에 쌓여 있었고, 힘차게 솟아올랐던 분수도 물줄기가 가느다
랗게 시들어 못 속의 물고기들을 간지럽히고 있었다. 입구 쪽에는

Y diciendo esto, arremetió con la lanza baja contra el que lo había dicho, con tanta furia y enojo, que si la buena suerte no hiciera que en la mitad del camino tropezara y cayera "Rocinante", lo pasará mal el atrevido mercader. Cayó "Rocinante", y fue rodando su amo una buena pieza por el campo; y queriéndose levantar, jamás pudo: tal embarazo le causaba la lanza, adarga, espuelas y celada, con el peso de las antiguas armas. Y entre tanto que pugnaba por levantarse y no podía, estaba diciendo:

-- Non fuyáis, gente cobarde; gente cautiva, atended; que no por culpa mía, sino de mi caballo, estoy aquí tendido.

Un mozo de mulas de los que allí venían, que no debía de ser muy bien intencionado, oyendo decir al pobre caído tantas arrogancias, no lo pudo sufrir sin darle respuesta en las costillas. Y llegándose a él, tomó la lanza, y después de haberla hecho pedazos, con uno de ellos comenzó a dar a nuestro Don Quijote tantos palos, que, a despecho y pesar de su .... molía como cibera. Dábanle voces sus amos que no le diese tanto .... pero .... ya el mozo picado, y no quiso dejar el juego hasta en .... de .... y acudiendo por los demás trozos de la lanza, los a .... s sobre el miserable caído, que, con toda aquella tempestad de pa .... que .... cerraba la boca, amenazando al Cielo y a la Tierra, y a lo .... que tal le parecían.

Cansóse el mozo, y los mercaderes siguieron su camino, llevando que contar en todo él del pobre apaleado. El cual, después que se vio solo, tornó a probar si podía levantarse: pero si no lo pudo hacer cuando sano y bueno, ¿cómo lo haría molido y casi deshecho? Y aún se tenía por dichoso, pareciéndole que aquella era propia desgracia de caballeros andantes, y toda la atribuía a la falta de su caballo, y no era posible levantarse, según tenía brumado todo el cuerpo.

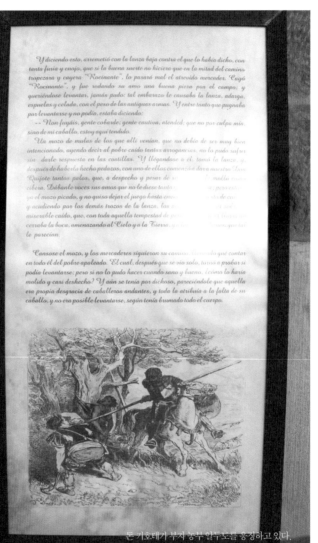

돈 기호테가 부자 농부 일꾼들을 응징하고 있다.

포도 압착기와 커다란 도토리나무가 있었고, 그 나무 옆에는 도토리나무에 대한 설명이 흰 석판에 새겨져 있었다.

예전에는 양을 치고 치즈와 포도주를 생산하던 대농大農이 수익성이 약해지자 리조트 산업으로 전환한 것이다. 우리가 이미 거쳐온 에렌시아의 코르티호가 그랬던 것처럼, 스페인이 유로존에 편입된 뒤 세계은행에서 저리로 대출받은 돈을 제조업 분야보다 리조트 산업 쪽에 투자한 결과, 경기가 어려워지자 위기에 봉착해 있다는 다큐를 본 일이 있다.

리셉션을 보던 그 주인은 책 속의 '부자 농부 알두도'의 후손인 셈이다.

정식기사가 되어 주막을 나선 돈 키호테가 가장 먼저 맞닥뜨린 사건이 부자 농부 알두도가 양을 돌보는 어린 하인을 무자비하게 매질하는 광경이었다. 이 광경은 이유를 막론하고 돈 키호테의 분을 사기에 충분했다. "자신을 방어할 능력도 없는 자와 싸움을 벌이다니, 당신의 행동이 얼마나 비겁한지 깨닫게 해주겠다"는 호통에도 나타나 있듯이, '우리를 굽어 살피시는 하나님 이름으로'라는 절대 잣대를 최초로 적용함으로써, 잘못한 하인을 때리는 관행도 고쳐야 할 구습이라는 암시가 내포되어 있다. 더 나아가 농부가 늘어놓는 변명은 자기의 잘못은 감추고, 상대의 잘못을 부풀려 자기를 방어하는 거짓 양심, 몰인정함이 어떤 것인지 잘 보여준다.

리조트 팬션.

　예수는 부자에 대해, '부자가 하늘나라로 들어가는 것은 낙타가 바늘귀를 통과하는 것보다 더 어려운 일이다'라고 말씀하셨다. 현실적 부富란 삶의 내용을 소유所有, Having로 인식한 결과물이다. 소유적 인식은 가지려 함 때문에 자기가 주인 된 세계를 형성한다. 반면에 존재적Being 인식은 모든 것이 있어서 좋기 때문에 '그냥 누림'으로 나타난다.

　이브가 따먹은 사과는 보이는 세계로 환원한 천국, 에덴동산에

그대에게 바치는 붉은 마음.

있던 모든 창조물이 그냥 누림(향유)상태를 유지하는 완벽한 조화 (Being과 Having의 일체상태)의 낙원이었으나, 이브에 의해 영적 존재(바라보다) 인식이 물질적 소유(따먹는다) 인식으로 바뀌면서 창조의 질서가 영에서 물질로 이동했다.

 뱀이 여자에게 심어준 것은 '먹음직하고 보암직한 것이 앞에 있음에도 가지지 않음에서 생기는 결핍감'이었는데, 그 결핍감은 '헛'것이었다. 왜냐하면 '있음'과 '소유'는 동시적으로 이루어지

'알두도의 도토리나무' 리조트 전경.

고 있었기 때문이다. 하나님께서 "네가 먹는 날에는 정녕 죽으리라"라고 하신 말씀대로, 그 헛것인 결핍감을 채우려고 소유하는 데서 인류는 있음의 영적 존재에서 소유의 육적 존재로 분리되는 길로 들어섰던 것이다. 우리가 지금 살고 있는 세상은 하나님께서 "정녕 죽으리라"라고 하신 말씀같이, 정녕 죽어간 수많은 조상들이 남긴 자취이며, 정녕 죽어가고 있는(그리스도를 통해 구원받지 못한다면) 우리 자신들의 모습이다.

돈 키호테가 풍차를 거인으로 여겨 공격하는 것은 소유적 인식이 존재적 인식으로 바뀐 결과로서, 실제(풍차)가 거인(무찔러야 하는 불의)으로 보인 것이다.

때문에 부자는 물질 자체의 총화로서보다 소유적 인식의 켜로 봤을 때, 그것이 참으로 벗겨내기 힘든, 그야말로 소유적 인식이 존재화된 상태로 볼 수 있다.

"그게 뭐예요?"

리조트 본관에서 나오는 J의 손에 그릇 같은 것이 들려 있었다.

"밥을 하려고 냄비 좀 빌려달라고 했더니 이걸 주었어요."

양은냄비였다. 찌그러지고, 바닥이 타서 시커멓지만 그런대로 쓸 만했다.

"주부가 굉장히 알뜰한 사람인가보네. 정겹기도 하고."

"부인이랑 가족은 마드리드에 산대요."

Y는 그사이 샤워를 하고 흰 수건으로 몸을 감싼 채 벽난로 앞에 앉아 손톱손질을 하고 있었다. 촉촉하게 젖어, 보기 좋게 말린 머리카락 한 가닥이 옆얼굴로 흘러내려 있었다.

다음 차례로 내가 샤워를 하고 있노라니 문틈으로 밥 익는 구수한 냄새가 스며들어왔고, 프라이팬에 뭔가 지글거리는 소리도 들려왔다. 그때 문득 나는 그동안 내내 J를 말없이 지켜보며 생각해온 것들을 다시 떠올리게 되었다. J는 통역, 운전은 물론, 길 위에서 생기는 궂은일들 모두를 자신이 당연히 해야 한다는 듯 군소리 없이 해오고 있다. 일로서 보면 통역, 운전 안내만 해주면 그만이

리조트 뜰.

표지석.

도토리나무와 표지석.

었다. 그럼에도 그녀는 그 이상의 봉사를 기쁘게 하고 있었다. 스
페인에서 30년 넘게 살아온 그녀에게 우리가 많은 것을 의존할 수
밖에 없다손 치더라도, 삶을 살아온 색깔로 보면 그녀가 낮은 자
리에서 섬기는 삶에 익숙해 있다는 것을 알 수 있었다.

　J의 수고 덕분에 흰 쌀밥에 깻잎을 반찬 삼아 저녁식사를 하고

나서 우리는 커피잔을 들고 벽난로 앞에 둘러앉았다.

"내일은 나무를 구해서 불을 피워야겠어요."

나는 고개를 끄덕이며 미소를 지었다.

"희진 씨는 신앙인으로서 무엇이 제일 어려워요?"

"글쎄요, 어렵다기보다…… 고등학교 졸업 후 수녀가 되려고 했는데, 가끔 결혼생활이 수녀보다 어려운 게 아닌가 싶을 때가 있어요. 선생님은요?"

"낮아지고 섬기는 삶이란 마음이 낮아지는 것은 물론, 몸도 낮아져야 하는데 나는 몸이 잘 안 따라주어요. 몸의 전생前生이 높다고 할까. 나는 큰딸인데도, 어머니가 집안일을 동생에게 시키고 손에 물을 안 묻히게 하셨어요. 예전에는 그걸 무심히 받아들였는데, 그 이유가 나한테 있다는 걸 알게 되었어요. 나는 집안일이나 궂은일을 앞에 두고 꾀를 부리지는 않아요. 하지만 일을 하다보면 어느새 '저리 비켜, 걸리적대지 말고' 하는 분위기가 나를 뒷전으로 밀어놓아요. 팔을 걷어붙이고 나서는데도, 일이 몸에 익숙지 않다고들 생각하는 것 같은데, 왜 그렇게 보이는지 참 궁금해요. 몸은 마음 따라 움직이는 것인데, 왜 내 몸은 노동에 능숙하지 못한 걸까, 고민스러워요."

"습관 문제가 아닐까요. 일도 해본 사람이 잘하고, 고기도 먹어본 사람이 잘 먹는다고 하잖아요. 하나님을 섬기는 데 있어, 모든 사람이 똑같은 방법으로 해야 되는 건 아니잖아요."

'알두도의 도토라나무' 리조트 뜰에 있는 포도 압착기

"사람들은 나한테 글로서 하나님을 섬기라고 하지만, 책상에 앉아 언어로 쓰는 것을 삶에서 행해야 그 언어가 완성된다고 생각해요. 《돈 키호테》에도 문文과 무武를 비교하는 장이 있는데, 한번 찾아볼까요? 잠깐……"

나는 방에 들어가서 책을 가져왔다.

"여기서 문을 하나님 나라에 대한 묵상을 포함한 글쓰기, 무를 말씀의 실천으로 대입해서 생각해봐도 좋을 것 같아요."

문이 무보다 우세하다고 말하는 자는 내 눈 앞에서 비켜나십시오. 나는 그자들이 누구건 간에, 자기가 무슨 말을 하는지 모르는 것이라고 말해주겠습니다. 그런 자들이 주장하는 것은 정신노동이 육체노동보다 우월하다는 것입니다. 무는 육체로만 훈련하는 것으로 마치 그 훈련이 건장한 체력만을 필요로 하는 인부의 일처럼 생각하고 있다는 것입니다. 그들은 무라는 것이 풍부한 지성으로 수행해야 하며 용기를 담보로 맹세하는 것임을 모르고 있습니다. 대군을 거느리고 한 도시의 방어를 책임질 때는 군인 정신이 투철하지 않으면 불가능한 일입니다. 그렇지 않다면 육체의 힘만으로 어떻게 적의 의도, 계획, 전략, 예상되는 피해에 대비할 수 있겠습니까. 이처럼 무는 정신을 필요로 하고 문도 무를 필요로 하긴 하지만……

〈세속적인 쾌락의 동산〉 삼면화, 판넬에 유채, 히로니뮈스 보스, 1500~1505

이때 Y가 자리에서 일어나 주방으로 갔다. 나는 그녀가 돌아와야 읽기를 계속하겠다는 듯이 그쪽을 지켜보았다. 물 끓일 채비를 해놓고 Y가 마지못해 다시 돌아왔다.

그러면, 학자 정신과 군인 정신 중 어떤 것이 사회에 더 큰 기여를 하는지 봅시다. 이것은 각자 향해 가는 마지막 종착지에 이르러서야 알 수 있는 것입니다. 더 고귀한 목적으로 향하는 것에 더 가치를 두어야 하기 때문입니다. 문의 종착지라는 것은, 아니 지금은 영혼들을 하늘로 이끄는 목적을 지닌 신성한 말씀, 즉 성스러운 문자 '여호와'에 대해 말하는 것이 아닙니다. 그처럼 숭고한 목적은 어떠한 것도 비견할 수 없기 때문입니다. 따라서 본인은 인간의 문에 대해서 말하고자 하는데, 그것의 목적은 분배의 정의를 정확하게 하여 개개인 모두에게 적절히 배분함으로써 훌륭한 법규가 잘 이해되고 실행되도록 하는 데 있는 것입니다. 확실히 이러한 것은 훌륭하고 가치 있고 고귀하여 찬양받을 만하나, 무에 종사하는 자들보다 평가를 덜 받습니다. 무는 목표를 평화에 두기 때문이며, 평화인즉 사람들이 이 세상에서 원하는 최고의 선이기 때문입니다. 그렇기에 이 세계와 사람들이 받은 최초이자 최고의 선은 우리 주 예수 그리스도의 탄생을 그날 밤 천사들이 하늘에서 '너희 착한 행실을 보고 하늘에 계신 너희 아버지께 영광을 돌리라'고 노래하며 우리들에게 알려주었던 것입니다. 이런 평화가 바로 전쟁의 진실된 목적이며, 무의 목적은 곧 평화라고 말할 수 있는 것입니다.

"여기서 무는 나라 간의 정치적 이해관계에 따른 전투를 넘어서, 예수님이 '나는 너희에게 검을 주러왔다'고 하신 말씀 속에 내포된, 하늘의 평화를 이 땅에 이루어지게 하기 위한 소명으로서의 전투를 의미하는 것이지요. 또한 개인 차원으로는, 말씀의 실천에 있어 가장 중요한 것은 생업을 일구며 살아온 터전(소유를 낳게 하는)을 접는 것이 암시되어 있어요. 요컨대, 행동의 세계는 사실의 세계이기 때문에, 모든 행동이 일회성이고, 두 가지 가치를 동시에 추구할 수 없어요. 더 나은 가치를 올곧게 추구하려면, 한쪽을 포기하는 것이 필수적입니다. 그런 점에서 전시戰時의 군인은 가족 친지를 떠나 물 없고, 먹을 것 없고, 잠자리 없는 극한 조건의 전장에서 매 순간 자기 목숨을 던져야 하는 상황에 놓인다는 것부터, 자기에게서 가장 중요한 것을 이미 바치고 있다는 거지요. 만약 《돈 키호테》가 리얼리즘적 세계였다면, 이 작품은 돈 키호테가 풍차를 향해 돌진하는 장면에서 끝나야 하는 거지요. 왜냐하면 그의 몸은 만신창이가 되어, 이미 그 뒤에 일어나는 편력을 수행할 수 없을 만큼 망가져버렸으니까요. 하지만 우리가 크립타나에서 보았듯이 '돈 키호테의 길'은 거꾸로 의미의 세계가 사실의 세계를 재창조하고, 사실의 세계 뒤에 가려져 있는 의미가 드러나서, 이 둘이 서로 호환互煥하고 있는 유일한 길이지요."

그날 밤 나는 꿈을 꾸었다. 바울의 전도길을 따라갔던 터키의 어느 조그만 마을이었다. 십 년 전 그날의 일행과 같은 사람들인 것 같기도 했고, 다른 사람들 같기도 했다. 모두가 어느 유적지에 모여 있었다. 햇빛이 쓰러져 있는 돌기둥들을 촛대처럼 환하게 비추고 있었다. 안내를 맡은 선교사님이 몸을 빙 돌리곤 팔을 뻗어 한곳을 가리켰다. 저 먼 곳에 우뚝 솟은 산이 있었다. '저것이 시시포스 신화에 나오는 그 산이에요' 하는 말이 귓전을 스쳤고, 동시에 나는 캠코더의 녹화 버튼을 꾹 눌러 산을 필름에 담았다. 그리고 다음 장면에, 나는 산 정상을 향해 큰 바위를 굴리고 있었다. 머리에 쓰고 있는 투구가 간혹 시야를 가려도 바위를 굴리는 손을 놓을 수가 없어 참아야 했다. 하지만 어느 정도 가다보면 힘에 부쳐 바위가 아래로 굴러내렸고, 처음부터 다시 시작해야 했다. 그때 내 맘에서 '산은 직립한 길이다' 하는 생각이 스쳐갔고, 몹시 힘들어하면서도 나는 '바위를 굴리는 것은 매일 자기를 죽이는 일이다' 라고 입속으로 중얼거리다 잠에서 깼다. 홀연히 시 한 구절이 떠올랐다.

　　이 험한 길 위로 우리는 간다
　　드높은 불멸의 자리에까지
　　다른 길로 가는 자 도달할 수 없는 곳

무거운 바위를 지탱한 느낌이 아직도 어깨에 뻐근하게 남아 있었다. 주위가 칠흑처럼 캄캄했다. 생각해보니 덧문을 걸어잠갔던 기억이 났다. 나는 바싹 마른 입술을 축이고 다시 한 번 소리 내서 말해보았다.

"바위를 굴리는 것은 매일 자기를 죽이는 일이다."

RUTA DE DON QUIJOTE

"시인들이 예찬해온 여인들을 그들 시의 주인공으로 삼기 위해 가공해낸 인물로, 이는 시인들 스스로를 사랑에 빠져버린, 그리고 사랑할 만한 용기를 가진 남자로 그려내고 싶어서였다. 그러니 나 역시 알돈사 로렌소라는 촌 스러운 아가씨를 아름답고 정숙하다고 생각하고 믿으면 그걸로 충분한 거야."

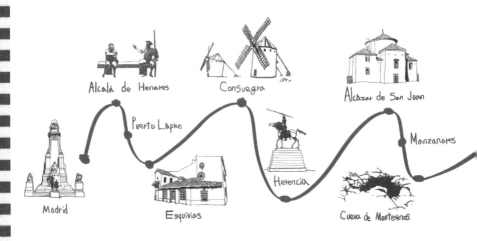

Madrid

Alcalá de Henares

Puerto Lápice

Esquivias

Consuegra

Herencia

Cueva de Montesinos

Alcázar de San Juan

Manzanares

엘 토보소 가는 길–
둘시네아 현상

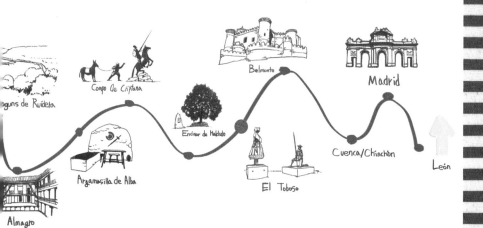

Laguns de Ruidela
Campo de Criptana
Argamasilla de Alba
Almagro
Encinar de Halludo
Belmonte
El Toboso
Cuenca/Chinchón
Madrid
León

"고향 찾아가는 기분이 어때요?"

Y에게 농담을 던졌다. 리본처럼 좁은 계단을 굽 높은 샌들을 신
고 아래층으로 내려온 그녀의 머리엔 일찌감치 선글라스가 걸쳐
져 있었다.

"네?"

"오늘 둘시네아 집을 방문하잖아요."

"거기가 어딘데요?"

"엘 토보소."

"두 분 잠깐 기다리세요. 저 아직 양치 안 했어요."

아침 설거지도 굳이 자기가 하겠다고 나선 J가 젖은 손으로 칫
솔을 입에 물고 욕실로 들어갔다.

"천천히 하세요. 둘시네아는 바로 우리 옆에 있으니까."

"호호호."

우리는 이런 대화를 나누고 있었지만……

책 속의 돈 키호테는 엘 토보소를 찾아가면서 둘시네아에 대한 산초의 인식에 변화가 있는지 점검해본다. 왜냐하면 '둘시네아'는 기사도 정신, 그 정수의 한 부분이기 때문에 산초가 그것을 이해하고 공감하는 문제는 세 번째 출정의 성공 여부와 크게 관계되는 일이기 때문이다. 엘 토보소로 가는 길이 《돈 키호테》 2부의 실질적인 출발점이 된 것도 그 때문이다. 작가는 산초뿐만 아니라 독자들에게도 1부에서 시작된 몬티엘 평원의 모험과 2부의 엘 토보소 가는 길에서 시작하는 모험에는 차이가 있으니 그것에 주목해 달라고 말한다.

무슨 차이일까.

"이보게 산초, 이거 밤이 급하게 덮치고 있군. 다른 모험을 하기 전에 꼭 엘 토보소로 가서 세상에 둘도 없는 우리 둘시네아 아씨의 축복과 허락을 받아야 모든 위험한 모험을 반드시 행복한 결말로 이끌 수 있을 텐데. 편력기사에게는 자기가 모시는 귀부인한테서 받는 은총보다 더 큰 용기를 주는 게 세상 어디에도 없으니 말이야."

"하지만 나리께서 그분과 말을 하거나 만난다는 것 자체가 어려울 테고, 만나더라도 그런 축복을 받을 수 있을지 의문이네요. 마당 담장 너머로 세례를 받는 게 아니라면 말이에요."

산초의 인식에는 변화된 것이 아무것도 없다. 그도 그럴 것이, 1
부 25장 시에라 모레나 깊은 산중에서 돈 키호테는 둘시네아에 대
한 신실한 마음을 편지에 담아 산초로 하여금 둘시네아에게 전하
고 답신을 받아가지고 오라고 한다. 편지에 서명을 하려 할 즈음,
돈 키호테는 이런 고백을 한다.

"그분은 글을 쓸 줄도 읽을 줄도 모르며, 평생토록 내 필체도 내가
보낸 편지도 본 적이 없다. 나와 그분은 늘 플라토닉한 사랑을 나누
었기 때문에 신실한 마음으로 바라보는 것 이상의 행동에 이르지 않
았다. 내 이 두 눈으로 그분을 본 것은 겨우 네 번밖에 되지 않는데,
그나마도 그분께서 알아차리신 것은 한 번밖에 되지 않는다. 그만큼
그분의 양친이신 로렌소 코르추엘로와 알돈사 노갈레스께서 그분을
고이고이 키우셨다는 뜻이다."

"뭐라구요? 그럼 로렌소 코르추엘로의 딸이 바로 둘시네아 델 토
보소 공주님이란 말씀인가요?"

"그분이다. 온 우주의 여왕이 될 만한 분이지."

"그 처녀라면 저도 잘 압니다. 온 마을에서 가장 힘센 젊은 청년만
큼이나 몽둥이를 잘 휘두른다더군요. 맹세하건대 그녀는 착하고 조
신하며 올곧고, 가슴에 털이 난 처녀로, 자신을 연모하는 편력기사건

누구건 간에 진흙 수렁에 빠졌을 때 수염을 잡아채어 끄집어낼 수 있는 사람이지요. (중략) 그런데 주인님께서 싸움에서 이겨 그분께 보내드린 패배자들이 알돈사 로렌소, 아니 둘시네아 델 토보소 공주님 앞에 가서 무릎을 꿇어봤자 그것이 그분께 대체 무슨 소용이 있단 말씀입니까. 그들이 도착했을 때 그녀가 삼을 빗고 있거나 탈곡장에서 탈곡을 하고 있을 수도 있고, 그들은 그런 그녀를 보고 주춤할 것인데……."

"지금까지도 누차 말했지만, 산초야, 넌 참 말이 많다. 내가 둘시네아 델 토보소 공주님을 사랑하기에, 그분은 나에게 지상에서 가장 고귀하신 공주님인 것이다. 그래, 시인들이 나름대로 붙여준 이름으로 예찬하는 모든 여인이 다 실제로 있었던 것은 아니다. 시인들이 예찬해온 여인들은 그들 시의 주인공으로 삼기 위해 가공해낸 인물로, 이는 시인들 스스로를 사랑에 빠져버린, 그리고 사랑할 만한 용기를 가진 남자로 그려내고 싶어서였다. 그러니 나 역시 알돈사 로렌소라는 훌륭한 아가씨를 아름답고 정숙하다고 생각하고 믿으면 그걸로 충분한 거야."

이 대화에서 돈 키호테는 알돈사 로렌소라는 실제 인물이 자기 사랑의 대상이긴 하지만, 자신이 지극한 사랑을 바침으로써 그 사랑이 그 여성을 세상에 둘도 없는 존귀한 존재, 둘시네아로 새로이 태어나게 만든다는 것을 거듭 강조한다. 하지만 시적 상상력, 의미의 세계를 불신하는 산초는 둘시네아의 실제 면모를 알고 나서는 오히려 돈 키호테의 말에 사사건건 반박하는 근거로 활용한다.

두 사람이 해질 무렵, 엘 토보소 근처에 이르렀을 때 "돈 키호테는 신이 났지만 산초는 둘시네아의 집이 어디 있는지 알 수 없어 풀이 죽었다. 산초나 돈 키호테나 생전에 그 집을 본 일이 없기 때문이다". (1부 25장에서 산초는 둘시네아가 아니라 알돈사 로렌소를 찾아가 돈 키호테의 편지를 전할 생각이었으나, 그것조차 여의치 않아 거짓으로 둘시네아를 만났다고 고하고, 이것저것 물어보는 주인에게 알돈사 로렌소를 염두에 두고 거짓 대답을 한다.) "그래서 한 사람은 그 아가씨를 보고 싶은 마음에서, 다른 한 사람은 그 아가씨를 본 적이 없어서 두 사람 다 마음이 편치 않았다."

그런 점에서 엘 토보소는 돈 키호테의 고결하고 순전한 정신주의가, 나름 눈치 삼단에 약삭빠른 실용주의자인 산초를 어느 정도 동화시킬 수 있는지 가늠해보는 '모험'의 장이 되는 셈이다. 그것은 또한 작가가 자기의 분신인 돈 키호테를 통해 산초적 일반 독자를 얼마나 동화시킬 수 있는지 가늠해보는 '모험'이기도 하다.

과연 모험은 모험이었다. 한밤중에 엘 토보소에 입성한 돈 키호테는 둘시네아가 살고 있는 궁궐로 안내하라고 하고, 산초는 자기가 본 것은 아주 작은 집이었으며 그나마도 잠깐 본 그 집을 이 밤에 어떻게 찾느냐고 발뺌을 하다가 자기 거짓말에 꼬리가 잡혔다.

이쯤 되자, 지친 돈 키호테에게 꽤 바른 제안을 하는데, 시 외곽의 숲에서 기다리고 있으면 자기 혼자 시내로 들어가서 집을 알아뒀다가 날이 밝으면 둘시네아 아가씨를 모시고 올 테니, 그때 축복과 은혜의 말씀을 간청하라는 얘기였다. 돈 키호테는 감격해서 그 제안을 받아들인다.

J가 욕실에서 나왔다. 아무리 겸손하려 해도 그녀에게서는 어딘가 근엄한 기운이 감돌았다. 박사 한 사람, 그리고 작가, 출판사 편집장이 저 먼 바다 건너 비행기까지 타고 와서 엘 토보소를 찾아가려 한다. 작중인물인 산초는 둘시네아를 어디에서 만날지 걱정이 태산 같은데, 우리는 너무나 당연한 듯이 이 세상에 실제로는 한 번도 존재하지 않았던 둘시네아 집을 찾아가려 한다. 가령 한국에서 《토지》의 주인공 서희를 만나러간다고 하면 작가들조차 웃을 일이 아닌가. 그렇다면 무엇이 다른가.

우리는 문단속을 하고 나서 팬션에서 나왔다. 집 앞 화단에 핀 갈대가 어찌나 탐스러운지 방금 깃을 접고 내려앉은 공작 같았다.

"기분이 어때요?"

J가 안전벨트를 하며 Y에게 물었다.

"뭐가요?"

"이제 드디어 엘 토보소로 입성하잖아요."

J는 Y에게 농담을 한 것이 아니었다. 두 사람 사이에서는 나 모르는 친분이 은밀하게 두터워진 흔적이 점점 겉으로 진하게 드러

나고 있었다. J는 식사 때나 커피타임 때, 또는 매우 사적인 몸짓
이 드러나는 행위를 할 때, 말끝마다 "역시 둘시네아는 달라" 하고
한 번씩은 꼭 Y를 추켜주었다. '역시'라는 말이 특별히 무엇을 암
시한다기보다 Y가 오히려 그 말에 잡히어 살포시 미소를 짓는다
거나, 말투를 예의 바르고 품격 있게 고친다든가, 등을 꼿꼿이 펴
서 자세를 바로 한다든가 하는 변화를 시도하는 것은 확실했다.
이거야말로 이미지 모방이다. 이미지 무한 복제의 시대. 알맹이인
의미와 그것이 형성되는 과정은 건너뛰어도 상관없다. 아니, 과정

은 불필요한 시간 낭비이다.

"네, 무척 기대가 돼요."

Y의 음성과 몸짓에 이전에는 느낄 수 없었던 의젓함이 담겨 있었다.

그런데 이상했다!

'엘 토보소' 표지판이 나타나고, 저만큼 나무들 사이로 교회 첨탑과 붉은 지붕이 나타나자, 뜻밖에도 나는 가슴이 두근거리기 시작했다. 책 속의 모든 낱말이 살아나 공명하는가 싶더니 의미들이 하나하나 실제의 장면으로 바뀌어 어른거렸다.

아, 학대받고 설움받고 고통받는 여성들을 위해 칼을 빼들고 수호를 자처하는 기사. 그 정의로운 의분과 드높은 섬김의 정신이 말발굽 소리와 함께 들려오는 듯했다.

그 어떤 어려움이 닥칠지라도 이 모험을 감행하고자 하는 열망으로 가슴이 터질 것 같구나. 그러니 산초야, 로신안떼의 배띠를 좀 더 조여주고, 여기에서 기다려라. 만약 내가 사흘 안에 돌아오지 않거든 마을로 돌아가거라. 그리고 나를 위하여 비할 데 없이 아름다운 나의 여인 둘시네아가 있는 엘 토보소로 가서, 그녀에게 사로잡힌 기사 돈키호테가 그녀의 기사로서 마땅히 해야 할 일을 하다가 죽었노라고 전해다오.

빌라시비리본 엔투보스

둘시네아 집으로 가는 길.

목숨을 내놓고 약한 자를 지켜주려는 이처럼 비장한 수호 의지 앞에 서면, 굶주린 과부나 고아는 물론 야만적 폭력에 시달리는 연약한 여성은 누구라도 끝내는 보호받고 둘시네아 아씨로 드높임받지 않을 수 없을 것이다.

그 순간 나는 '이제는 말할 수 있다'고 쓴 한 여성의 고통의 기록을 떠올렸다. 여섯 살 소녀가 짐승으로 변한 자기 친아버지의 성폭력 앞에서, 얼마나 간절히 애타게 의로운 도움이 나타나기를 기다렸을 것인가. 지옥에 떨어져 외롭게 부르짖는 그 아이에게 손을 내밀어준 사람은 어머니도, 형제도, 이웃도 아니었다. 날마다 어서 속히 어른이 될 날을 기다리며 이를 악물고 버텨온 그녀 자신이었다. 그래, 이제 아버지의 만행을 만천하에 폭로한 당신은 스스로 기사騎士가 되어, 자신을 이 세상에서 더 없이 존귀하고 아름다운 존재, 둘시네아로 높임받게 만든 것이다. 당신의 마음 깊은 곳에 하나님이 주시는 안식이 함께하실 것을 믿는다.

마침내 우리는 엘 토보소에 도착했다. 책에서 '엘 토보소' 앞에 붙이는 '위대한'이라는 수식어는 조용한 작은 마을에 그저 붙인 것이 아니다. 그것은 작가의 예언이었고, 그 예언대로 세계 곳곳에서 끊임없는 독자들의 행렬이 이곳으로 이어지게 될 것을 작가는 확신했던 것이다. 그들은 자기 시대 자기 나라에서 자신이 바로 기사여야 하며, 둘시네아인 것을 자각하지 않을 수 없다, 이곳에서는. 하늘 무서운 줄 모르는 야만스럽고 흉포한 남성들이 날로 늘어난다 해도 우리는 정신적 자웅동체가 되어 야만이 휘두르는 폭력에 대항할 것이며, 어떠한 상처도 스스로 기사가 되어 치유할 것이다.

동네 입구에 차를 세우고 밖으로 나왔을 때, 나는 Y에게 오른쪽 팔을 내밀었다. Y가 기다렸다는 듯이 내 팔장을 끼었다. 그러자 J도 내 왼쪽 팔장을 끼었다. 우리는 머지않아 우리 앞에 나타나 정중하게 무릎을 꿇으려고 기다려온 기사가 어디에 있는지 알고 있는 듯, 우아하게 얼굴을 쳐들고 하얀 집 사이의 골목길을 걸어들어갔다.

골목은 마치 어떤 의식을 치르는 성당의 중앙복도처럼 알 수 없는 빛으로 가득했다. 그때였다. 중간 샛길에서 두 여성이 툭 튀어나왔다. 팔짱을 낀 양쪽에서 급히 빠져나가려는 두 사람의 손을 힘주어 꽉 잡고, 나는 몇 걸음 더 나아갔다. 반대쪽에서 다가오는 두 여성은 몸에 짝 달라붙는 스키니진이 너무나 잘 어울리는 이십대 아가씨들이었다. 그중의 한 아가씨가 걸음을 멈추더니 갑자기 우리 앞에서 비너스 같은 포즈를 취했다.

'아니, 이건 또 무슨 콘셉트야?' 하는 듯이 우리는 동시에 팔짱을 풀고 어설프지만 사랑스러운 그 포즈를 멍하니 바라보았다.

"가만 있어봐, 저 아가씨들이 우리를 기사로 아는 건가?"

그와 동시에 그쪽도 우리도 푸하하, 하고 웃음을 터뜨렸다. J가 엄지손가락을 치켜세우고 나서 너무나 범상하게 물었다.

"둘시네아 집이 어디 있어요?"

그 아가씨도 마치 연극은 끝났다는 듯이 손짓으로 골목의 막다른 곳을 가리켰다.

이상하게도 이곳에서는 책 속의 일들이 그대로 실제가 되어 나타난다. 우리는 둘시네아 집 앞에 도착했다. 스페인 국기와 표지판이 그 집의 '위대함'을 인증해주고 있었다. 상상력으로 빚은 그 드높은 의미 때문에 위대함을 인증받은 집.

야고보 교회 앞 광장. 둘시네아에게 경의를 표하는 돈 키호테 조형물은 카페 앞에 있다.

하지만 문이 닫혀 있었다. 여는 시각도 적혀 있지 않았다. 마음이 상기된 탓인지 나는 느긋했다.

"여기서 하루를 보낼 생각을 하고 기다려봅시다. 이곳 시장이 세계에서 출판된 《돈 키호테》를 수집해놓고 전시하고 있다는데, 그곳부터 먼저 가볼까요?"

둘시네아 집에서 골목 하나를 벗어나자 조그만 광장에 높은 첨탑이 솟은 교회가 있었다.

돈 키호테는 그 교회를 둘시네아 공주가 사는 궁궐이라 생각했고, 산초는 막다른 골목의 작은 집이었다고 말씨름을 하던 곳에 우리가 와 있었다. 교회는 야고보 교회였다. 건너편에 문을 연 카페가 있어서 우리는 우선 그곳에서 커피를 마시기로 했다. 카페 앞에 서로 마주보고 있는 둘시네아와 돈 키호테 설치물이 있어, 우리는 노천 테이블에 자리를 잡았다. 흰색 테이블과 의자는 쇠의자였는데, 간밤의 기온이 떨어진 탓인지 몸에 닿는 촉감이 싸늘했다. 핫팬츠 차림의 아가씨가 커피를 가져왔다. 따끈한 것만으로도 커피는 한결 맛있었다.

"그런데, 둘시네아는 가공인물인데 어떻게 살던 집이 있을까요?"

"작품 속에서는 알돈사 로렌소라는 인물을 기사의 섬김 대상으로 격을 높인 것이 둘시네아인데, 알돈사 로렌소도 작품 속 인물이므로 그 인물의 실제 모델이 있을 수 있겠지요. 나중에 둘시네

엘 토보소의 야고보 교회 앞 카페에서 따끈한 커피 한 잔.

아 집에 가보면 알게 되겠지만. 어쨌든 엘 토보소야말로 의미와
실제의 호환이 잘 이루어지고 있는데, 정미 씨도 그 사실을 입증
하고 있어요."

"네? 제가요?"

"처음 이 길에 나섰을 때와 많이 달라진 거 본인은 모르지요?"

"어떻게요?"

"몸가짐이 우아해지고, 어딘가 자기를 흠모하는 사람이 있는 것

처럼 표정이 살아 있고, 매력이 넘쳐요."

나는 J를 쳐다보았다. J가 고개를 끄덕였다.

"어머나!"

"하지만, 이 엘 토보소에서 둘시네아에 대한 중요한 반전이 이루어지는데, 그 반전의 뜻이 의미심장해요."

돈 키호테를 시 외곽 숲에 남기고, 시내로 들어가던 산초는 가다가 나귀를 세웠다. 그리고 나무 밑에 앉아 고민에 빠진다. 산초의 고민이 깊은 것은 둘시네아는 아예 없는 가공인물이고 알돈사 로렌소가 있기는 하지만, 소문만 들었지 만난 일도 본 일도 없었기 때문이다. 대화를 나눌 때는 주인의 '미친 짓거리'에 어느 정도 맞장구칠 수 있었지만, 막상 심부름에 나서야 하는 상황에 이르고 보니 그 맞장구친 것들이 전부 자신의 숨통을 조였다. 무슨 수로 궁궐 깊숙이 사는 공주님을 만날 수 있을 것이며, 무슨 말을 해서 밖으로 끌어낸단 말인가?

고민 끝에 산초는 나름대로 묘안을 생각해냈다. 그것은 길에서 우연히 처음 맞닥뜨리는 여자를 둘시네아 공주라고 속여서 믿게끔 하자는 것인데, 믿게끔 하는 것이라면 어쩐지 어렵지 않을 것 같았다. 나귀에 올라타고 다시 길을 가려는데, 엘 토보소 쪽에서 농사꾼 아가씨 셋이서 나귀를 타고 이쪽으로 오고 있었다. 산초는 옳다구나 싶어 급히 돈 키호테가 기다리고 있는 숲으로 돌아가서 공주님이 시녀를 데리고 나리를 뵈러오고 있다고 말했다. '공주님과 시녀 모두 열 가닥이 넘는 금실로 수놓은 비단을 걸치셨는데, 머리카락은 바람에 나부끼는 햇살처럼 어깨 위에 늘어져 있고, 거기다 한 번도 보지 못한 훌륭한 중마(산초는 준마를 중마로 발음)를 타고 오십니다' 라고 하자 돈 키호테는 좋은 소식에 대한 보답으로 상을 주겠노라고 약속하고 숲에서 나왔다. 하지만 그는 촌티 나는 세 사람의 시골 여자를 보고 어찌된 일이냐고 묻는다. 산초는 눈을 부비고 잘 보시라고 우겨댄다. 그리고 귀부인께서 가까이 오셨으니 경의를 표하라며, 자기부터 나귀에서 내려와 세 아가씨 중 한 사람이 탄 말의 고삐를 잡고 땅에다 무릎을 꿇었다. 그러자 돈 키호테도 산초 옆에 무릎을 꿇었으나, 여전히 어리둥절한 눈빛으로 산초가 공주마마라고 하는 여자를 바라보았다. 그의 눈에는 그저 얼굴이 둥글넓적한 평범한 아가씨일 뿐이어서 뭐라 할 말이 없었다.

"여기서 중요한 것은 설사 꿈처럼 아름다운 여자를 데려와 둘시네아라고 한다 해도 실제의 인물 앞에서 돈 키호테의 반응은 위의 반응과 다르지 않을 거라는 거지요. 산초가 돈 키호테에게 믿게끔 하려고 하는 말이 돈 키호테가 둘시네아를 두고 산초에게 한 말과 똑같은 투인데, 돈 키호테는 그렇게 믿어서 한 말이고, 산초는 속이기 위해 한 말이라는 것이 다르지요. 그렇기 때문에 돈 키호테뿐만 아니라, 당사자인 아가씨들도 그 속임수에 넘어가기는커녕 '이 양반들이 촌 여자들을 데리고 희롱한다' 며 화를 벌컥 내지요. 믿는다는 것이 바람(익힘, 기다림, 숙성)의 실상實像, 나타남에 이르는 것인데 반해, 속임수는 바람이 전혀 없으면서 입술로만 말하는 거지요."

"저는 그럼 어느 쪽이지요?"

Y의 어조가 진지했다.

"바람의 실상으로서의 둘시네아는 기사 돈 키호테의 섬김과 숭배를 받고 그 의미의 연금鍊金으로 더 고귀하게 형상화되는 여성상인데, 우리 시대는 너무 상스러워요. 남성들은 기사는커녕 점점 짐승이 되어 가니, 우리 여성 스스로 높은 풋대를 가진 기사이자, 둘시네아가 되어야 하겠지요."

"세상 남자들 참 딱해요. 아내를 기껏 밥하고 빨래하는 섹스파트너 정도로 여기면, 자신이 고작 피아노 건반의 도레미밖에 치지 못하고 사는 꼴인데 그걸 모르니 참……."

J가 혀를 끌끌 찼다.

"하지만 하나님께서 삶으로 빚어가시는 둘시네아는 돈 키호테도 미처 모르고 있지 않았나 싶어요. 최근에 나는 지인이 들려주는 한 여인의 얘기에 깊은 감동을 느꼈어요. 그녀는 중학교 때 어머니가 아버지의 술주정 때문에 농약을 먹고 피를 토하며 죽는 것을 눈앞에서 지켜보았대요. 그때부터 동생 넷을 키우느라 학교도 못 다니고 집안일을 도맡게 되었대요. 오 년 뒤 아버지마저 돌아가시고 나서는 자신이 생활전선에 뛰어들어 동생들 넷을 거두어야 했대요. 억척같이 일해서 동생들을 남들만큼 공부시키고 시집 장가보내고, 나이든 지금 수유리 버스 종점에서 두 평 남짓한 구멍가게를 하면서 혼자 사는데, 지인은 그녀가 버너에 끓여주는 된장찌개와 따뜻한 밥이 먹고 싶어 일부러 그 가게를 찾아간대요. 밥을 먹다보면 그녀가 책 뭉치에 수건을 묶어 근력운동을 하는 걸 보게 되는데, 눈이 마주치면 괜히 '언니' 하고 불러본대요."

"언니?"

Y가 얼굴을 찌푸렸다. 그 이유가 궁금했지만 나는 말을 계속했다.

"이처럼 하나님께서 빚어가시는 의는 한 알의 밀알이 죽는 자리에 있는데, 그 자리는 두엄 같은 자리라고 생각돼요. 하나님이 보시기엔 이 언니 같은 사람이 바로 둘시네아다, 하시지 않을까 싶어요. 자신이 무얼 좇고 있는지 알고 싶을 때 나는 스스로 물어봐요. 너는 지금 두엄자리에 있는가?"

나는 Y의 잘 손질된 갸름한 손을 살짝 잡아주고 나서 어지럽혀진 테이블을 닦았다. J가 커피잔을 거두어 카페 안으로 가져다주고 나왔다.

"이쪽으로 가라고 하네요."

아침햇살이 긴 그림자를 드리우고 있는 골목 안에 '센트로 세르반티노CENTRO CERVANTINO' 라는 집이 있었다. 세스 노터봄이 왔을 때만 해도 엘 토보소 시장이 개인적 열성으로 수집한 《돈 키호테》

센트로 세르반티노의 아래층 전시관.

책 전시관 전경.

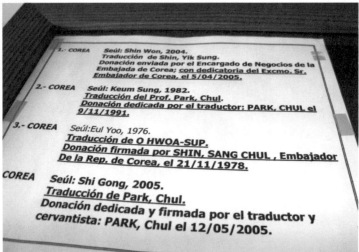

1.- COREA   Seúl: Shin Won, 2004.
Traducción de Shin, Yik Sung.
Donación enviada por el Encargado de Negocios de la
Embajada de Corea; con dedicatoria del Excmo. Sr.
Embajador de Corea, el 5/04/2005.

2.- COREA   Seúl: Keum Sung, 1982.
Traducción del Prof. Park, Chul.
Donación dedicada por el traductor: PARK, CHUL el
9/11/1991.

3.- COREA   Seúl:Eul Yoo, 1976.
Traducción de O HWOA-SUP.
Donación firmada por SHIN, SANG CHUL , Embajador
De la Rep. de Corea, el 21/11/1978.

COREA   Seúl: Shi Gong, 2005.
Traducción de Park, Chul.
Donación dedicada y firmada por el traductor y
cervantista: PARK, Chul el 12/05/2005.

위　한국어판《돈 키호테》네 종.
아래《돈 키호테》한국어판을 출판한 출판사들.

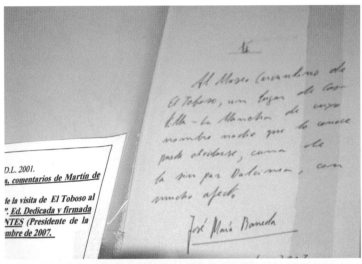

D.L. 2001.
, comentarios de Martín de

e la visita de El Toboso al
". Ed. Dedicada y firmada
NTES (Presidente de la
mbre de 2007.

Al Museo Cervantino de
El Toboso, un lugar de Cas-
tilla-la Mancha de cuyo
nombre nadie que lo conoce
puede olvidarse, cuna de
la sin par Dulcinea, con
mucho afecto.

José María Barreda

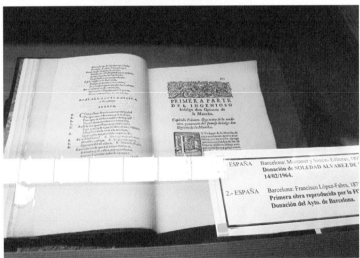

PRIMERA PARTE
DEL INGENIOSO
hidalgo don Quixote de
la Mancha.

Capítulo Primero. Que trata de la condi-
ción, y exercicio del famoso hidalgo don
Quixote de la Mancha.

1- ESPAÑA   Barcelona: Montaner y Simón Editores, 189
              Donación de SOLEDAD ALVAREZ DE
              14/02/1964.

2- ESPAÑA   Barcelona: Francisco López-Fabra, 187
              Primera obra reproducida por la FO
              Donación del Ayto. de Barcelona.

위 기증자 사인.
아래 기증본과 기증자 인적 사항.

LIBRO OBJETO

AUTOR: LEFEBVRE, SÉBASTIEN.

TÍTULO: DON QUIJOTE DE LA MANCHA. 2011.

MATERIA: LIBRO DE ARTISTA – FRANCIA- S. XXI

EJEMPLAR ÚNICO.

**DONACIÓN DEL AUTOR: SÉBASTIEN
LEFEBVRE (FRANCIA), el 13/04/2011**

말을 탄 채 책을 관통하고 있는 작품 속 주인공.

도레의 삽화가 있는 원본 《돈 키호테》.

를 시청 한 귀퉁이에서 전시하고 있었다. 지금은 독립된 건물을 전
시관으로 마련한 모양이다. 돈 키호테와 산초가 서로를 마주보고
있는 스테인드글라스 출입문을 열자 돈 키호테와 산초가 양쪽으로
갈라진다. 아래위층 전시관이 유리 진열장으로 가득 차 있다.

　진열장 안을 꼼꼼히 들여다보는 것 자체가 흥미진진한 탐색이
다. 서양에서 동양, 기독교권에서 이슬람권, 성인용에서 아동용에
이르기까지 종류도 다양하게 세계 각국의 언어로 출판된 각양각

방명록에 글을 남기다.

색의 책들. 마거릿 대처, 로널드 레이건, 미테랑, 넬슨 만델라, 무바라크, 프랑코 같은 정치지도자들부터 알렉 기네스 같은 배우에 이르기까지 친필 사인이 곁들여진 기증본들. 귀스타브 도레, 달리, 로빈슨, 호리코시 등 유명화가들이 삽화를 그린 책들. 하나의 작품이 인류의 공동 자산이 된 현장이다.

"우리는 더 이상 돈 키호테를 보고 웃지 않는다. 그의 방패는 열정이고 그의 깃발은 아름다움이다. 돈 키호테는 점잖은 것, 순수

J박사가 방명록에 남긴 글.

한 것, 이타적인 것, 용감한 것, 잃어버린 모든 것을 상징한다" 라고 말한 것은 나보코프이다.

아래층 전시장 한쪽에 세르반테스 흉상이 놓인 테이블이 있고, 방명록과 잉크, 펜이 놓여 있다. '실제와 초월 사이로 돌진하다'란 글귀를 쓰는데 손이 떨렸다. 내 이름을 남겼다. J도 Y도 글을 남겼다.

《돈 키호테》 출판 400주년 기념 때 귀스타브 도레의 판화만 따

도레의 삽화가 있는 원본 《돈 키호테》.

로 묶어 펴낸 책이 진열장 안에 전시되어 있었는데, 서울에서 왔다고 떼를 써서 그 책을 샀다.

"루타 데 돈 키호테에서 가장 기념이 될 만한 책을 사셨어요."

둘시네아 집으로 가는 길에 J가 흐뭇한 얼굴로 내가 들고 있는 비닐봉지를 내려다보았다.

그사이 둘시네아 집 문이 열려 있었다. 입장료는 1인당 80센트.

도대체 이 집은 무슨 연고로 둘시네아 집이 된 걸까. 해설 안내

둘시네아의 집으로.

원이 없어서 영어로 된 안내책자부터 훑어본다. 아나 마르티네스 사르코 모랄네스와 남동생 에스테반이 살았던 집. 아나는 엘 토보소에서 가장 부유한 집 딸이었다고 한다. 세르반테스가 징수원 시절 이곳에 왔을 때 아나를 보고 첫눈에 마음을 빼앗겼지만 아나가 이미 결혼한 신분이어서 사랑을 이루지 못했다는 내용이다.

　작가가 사랑한 여인이었으므로, 둘시네아의 모델이 되었을 법하다는 추측은 얼마만큼 진실일까.

둘시네아 집 정문.

　이 여성의 미모와 성품이 어느 정도 둘시네아에 가깝다고 하더라도, 작가는 기사의 절대적 헌신을 받기에 합당하다고 여기는 자리에 아름답고 사회적 신분이 높은 '인물'을 둔 것이 아니라, 여성성 그 자체를 무한한 섬김의 대상으로 삼음으로써 그 여성성의 '의미'를 구원의 중심에 놓고 있다. 둘시네아의 의미는 한 번도 완전히 이루어진 적이 없는, 어느 시대든지 올곧은 기사의 출현을 기다리고 있는 최상의 가치이기 때문에 사실의 호환이 불가능한

둘시네아 집 전경.

위   아나 마르티네스 내실.
아래 에스테반의 침실.

위 당시의 부엌.
아래 당시의 용변기.

재래식 포도 압착기.

것이다. 가령 이탈리아 베로나에 있는 어느 집의 발코니를 로미오
와 줄리엣이 밀애를 나눈 그 안타까운 현장이라고 한다면, 이것은
의미의 사실 호환이 가능하다. 그 정도의 연심戀心은 누구나 품게
되니까. 하지만 둘시네아의 속성은 성모聖母이다.

　전시품들은 둘시네아가 이런 부엌에서 이런 그릇으로 식사를
했으며, 이런 욕실에서 목욕을 했으며, 이런 침실에서 잠을 잤다
등등 생활집기들을 통해 구체화될수록, 둘시네아가 아니라 아나

라고 불리워진 여성의 생활 동선, 취향까지 더 구체적으로 떠올리게 된다. 바닥에는 양탄자, 벽에는 킬림이 걸려 있고, 놋화로와 손잡이가 달린 놋온열기가 있는데, 그것만으로 한겨울의 라 만차 지역의 추위를 견디려면 힘들었겠다는 생각까지 든다.

널찍한 뒤뜰엔 하인들이 거주한 별채와 각종 농기구들, 큰 굴림돌을 이용해 올리브유를 짜는 분쇄기, 옛 방식으로 만든 나무 압착기가 있었는데, 짐작되는 부富의 규모가 돈 키호테의 부인 카탈리나의 외삼촌, 키하노 가문만 했다.

큰 물푸레나무 아래 꺾어놓은 나뭇가지들이 쌓여 있는 것을 보고 J가 깜짝 즐거워했다. 이걸 가지고 가서 벽난로에 불을 피우자는 것이었다. 그래서 우리는 허락을 받고, 나무를 한 아름씩 안아서 자동차 짐칸으로 옮겨 실었다.

나무를 옮길 때 떨어뜨린 마른 잎사귀와 부스러기들을 말끔히 치우고, 나중에서야 손을 털며 차에 오른 J의 얼굴에 아쉬움이 남았다.

"뒤에 짐이 없으면 더 실을 수 있는데⋯⋯."

"그것만으로도 팬션이 후끈해질 거예요."

그것이 둘시네아 집을 떠나며 우리가 나눈 대화였다.

 14. 엘 토보소 가는 길―둘시네아 현상

땅에 내려온 초록 구름.

RUTA DE DON QUIJOTE

'이제 더 이상 할 일이 없을 뿐 아니라, 각자가 저마다 자기 것을 받을 뿐이오. 신께서 은혜를 주신 자는 성 베드로의 축복을 받을 것이오.' 바로 이거예요. 한 기사의 지속적인 의로운 투쟁과 선포에 의해 주막은 왕궁으로, 거기에 있던 사람들은 진리의 세계가 도래한 줄 알지 못한 채, 얼떨결에 왕궁의 신민이 된 거지요.

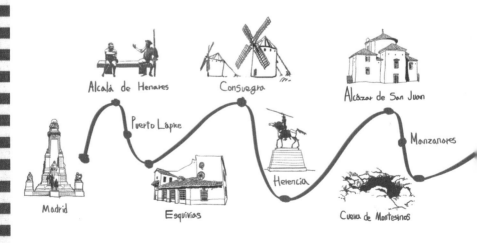

Alcalá de Henares

Consuegra

Alcázar de San Juan

Puerto Lápice

Manzanares

Herencia

Madrid

Esquivias

Cueva de Montesinos

나팔이 울린다,
하지만 이곳은 왕궁이 아니다

불길이 활활 타오르는 벽난로 안에서 감자와 마늘이 익어가는
동안, 우리는 불가에 둘러앉아 올리브를 안주 삼아 와인을 마시고
있었다.

"내일 벨몬테 성에 입성하는 것으로 일단 공식 일정이 끝나는
데, 그동안 수고 많으셨어요. 자, 건배!"

우리는 각자의 잔을 들어 부딪쳤다.

"이제야 뭘 좀 알 것 같은데……."

"그게 뭔데요?"

J가 Y를 지그시 지켜보았다.

"소설《돈 키호테》는 재미있는 신앙 지침서라는 생각이 들어요."

"아이구, 감사!" 나는 Y의 무릎을 손바닥으로 탁 쳤다. "이렇게 빨리 동의해주시다니." 나는 말을 계속했다.

"그런데 재미있는 것은 이 소설이 씌어진 17세기에도 작가가 작중인물을 통해 이렇게 말하는 거예요. '아니, 오늘날에도 세상에서 과부를 도와주고 처녀를 보호하고 유부녀를 위해주고 고아를 구원하는 사람이 있다고는 도저히 생각할 수가 없습니다.' 이게 무슨 말일까요? 그런 사람이 없다는 게 아니라, 그토록 올곧게 기사도 정신을 실현하기 위해 자기 삶을 바치는 기사 신분의 사람들이 없어졌다는 것이고, 설사 그런 사람이 있어도, 오히려 '넘친다, 미쳤다'고 생각하는 분위기가 있었다는 뜻이에요. 지식인이나 부자들은 우선 돈 키호테의 외모에 거부감을 느껴요. '목이 긴 것과 키가 큰 것과 얼굴이 수척하고 초췌한 것과 갑옷과 동작과 몸짓이 놀랍기만 하다'고 말해요. 그에 반해 점잖은 푸른 벨벳옷의 신사는 자기를 이렇게 소개해요. '저는 천주께서 허락하신다면 오늘 우리가 저녁식사를 하게 될 다음 마을에 사는 지주계급입니다. 저는 보통 이상으로 가산이 넉넉한데, 이름은 돈 디에고 데 미란다 라 합니다. 집의 아내와 아이들과 친구들과 더불어 세월을 보내지요. 제 취미는 사냥과 낚시인데, 매나 사냥개는 기르지 않고 얌전한 포인터와 말 잘 듣는 사냥용 족제비 한두 마리를 기르고 있습니다. 책은 팔십여 권이 있는데, 스페인 말로 된 것도 있고 라틴말로 된 것도 있고, 역사책도 있고 신앙서도 있지만, 기사도에 대한 책은 한 권도 우리 집 문지방을 넘어본 적이 없습니다. 저는 신앙서보다는 세속 책을 더 많이 읽는데, 그 이유는 그 말이 흥미가 있고, 그 허구가 매혹적이고 놀라워서 순수한 즐거움을 주는 까닭입니다. 그러나 스페인에는 그런 종류가 대단히 드물지요. 가끔 이웃과 친구들 집에 가서 식사를 같이 하기도 하고, 저는 픽 자주 그들을 대접합니다. 제가 내는 음식은 조금도 아끼는 것 없이 훌륭합니다. 저는 응대를 잘하는 편입니다. 저는 다른 사람에 대한 소문을 지껄이는 것을 좋아하지 않아서 제 앞에서는 절대로 그런 말을 못하게 합니다. 저는 이웃 사람의 생활을 들여다보려 하지 않으며 남의 행위를 엿보려 하지도 않습니다. 저는 매일 미사에 참석합니다. 저는 가난한 사람들과 재물을 나누어 씁니다만, 여간 조심치 않고서는 교묘히 파고 들어오는 위선과 허영이라는 큰 원수를 마음속에 들일까 염려하여 저 자신의 선행을 자랑하지 않습니다. 저는 서로 다투는 사람들을 화해시키려 애씁니다. 저는 성모님께 심신을 바쳤으며, 우리 주 천주님의 무한하신 자비를 늘 믿고 있습니다.' 정말 나무랄 데 없는 신심에 격조 있는 태도지요. 산초 같은 속물이 생각하기에 덕망 높은 사람의 전형이지요. 그래서 산초는 얼른 당나귀에서 뛰어내려 신사의 오른편 등자를 붙잡고 경건한 마음으로 거의 눈물을 머금고 신사의 발에 거듭 입을 맞추는데, 이 신사는 '난 성자가 아니라 큰 죄인이오. 도리어 당신이 선하신 분 같소이다. 순박한 마음씨가 그걸 증명해요'라고, 산초에게까지 자기를 낮추는데, 얼핏 보면 이보다 더 사려 깊은 태도가 있을 수 있겠어요? 하지만 돈 키호테는 그의 얘기 속에 담긴 신앙이 아니라 인문적 교양을, 교양 뒤에 감춰진 위선을 간파하자 마음이 거북해지고 산초의 격한 행동에 실소를 짓지 않을 수 없었지요. 오늘날에도 세상 권력과 재물을 가진 교양 있는 신자로 자처하는 사람들이 대형교회를 일요일마다 가득 채우고 있지요. 예수님이 회칠한 '무덤'이라고 꾸짖은 이유를 우리는 깨어 있는 정신으로 느껴야 해요. 내가 이 여정에 오른 것도, 예수님이 검劍을 주러 왔노라고 하신 그 검 혹은 돈 키호테의 높이 처든 창과 같이 어떠한 자기기만도 피해갈 수 없는 그 엄정한 겨눔에 자기를 꿰어, 진정 '산 자者'로서 남은 여생을 살고 싶기 때문이에요."

한동안 기묘한 침묵이 흘렀다.

"이제 치우고 자야겠어요."

J가 침묵을 털고 일어나서 잔을 들고 싱크대로 갔다. 나는 뭔지 미진했으나 같이 일어나서 주섬주섬 테이블을 치우기 시작했다. 그날 밤 나는 잠이 오지 않아 담요로 몸을 둘둘 감고 메모장을 뒤적거렸다.

위대한 모험은 죽을 수밖에 없는 인간들이 영웅적인 업적에 대한 보상으로 불멸의 명예를 원하는, 그런 것이다. 그러나 기독교인이요 가톨릭인인 편력기사들은 얼른 지나가버리는 차생에서 성취할 수 있는 공허한 명성보다 천상의 나라에서 향유할 장래의 영원한 영광을 기대할 수 있다. 세상의 명성이란 아무리 오래간다 해도 기한이 정해진 세상과 더불어 끝날 수밖에 없다. 때문에 우리는 기독교의 가르침이 정해준 한계를 범하는 일이 없도록 해야 한다. 우리는 거인을 죽이는 것으로 교만을 죽여야 하며, 아량 있고 고귀함으로써 시기를 죽여야 하며, 침착한 마음과 고요한 심정으로 분노를 죽여야 하며, 적게 먹고 밤늦게 깨어 있음으로써 식욕과 수면욕을 죽여야 하며, 마음의 아가씨로 삼은 이들에 대한 충성심을 유지함으로써 무절제와 육욕을 죽여야 하며, 훌륭한 기독교인이 될 뿐 아니라 진정한 기사가 될 수 있는 기회를 찾아 세상을 두루 편력함으로써 태만을 죽여야 한다.

돈 키호테가 둘시네아를 찾아가며 노상에서 명예에 대한 생각을 피력한 대목이다.

나는 침대에서 내려와 창문을 열고 덧창까지 열어젖혔다. 야심한 밤기운이 거친 짐승처럼 밀려들어왔다. 몸이 흠칫 움츠러들 정도로 밤공기가 싸늘했다. 창 앞에서 팔을 활짝 벌리고 가슴으로 심호흡을 크게 했다. 저 드넓은 하늘과 땅을 은밀히 운행하시는 성령의 바람을 마시고 또 들이마셨다. 나는 나직한 창틀을 훌쩍 넘어 밖으로 뛰어나갔다. 맨발로 어둠 속을 달렸다. 메마른 흙냄새가 어지러울 정도로 싱싱했다. 무릎 꿇고 이마를 땅에 대는데 저절로 '저를 받아주셔서 감사합니다' 하는 말이 새어나왔다. 이제 정말 나 자신이 다른 사람을 위해 화살표가 될 수 있을 것 같았다.

산티아고 가는 길을 걷는 동안은 다른 사람들이 심어놓은 수많은 화살표를 따라갔으나, 돌아온 지금은 나 자신이 남을 위한 화살표가 되려고 노력한다. 내 영이 게으름에 빠질 때마다 성령의 난폭한 쟁기질이 내 마음 밭을 갈아엎으시는, 그 저항할 수 없는 시련도 달게 받아들인다.

"어젯밤에 늦도록 잠을 안 주무시데요?"

Y가 칫솔을 입에 물고 아침인사를 했다.

"생각할 일이 좀 있어서."

"피곤하지 않으세요?"

"오히려 힘이 나는 것 같은데."

"저는 두통이 좀 있어요."

"내가 기도해줄게."

"그래주세요."

나는 Y를 향해 손을 내밀었다. Y가 쑥스러워하면서 고개를 외면했다.

"아니, 맘속으로 기도해주시라고요."

우리는 누룽지를 끓여서 먹고 느지막이 팬션에서 나왔다.

벨몬테엔 큰 성이 있다고 했다. 돈 키호테는 주막을 성으로 바꾸었지만 우리는 진짜 성을 찾아가려고 나섰다. 에나레스의 마이모니데스 카페 벽에는 성은 보이지 않고, 성에서 내려다본 벨몬테의 메마른 구릉 사진이 걸려 있었다. 하늘과 땅 사이에 나무 한 그

엘 토보소에서 벨몬테 가는 길.

루 없는 그 막막한 비어 있음이야말로 하나님의 잔혹하도록 무심한 임재臨在가 날것으로 느껴지는 풍경이었다.

벨몬테 성을 찾아가는 길이 그러했다. 나는 창밖으로 스쳐가는 그 질리도록 무미건조한 풍경에서 시선을 뗄 수 없었다. 내 안에서 차오르며 다져지고, 다시 차오르기를 반복하는 바람所望의 드라마가 있어, 그것이 마침내 내 생의 마지막에 어떤 실상으로 눈앞에 드러날지 궁금하다. 나는 책을 펴서 1부 뒷부분을 펼쳤다.

"자아, 우리 졸지 말고, 맘부리노 탈취와 관련된 후일담이자, 소설에서 가장 의미심장한 선언이 담겨있는 44장을 한번 볼까요?"

나는 뒤로 손을 뻗어 졸고 있는 Y를 툭 쳤다.

"왜요?"

Y가 화들짝 놀라 눈을 떴다.

"공부."

Y가 흰 이를 드러내며 쌕 웃었다. 이런 편집장을 데리고 있는 출판사의 사장님은 복이 참 많다는 생각을 문득 하며, 나는 얘기를 꺼냈다.

"44장 이야기는 두 사람이 세상을 어지간히 편력한 뒤에 기사서품식이 있었던 그 주막에 다시 들르게 되었을 때 생긴 일이에요. 산초가 나귀를 마구간으로 데려가 안장을 정리하고 있는데, 하필이면 이때 예전의 그 이발사가 주막으로 들어온 거예요. 이발사는 산초가 정리하고 있는 안장이 자기 것임을 한눈에 알아보고, 다짜

고짜 산초의 먹살을 잡고 도둑놈을 잡았다고 소리쳐요. 산초도 지지 않고 그가 잡아채려는 마구를 빼앗기지 않으려고 애쓰며 다른 손으로 이발사의 얼굴에 주먹을 날렸어요. 그러자 그 소동에 주막에 있던 사람들이 무슨 일인가해서 다들 몰려나와요. 몰려나온 사람들 중에는 판사도 있고, 신부, 귀족, 종교 경찰, 대학생 등 다양한 계층의 사람들이 다 있어요. 소설에서 이 주막은 기사 돈 키호테가 편력을 떠나는 장소이자, 편력을 끝낼 시점 다시 돌아왔을 때는 길에서 만난 여러 계층의 사람들이 모여드는 장소가 되지요. 그리하여 주막집은 작은 '세상'이 되는데, 주인을 포함한 그들 모두는 많은 모험을 몸소 겪어 더욱 강건해지고 확신에 넘치는 기사의 대담한 선언을 지켜보지 않을 수 없게 되지요."

그쯤 설명하고, 나는 그 중요한 메시지가 담겨 있는 장면을 찾아서 읽기 시작했다.

이발사가 산초의 먹살을 잡고 사람들을 향해 소리쳤다.

"정의의 국왕 폐하시여! 내 물건을 되찾으려는데 이 도둑놈, 노상강도놈이 저를 죽이려 합니다."

산초가 억울하다는 듯 대답했다.

"거짓말입니다. 저는 노상강도가 아닙니다. 저의 주인님이신 돈 키호테 나리께서 훌륭한 전투에서 얻은 전리품들이란 말입니다."

산초의 이 대답 속엔 돈 키호테의 하인으로 오랜 시간 동고동락 하면서, 그가 벌인 전투에 휘말려 큰 상처를 입기도 하고, 이슬이 내린 풀숲에서 노숙도 하고, 먹을 게 없어 굶기도 하면서, 기사도 정신을 간접적으로나마 체험하는 동안 나름대로 의식이 바뀐 속 내가 살짝 드러나 있다. 사실, 산초에겐 모험이 따로 있었던 게 아니라, 물불 가리지 않고 창을 겨누는 인물과 동행한다는 것 자체 가 크나큰 모험이었다.

그러자 이발사가 다른 사람들을 향해 자기의 정당성을 펼쳤다.

나리님들, 이 안장이 제 것이라는 것은 제가 죽어서 하나님께 가는 것만큼 분명한 사실이라는 것을 맹세합니다. 나귀에게 안장을 얹어 보십시오. 그게 딱 맞지 않다면 저를 파렴치한 놈으로 생각하셔도 좋 습니다. 또 있습니다. 안장을 빼앗긴 날 놋쇠대야도 함께 잃어버렸는 데, 한 번도 쓰지 않은 새 것인 데다 1에스쿠도를 주고 산 것입니다.”

이쯤되니 돈 키호테가 나서지 않을 수 없었다.

“여러분들은 이 선량한 하인이 저지르는 과오를 분명하고 확실하 게 보고 계신 것입니다. 과거에도 그랬고, 지금도 그러하고, 또 앞으 로도 맘부리노의 투구를 대야라고 부를 것이기 때문입니다.”

돈 키호테의 주장은 일면 우스꽝스러워보이지만, 넘치는 확신 으로 뒤집는 사실이 마침내 진실이 되고 있다. 쓰임에 따라 붙여진 물건의 이름, 즉 대야는 전투를 통해서 그 쓰임이 다르게 신성하게 바뀌어 맘부리노 투구가 되었으므로 과거와 현재와 미래를 통틀어 한 번도 대야였던 적이 없었다는 것이다.

"마구에 대해서는 끼어들지 않겠습니다. 그에 관해서 제가 말할 수 있는 것은 저의 하인 산초 판사가 그때 굴복한 이 겁쟁이놈에게 마구를 빼앗아 자신의 나귀를 장식하도록 허락해달라고 저에게 요청했다는 것입니다. 그래서 저는 그렇게 하라고 말했고 산초가 그리 했던 것이지요. 마구가 안장으로 바뀌었던 것에 대해서는 제가 달리 설명할 말이 없습니다. 산초야, 얼른 뛰어가서 이 선량하신 분께서 대야라고 말하는 투구를 이리로 가져오너라."

그러자 산초는 돈 키호테가 증거물로 가져오라는 대야를 사람들이 보게 된다면 꼼짝없이 자기들이 곤경에 빠질 것이므로 다음과 같이 말한다.

"세상에나, 나리, 주인님께서 말씀하신 것들이 사실임을 증명할 다른 증거를 갖고 있지 않다면, 이 선량하신 분의 마구가 안장일 경우, 말리노(산초는 맘부리노를 말리노라 함)의 투구인지 뭔지도 대야입니다."

나름대로 기사도 정신의 면면을 간신히 이해하긴 하지만, 그렇다고 사람이 바뀐 것은 아니므로 산초는 세상에서 권력 가진 사람들에게 둘러싸이자 낭패스런 상황이 되었을 때 자기변명을 할 수 있는 여지를 열어둔다. 하지만 돈 키호테는 불리한 상황이 전개될 수 있는 것조차 무시하고 흔들림 없는 확신에 차있을 뿐만 아니라 사람들의 비웃음, 조롱도 아랑곳하지 않는 의연한 여유가 있다.

"내가 시키는 대로 해라. 이 성의 모든 일이 다 마법에 따라 움직이기야 하겠느냐?"

돈 키호테가 '마법'이라고 하는 것은 의미를 덧입혀 간신히 반전시켜놓은 상황이 사실의 세계로 되돌아간 상태를 말하고, 그 사실을 떠받치고 있는 두터운 고정관념의 패착이 터무니없는 횡포로 여겨지는 것을 말한다.

산초는 달려가서 대야를 가져왔고, 돈 키호테는 그것을 받아들고 말을 이었다.
"여러분들은 여기 있는 하인이 뻔뻔한 얼굴로 이것을 대야라고 우길 뿐더러 투구가 아니라고 말하는 것을 보십시오. 이건 제가 빼앗은 바로 그 투구이며, 이 사실은 조금도 더하거나 빼지 않은 진실임을 제가 신봉하는 기사도를 두고 맹세합니다."

이 장면은 소설 전편을 통틀어 가장 비장한 선언이며 동시에 선지자적 믿음의 확신이다. 돈 키호테의 진지성의 근거는 기사도에 있고, 그 진지성이 사실마저 뒤집는 당위성이 된다. 진지성이란 진리에 대한 올곧은 헌신이 내면에서 내연內燃하는 정신의 불꽃이어서 '눈에 보이지'는 않는다 해도, 마음에는 보이는 빛이다. 돈 키호테가 대야에 부여한 의미는 결과로서는 보이지 않지만, 그 의미를 부여하기 위해 투쟁하는 과정에서 투구로서의 의미가 덧입혀진 것이다.

"돈 키호테의 역설力說은 철저하게 의미의 세계에 대한 것이에요. 풍차를 악의 상징, 양떼를 군대로, 이발사의 머리에 얹어진 번쩍거리는 대야를 맘부리노 투구로 여기고 공격하는 돈 키호테의 모든 싸움의 진실은 사실의 세계를 뒤엎고, 사랑과 순종이 본질인 의미의 세계를 확장해가는 침노적 전투예요. 이 침노는 사실의 세계, 물질의 세계로만 보았을 때 생기는 우리 삶의 왜소함, 덧없음, 속절없음, 비루함을 갈아엎고 위대함, 거룩함, 성스러움에 접목시키려는 존재적 반란인 거지요. 그러기 때문에 이 인물이 소설 속 주인공이어서 우리하고 상관없는 허구적 존재가 아니라, 우리가 알지 못해 깨닫지 못한 것이 무엇인지 알게 해주는 광야의 소리 같은 거라고 생각돼요. 하여튼 돈 키호테의 이런 비장한 선언을 듣고 사람들이 웅성거리는 사이, 친구 이발사가 그를 조롱하고 싶은 충동에서 앞으로 나서요."

"내가 젊은 시절에 잠깐 군인 노릇을 한 적이 있어서 무엇이 투구이고 무엇이 군인모자인지 잘 알고 있소. 더 좋은 의견이라면 나는 늘 수용할 뜻이 있어요. 그런 점에서 여기 내 눈앞에 있는 물건이, 이 훌륭한 나리께서 손에 들고 계신 이것이, 이발사의 놋대야하고 거리가 먼 건 사실이오. 흰 것과 검은 것 사이, 혹은 진실과 거짓 사이와 같이 말이오. 또한 이것은 투구이긴 하지만 온전한 투구가 아니라 말하고 싶소."

"그러니까 이발사는 한쪽 눈을 꿈쩍이면서, 그래 맞아요, 이게 투구지 어디로 봐서 대야란 말입니까, 하고 놀리는 분위기로 몰아가지만, 일면 나름대로 통찰력이 엿보이는 말을 하는데, 이에 신부가 얼른 이발사의 속내를 눈치채고 맞장구를 치고, 그 외 다른 사람들도 합세를 하지요. 한데, 거기에 합세하지 않는 두 사람이 있었으니, 한 사람은 돈 키호테요, 또 한 사람은 대야의 주인인 이발사였지요. 이발사가 '많은 분이 이걸 보고 놋대야가 아니라 투구라고 말하다니 믿을 수 없소. 이 놋대야가 투구라면 이 허름한 안장도 나리께서 말씀하시는 것처럼 번쩍번쩍한 마구가 되겠군요'라고 분통을 터뜨린 것은 너무도 당연한 반응이었어요. 하지만 돈 키호테는 투구에 대해선 더 이상 언급할 필요조차 없는 분명한 사실이므로, 안장에 대해서만 자기 생각을 말해요. '내가 보기에는 안장 같지만, 그것에 대해서는 상관하지 않겠다고 이미 말하지 않았소'라고. 그렇지 않겠어요? 그가 '의미를 부여하지 않았는데'

안장이 뭐라고 불리든 그건 상관할 일이 아니지요. 한데 기묘한 것은 맞장구치는 분위기가 도를 넘어 그중의 한 사람이 일일이 사람들에게 '저것이 안장이냐, 마구냐' 물어보기까지 하는데, 그 때문에 점점 우스워지는 것은 돈 키호테가 아니라 이발사였던 거지요. 왜냐하면 돈 키호테는 무슨 일이 벌어지든 거기에 휩쓸리지 않고 끝까지 진지하고 의연한 태도를 견지하고 있었으니까요. 그러자 이 분위기를 눈치채지 못한 종교 경찰이 '우리 아버지가 내 아버지이듯이 저것은 분명 안장입니다. 그렇지 않다고 말했거나 말하려는 녀석은 술에 취한 것이 분명합니다' 하고 이발사를 편들고 나서자, 돈 키호테가 분연히 칼을 빼들어요. 종교 경찰은 돈 키호테의 진지한 위세에 감히 투구를 두고는 시비하지 못하고, 이미 상관없다고 말한 안장을 빗대어 모욕적인 말을 했기 때문에, 그 비겁함에 불같이 화가 난 돈 키호테는 창으로 경찰의 머리에 일격을 가했어요. 이것이 소동의 시작이었어요. 다른 종교 경찰이 경찰을 편들고, 또 경찰 편인 주막집 주인이 몽둥이와 칼을 빼들었고, 그 틈에 이발사가 얼른 자기 안장을 되찾으려 하자 산초가 그를 밀쳤고, 주막집 주인이 싸움에 말려들자 그의 아내와 딸이 겁에 질려 소리를 지르고 하는 식으로 소란이 걷잡을 수 없이 번져 갔는데, 혼란과 공포, 칼부림과 주먹다짐, 몽둥이질과 발길질이 피범벅을 불러오는 일대 아수라장이 벌어졌어요. 이를 지켜보던 돈 키호테가 위엄 있는 목소리로 호통을 쳤어요. '모두들 멈추시오. 칼을 칼집에 넣으시오. 진정하시오. 모두 살아남고 싶거든 내 말을 들으시오.' 돈 키호테는 아그라만테 들판의 전투 속에 자신이 있다는 생각을 하며 말을 계속했어요. '칼 때문에, 말 때문에, 독수리 때문에 투구 때문에 모두가 싸움질만 할 뿐 서로를 이해하지 못하고 있지 않소. 자, 판관 나리와 신부님께서는 여기로 오셔서 한 분은 아그라만테 왕 역할을, 다른 한 분은 소브리노 왕 역할을 하시어 우리를 평화롭게 해주십시오. 전지전능하신 하나님을 두고 말하지만, 여기 계신 훌륭한 분들이 하찮은 이유로 서로를 죽도록 상처 입히다니 이 얼마나 어리석은 일입니까?' 하고 소동의 어이없음, 생각의 어리석음을 돌아보게 만들어요. 사실 세상은 언제 어느 때든지 하찮은 이유로, 이렇게 패를 갈라 죽도록 싸울 수 있는 나쁜 에너지가 들끓고 있는 거지요. 주먹다짐과 몽둥이질, 칼부림까지 오갔음에도 우매함에 대한 성찰은 여전히 미흡한 채 소란은 일단 진정되고 싸움이 멈췄어요. 이에 대해 작가는 이렇게 쓰고 있어요. '마지막 심판 날까지 돈 키호테의 상상대로 안장은 마구가 되고, 놋대야는 투구가, 그리고 주막은 성이 되었다.' 여기에 돈 키호테의 선문답 같은 한 마디를 더한다면, '이제 더 이상 할 일이 없을 뿐 아니라, 각자가 저마다 자기 것을 받을 뿐이오. 신께서 은혜를 주신 자는 성 베드로의 축복을 받을 것이오'. 바로 이거예요. 한 기사의 지속적인 의로운 투쟁과 선포에 의해 주막은 왕궁으로, 거기에 있던 사람들은 진리의 세계가 도래한 줄

벨몬테 성 전경.

알지 못한 채, 얼떨결에 왕궁의 신민이 된 거지요. 그리스도 한 분
이 이 땅에 오셔서 죽기까지 치러낸 고난으로 인류 전체가 하늘나
라 신민이 될 길이 열린 것과 같은 설정 아니에요?"

　"그러고 보니 정말 그러네요."

　J가 난데없이 경적을 빠앙 울렸다. 그때였다.

　"와!"

　"왜 그러세요?"

성채 중앙 망루에서 휘날리는 스페인 국기.

벨몬테 성의 유일한 출입구. 성에 들어가는 것이 얼마나 어려운 일인지 말해주고 있는 듯하다.

Y는 이내 내 손짓 방향을 보고 감탄사를 터뜨렸다.

"성이다!"

'성벽의 요철 사이로 난쟁이가 나타나 기사의 도착을 알리는 나팔을 불어주기를 기다렸다'고 하는 장면은 돈 키호테가 첫 출정을 해서 저녁 무렵 주막에 도착했을 때였다.

나는 고개를 끄덕이지 않을 수 없었다. 무공을 세운 기사가 저 멀리서 다가오고 있는데 어찌 나팔을 불지 않을 수 있겠는가. 이

산호빛 왕궁

여러 가문을 나타낸 방패들.

것은 환상도 상상도 아니다. 오로지 돈 키호테의 진리에 대한 확신과 믿음이 그 소망을 실상으로 만든 결과이다.

사랑이 사실의 본질적 의미가 될 때 사실은, 그 사실 이상의 숨겨진 뜻을 드러내며 차원이 다른 국면을 전개한다. 실제로 있거나 있었던 일이 중요한 것이 아니라, 그 실제의 본질을 사랑으로 바꾸어 나눔과 평화와 기쁨의 국면을 만들어내는 것이 중요하다. 오병이어의 실제는 오천 명을 도저히 먹일 수 없는 적은 양이다. 그

방패들과 여성 의상.

러나 예수님은 그 실제의 본질이 사랑일 때 어떤 놀라운 국면이 전개되는지 증명해 보이셨다. 사랑은 자기로부터는 '마이너스(전적인 헌신, 밀알)'이어야 한다. 그 마이너스가 누군가에게 플러스가 되어, 다시 그 누군가로 하여금 마이너스를 이끌어내게 하는 과정의 되풀이, 그 순환이 사랑이다.

그리하여 '뿌앙' 하는 뿔나팔 소리가 수백 년 뒤 21세기를 사는 내 귀에까지 이르게 된 것이 아닌가.

이 문들은 어디로 들어가는 문일까.

왕실 문장이 새겨져 있는 벽난로.

마을길을 지나 언덕을 한참 올라간 곳에 돌로 지은 우람한 성채가 나타났다. 중앙 망루에서 펄럭이는 스페인 국기 아래 누군가 우리의 도착을 환영하고 있는 것처럼 우뚝 서 있었다. 출입문을 지나자 삼각 요철 모양의 두꺼운 외벽으로 둘러싸여 있는, 둥근 모양의 높고 견고한 성채와 망루가 나타났다. 성문 위에는 섬세한 솜씨로 부조한 두 개의 왕실 문장이 자리잡고 있고 한 기사가 왕관을 짚고 서 있었다. 돈 키호테는 이미 오래전에 그 문을 지나 왕궁으로 들어갔을 것이다. 그는 왕궁 내부로 들어가서 왕과 함께 있을 것으로 나는 생각한다. 사실의 세계에서 문이란 벽으로 구분 지어놓은 안과 밖, 밖과 안의 경계를 넘나들 수 있는 유일한 통로이다. 하지만 진리의 세계에서는 벽이란 '차원'이기 때문에 문조차 없는 훨씬 가혹한 징벌이다. 차원을 바꾸지 못하는 것 자체가 이미 심판을 받고 있으며 징벌을 받고 있는 것이다. 차원을 바꾸게 하는 것은 인식의 변화에 따른 온전한 사랑과 믿음의 실천뿐이다. 우리의 하루하루 삶이 바로 예수를 닮아가는 한 폭의 미완성 성화聖畵이다.

　　직선과 아치가 조화롭게 어우러진 산호 빛깔의 아름다운 왕궁 건물이 눈앞에 나타나자 저절로 탄성이 흘러나왔다. 내 소망의 실상이 이루어진 것이라면 얼마나 좋을까. 하지만 실제에 있어선 그 커다란 왕궁은 비어 있고, 유품 전시실로 활용되고 있었다.

　　처음 들어간 방에서 철갑옷과 키만큼 큰 방패들을 볼 수 있었다. 매 순간 목숨을 걸고 치열하게 싸웠던 기사들의 외침, 도끼와

왕실 문장.

창, 칼이 방패에 부딪치는 소름끼치는 소리가 들리는 듯했고, 방패에 새겨진 십자가와 각 가문의 문장이 기사의 가슴에도 새겨져, 죽음을 막아주는 불사不死의 인印이 되었으리라. 왕궁은 복도와 수많은 방으로 나뉘어 있어, 복도에서 방으로, 방에서 방으로 이어지는 수많은 문이 있었다. 복도에서 방으로, 방에서 방 사이는 칸칸이 막혀 있었다.

  아무리 돌아다녀도 나는 왕의 처소를 찾을 수 없었다. 사실적

성에서 바라본 마을 풍경.

측면뿐만 아니라, 의미적 측면에서도 왕의 처소가 어딘지 찾을 수 없었다. 어디엔가 왕과 함께 계실 사도와 선지자들이 '벤졸라는 아직 밖에 있다'고 나에게 말해주시는 듯했다. 나는 의기소침해서 움푹 들어간 구석에 주저앉아 창을 통해 왕궁 아래 세상을 무연히 내려다보았다. 단순히 공간으로만 봐도 참 멀고 아득해 보였다.

　여기까지 왔으니 이제 되돌아가는 일은 없어야 한다. 기어이 왕께서 머무르고 계신 곳에 도달해야 한다. 그때 번개 같은 깨달음이 스쳐갔다. 왕에게 가까이 가는 비법은 들어앉아 있던 방에서 나와 자기 자신이 길이 되고 통로가 되는 것이다!

얼마나 많은 사람이 이곳에 다녀갔을까. 그들은 기사의 방, 왕실 가족의 방, 욕실이 딸린 내실, 무도회장, 병사들의 대기실 등을 보았을 것이다. 하지만 이곳은 왕궁이긴 하나, 그 의미가 비어 있는, 기사에 의해 충성을 맹세받는 왕이 부재하는 성, 그리하여 불의와 악에 맞서 혁혁한 무공을 세운 기사가 와서 깨워주기까지 잠에 든 전설 속의 왕궁이다. 이 세상 역시, 나라와 나라, 민족과 민족, 이웃과 이웃, 심지어 피를 나눈 가족들까지 서로를 이해하지 못해, 나누고 방어하기 위해, 서로 치고받는 소동이 끊이지 않는 나그네들의 주막이나 다름없으나, 구원을 예비하는 사람들에 의해, 그리스도 재림 때는 새 예루살렘으로 찬란하게 들어올려지리라.

우리 세 사람은 각자 흩어져 성을 둘러본 뒤, 문 앞에서 만났다.

"가이드 리시버 들어보셨어요?"

J가 말했다.

"아뇨."

"이사벨 여왕을 왕위에 오르게 한 곳이 여기였다고 하네요."

"나는 그 구멍이 재미있었어요. 바닥에 뚫어놓아 성에 누가 들어왔는지 감시하는 구멍."

Y의 말에 나는 짐짓 깜짝 놀랐다.

"그런 게 있었어요?"

RUTA DE DON
QUIJOTE

나에게 이제 집으로 돌아가는 길은 더 이상 없다. 본향에 닿기 전에는 나에게 집은 더 이상 의미가 없다. 오직 길만 있을 뿐, 그리고 그 길은 돈 키호테처럼 쓰러지고 또 일어나는 치열한 영적 순례가 될 것이다.

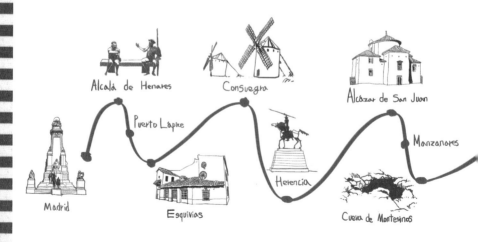

Alcalá de Henares

Consuegra

Alcázar de San Juan

Puerto Lápice

Manzanares

Madrid

Herencia

Esquivias

Cueva de Montesinos

16

다시 순례자가
되어

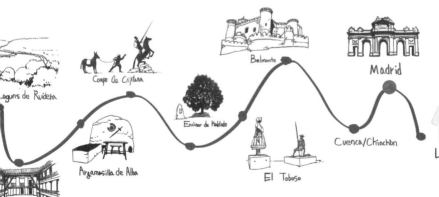

oguns de Ruideta

Compo de Cliptana

Encinar de Haldudo

Belmonte

Madrid

Argamasilla de Alba

El Toboso

Cuenca/Chinchón

León

Almagro

우리는 쿠엥카Cuenca, 친촌Chinchón, 알칼라 데 에나레스의 '뮤세
오 세르반테스'에 들렀다가 마드리드로 돌아왔다. 거기서 J와 작
별하고 레온León으로 갈 참이었다. 아직 두 장 남아 있는 파라도르
숙박표를 쓰려는 것이었다.

"희진 씨도 레온으로 같이 가면 좋을 텐데."

"저도 그러고 싶어요. 그런데 애가······." J는 돌잡이 아들이 지
난밤부터 심한 고열에, 먹기만 하면 토한다는 소식을 접했음에도
그다지 서두르는 기색이 아니었다. 늦은 나이에 돌잡이를 키우다
보니 담대한 자기만의 비법이 있는 모양이었다.

"두 분 레온에 가서 푹 쉬시고, 여행 잘 마무리하세요."

우리는 마드리드 버스 터미널에서 J와 작별을 했다.

"책이 나오면 그건 전적으로 희진 씨 덕분이에요."

"제 역할은 산초예요. 잊지 마세요."

눈을 찡긋하고 손을 흔드는 J를, 우리는 배낭 하나 달랑 멘 채 어정쩡한 표정으로 바라보았다. J가 가방 네 개를 실은 로신안떼를 타고 차량들의 홍수 속으로 사라지자, 우리는 갑자기 너무도 낯선 터미널 한복판에 남겨진 동양인 여행자 꼴로 돌아왔다. 예매해둔 표를 찾고, 레온행 출발 플랫폼이 어딘지, 몇 시에 도착하는지 등등 꼭 알아야 할 사항을 서투른 영어로 물어보지만 상대가 빠른 스페인어로 대답해주는 통에 알아듣지 못해 난처해하는 처지가 되었다.

한순간 여로의 피로가 몰려들며 이대로 귀국할까 하는 생각까지 스쳐갔다. 그때 라피세에서 본 수레 생각이 났다. 신부와 이발사는 터무니없는 상상을 못하도록 잠든 돈 키호테의 손과 발을 꽁꽁 묶어 그를 우리에 태웠지만, 사실 그 안에 들어간 것은 절대絶對를 잡으려고 불타올랐던 끓는 심장이었다.

내가 생각에 잠겨 주먹으로 자기 가슴을 퍽퍽 때리는 것을 보고 Y가 놀란 표정을 지었다.

"왜 그러세요?"

"내가 파이팅하는 방법이에요."

보이지 않는 신호에 기세가 오른 것처럼 나는 앞장서서 터미널 건물을 향해 발걸음을 옮겼다.

파라도르 객실 놋열쇠(스페인 전국이 동일하다).

우리가 레온에 도착한 것은 오후 네 시 남짓한 시각이었다. 택시는 십 분도 채 안 걸려서 커다란 광장에 있는 위풍당당한 오래된 건물 앞에서 멈춰섰다. '아니, 이렇게 가까웠어?'

파라도르 정문 출입문엔 '오스탈 산 마르코스HOSTAL SAN MARCOS'라고 씌어 있었다. 회색 유니폼을 입은 종업원이 달랑 배낭 차림으로 들어서는 우리 앞으로 얼른 다가왔으나, 해줄 일은 없었다. 리셉션 앞으로 다가가지 않았다면, 그는 우리가 잘못 들

객실에서 바라본 안뜰의 숲.

아담한 객실.

어온 줄로 알았을 것이다. 체크인을 하고 묵직한 놋쇠 열쇠를 받아들었다.

　방은 알마그로 때보다 넓고 아늑했다. 창 너머로 보이는 정원이 별세계에 온 듯한 느낌을 주었다. 지금은 돈만 주면 누구라도 머물 수 있는 곳이 되었지만, 객실 안쪽 내정은 영성 수련을 해온 수도원의 면면이 그대로 남아 있었다.

　우리는 해가 지기 전에 발길 닿는 대로 레온을 둘러보려고 곧바

파라도르의 손님을 위한 응접 코너.

로 밖으로 나왔다.

그리고 광장 한가운데서 그것을 발견했다. 우뚝 솟은 크루세이로(십자가 기둥) 앞에 앉아 있는 순례자 모습의 동상이었다. 그 동상이 세워질 때만 해도 마르코스 교회는 순례자가 경외의 마음으로 바라보며, 깊은 묵상을 하게 만드는 곳이었을 것이다. 내가 만일 2008년 10월 산티아고 가는 길을 걸을 때 오비에도로 빠지지 않고 레온으로 가는 길을 택해서 이곳에 이르렀다면, 이 동상을 보고 눈물이 났을 것 같다. 여러 도시를 거쳐온 순례자들이 이곳에 이르러 한층 마음을 다잡게 된다면, 그건 레온 성당이나 이시도르 교회만이 아니라 이 동상도 깊은 감회를 불러일으키는 징표가 되기 때문일 것이다. 파라도르로 변한 곳에서 안락한 이틀 밤을 보내려던 내 생각이 어리석고 부끄러워졌다.

나는 신발을 벗고 순례자 옆에서 카메라를 응시했다. 하지만 마음의 향방은 이미 정한 뒤였다. 내일 이곳에서 출발하는 '산티아고 가는 길' 한 구간을 걷는 것으로, 레온을 방문한 목적을 휴식에서 순례로 바꿀 것이다. 나에게 이제 집으로 돌아가는 길은 더 이상 없다. 본향에 닿기 전에는 나에게 집은 더 이상 의미가 없다. 오직 길만 있을 뿐, 그리고 그 길은 돈 키호테처럼 쓰러지고 또 일어나는 치열한 영적 순례가 될 것이다.

이튿날 나는 Y가 일어난 기미에 잠이 깼다. 침대에 걸터앉아 있는 Y의 이마에 희미한 주름이 잡혀 있었다.

"왜 벌써 깼어요?"

"배가 좀 아파서요."

"약을 먹어야 되겠네."

"식사하고 먹으려고요."

"식사하고 와서 약 먹고 좀 쉬어요. 나는 여기서 산티아고 가는 길을 한 구간 걸어보려고 해요."

"그럼 저도 같이 걷겠어요."

파라도르의 묵중한 회랑.

크루세이로에 기대어 앉은 순례자.

순례자의 낡은 샌들과 물집이 생긴 짓무른 발.

"몸이 안 좋다면서……."

"괜찮아요."

Y가 참 기특했다. 둘시네아에서 순례자로 변하는 것이 쉽지 않은 일인데…….

샤워를 하고 우리는 파라도르 레스토랑으로 갔다. 숙박비에 조식이 포함되어 있었다. 고전적 인테리어가 중후한 분위기를 자아내는 호화로운 식당이었다. 식단도 다양해서 음식이 넘치도록 풍성했다. 테이블마다 골동 찻주전자가 고리에 걸려 있어 뭔가 했더니, 테이블번호를 담아둔 그릇이었다. Y가 그 주전자를 카메라에 담으려고 하자 서빙하는 여직원이 다가와서 사진을 찍지 말라고 했다. 이럴 때 점잖은 스페인어로 양해를 구해주는 J가 있다면 좋았을 텐데. 아기는 엄마 품에서 열이 좀 내렸을까.

삼십 분쯤 지나자, 빈 테이블이 점차 차기 시작했다. 대부분 두세 사람으로 구성된 서양인 관광객들이었으나, 창가에 늦게까지 비어 있는 커다란 원탁이 있었다.

"저기 좀 보세요."

나는 홍차잔을 손에 든 채 Y가 바라보는 쪽으로 시선을 돌렸다. 대가족이었다. 양부모, 딸 내외, 아들 내외, 결혼하지 않은 딸, 손녀로 보이는 어린 소녀. 오늘의 이달고 가족이 사람들이 앉아 있는 테이블 옆을 물 흐르듯 지나쳐 그 원탁으로 가서 자리잡았다. 보기 좋았다. 풍채 좋고 관용이 넘쳐 보이는 부모님에, 몸가짐 조신하고 용모 수려한 자녀들, 그리고 귀공녀로 자라는 세일러복 분위기의 손녀.

돈 키호테가 길에서 만난 점잖은 푸른 벨벳옷의 신사 생각이 났다.

"저는 보통 이상으로 가산이 넉넉하고, 집의 아내와 아이들과 친구들과 더불어 세월을 보내지요. 저는 다른 사람에 대한 소문

산마르코스 파라도르 야경.

을 지껄이는 것을 좋아하지 않아서 제 앞에서는 절대로 그런 말을 못하게 합니다. 저는 매일 미사에 참석합니다. 가난한 사람들과 재물을 나누어 씁니다만, 여간 조심치 않고서는 교묘히 파고들어오는 위선과 허영이라는 큰 원수를 마음속에 들일까 염려하여 저 자신의 선행을 자랑하지 않습니다……."

참으로 나무랄 데 없이 잘 살아온 것 같다. 세상 삶이 주는 풍성함도 누리고, 하나님 말씀에 순종하는 종교생활도 잘하고 있는 것 같다.

하지만 우리 마음 밭에는 가벼운 쟁기질만으론 성화聖化될 수 없는 근본적 두려움이 있다. 하나님이 나를 버리시는구나, 하는 절체절명의 두려움 앞에 영육이 한 번은 절단切斷이 나야, 말씀의 씨앗을 키울 수 있을 만해진다. '꽃은 흔들리면서 피고' '진주는 아프면서 만들어지는' 것처럼, 말씀은 하나님의 혹독한 쟁기질에 갈아엎어지면서 열매 맺는다.

레온에서 나를 산티아고 길로 인도한 첫 화살표는 순례자 동상이었다. 또한 그 순례자의 시선이 한없이 그리워 하고 있는 저 높은 곳이었다.

"자, 갑시다."

그 첫 발자국이 이제는 내 뒤에 오는 Y를 위한 화살표가 되는 상황이, 그냥 온 것이 아니란 생각이 들었다. 2008년 나를 위해 화

노란 화살표.

살표 역할을 해준 치타에 대한 고마움이 새삼스럽게 되살아났다.
날씨는 맑았지만 기온은 제법 쌀쌀했다. 두툼한 외투를 입고 팔짱
을 끼고 가는 노부부의 뒤에서 우리는 다리를 건넜다. 두 번째 화
살표가 눈에 들어왔다. 세 번째, 네 번째 화살표가 방긋 웃는 웃음
처럼 길바닥에 피어 있었다. 그리고 배낭을 짊어진 다른 순례자가
우리 앞에 모습을 드러냈다. 수많은 뜻으로 오가는 세상의 길을,

조개 모양 화살표.

노란 화살표.

자기 마음에서부터 구별지어 하나님의 부르심을 따라가는 길로 바꾸어가는 사람들. 이 바꿈이 지구를 살리고, 나라와 나라, 이웃과 이웃 사이에 평화의 다리를 놓을 때까지 순례자들은 이 세상을 걷고 또 걸으며 영적 기사의 행보를 계속하리라.

　뒤돌아보니, 저만큼 뒤에서 Y가 고개를 숙인 채 골똘한 생각에 잠겨 열심히 따라오고 있었다. 그녀는 자기만의 화살표를 찾았을까. 그러기엔 좀 더 걸어야 할 것이다.

노란 화살표.

    도시를 벗어나 근교로 나왔을 때 비스듬한 오르막길을 걸으며 자전거를 끌고 오는 자전거 카미노 두 사람이 나타났다. 두 사람은 알베르게에서 만난 친구로, 한 사람은 프랑스, 한 사람은 부산에서 왔다고 했다. 청년의 웃음과 눈빛이 죄 없는 양처럼 맑고 따스했다. 우리는 길에서 어깨를 나란히 한 채 사진을 찍고 손을 흔들며 헤어졌다. 얼마쯤 더 걷다가 집들이 거의 사라진 곳에 이르러 양지바른 길가에 주저앉았다.

노란 화살표.

걷고 있는 순례자.

"힘들어요?"

"네, 조금. 선생님은요?"

"짐 없이 걷는 것이 이렇게 가벼운 줄 몰랐어요. 이런 기분이면 오십 킬로미터도 너끈히 걷겠어요. 그런데 내가 걸음이 빨라서 정미 씨 따라오기 힘들었을 것 같은데."

"걷다보니 노란 화살표가 보이던데요? 그거 따라 걷는 거 아네요?"

"흐흠."

"귤 드세요. 아까 식당에서 가져온 거예요."

"정미 씨는 이번 여행에서 뭐가 가장 좋았어요?"

"지금요. 순례자 기분이 이런 거구나, 하는 걸 슬쩍 맛보는 것만으로도 좋아요."

"그럼 둘시네아는?"

"그건 우리 남편한테만."

"걱정이네, 돈 키호테 책에서 둘시네아가 빠지면 어떡해."

유쾌한 웃음이 퍼져나가는 방향을 따라가기라도 하는 듯, 우리는 동시에 고개를 천천히 옆으로 돌렸다. 그러자 저편 들판 오른쪽으로 살짝 휜 길가에 세워져 있는 초록색 가로등 기둥에 노란색 선명한 화살표 하나가 외로이 길을 가리키고 있었다.

책 속의 길을 가다

2012년이 밝아올 때부터 일 년 내내 세 개의 책상 위에 컴퓨터와 노트북, 각종 지도와 국내에서 출판된 세 가지 《돈 키호테》 번역본들과 몇 천 장의 사진들을 펼쳐놓고, 힘들지만 행복한 시간을 보냈다.

이 책은 텍스트 여행으로 시작했지만, 라 만차의 한 시골귀족이 안주하던 자리를 접고 일어나, 자기를 넘어선 기사騎士 돈 키호테로 변신하고 절대선絶對善을 지상에서 이루어가는 그 메타적 공간을 탐색하는 것이 목표였다.

과연 돈 키호테가 창을 높이 처들고 풍차를 향해 돌진한 것이 그렇게 우습고 어리석은 일인가. 풍차가 지상에 편만한 악, 거인으로 보인 것이 그처럼 우스꽝스런 일인가. 그 때문에 그는 다만 소설 속 상상의 인물일 뿐인가.

풍차(현실)는 높은 데서 그를 땅바닥에 메다꽂았지만, 거기까지다. 그의 몸은 부서져 상처 입었지만, 그의 불타는 심장에는 아무

위해危害도 줄 수 없었다. 심장에 붙은 불은 부서진 그의 육체보다 더 실제였다. 그 실제성은, 작가 자신의 '휴식을 거부하는' 평생의 신조가 뒷받침해주었다. 사실fact과 의미meaning 사이에 벽을 세운 것은 우리의 안일함, 비겁함을 낮은 수준의 이성으로 포장한 것이다. 우리의 한심한 이성은 우리 삶을 '거기까지'에서 머물게 하며, 영적 최면 내지 죽음의 상태를 행복으로 여기게 한다.

재화, 하늘 높이까지 쌓아보라.

권력, 어두운 데서 마음대로 휘둘러보라.

명예, 그 가짜 자부심으로 남을 얼마든지 깔보라.

그러면 그럴수록 우리의 삶은 자기 착각에 파 먹히어 빈 껍질만 남는 곤충처럼, 한 번의 키질에 어딘지 모르는 곳으로 불리어 날아갈 것이다.

지금부터 우리는 진정하고 영원한 부름에 응답하기 위해 오른

손을 높이 쳐들어야 한다. 우리의 투혼을 불태워 육체와 영혼이 호환하도록 두려움으로부터 자유로워져야 한다.

　죽음은 없다. 당신이 믿지 않을 뿐. 믿고 영혼의 눈을 떠보면, 절대선의 의지가 한순간도 당신을 비켜간 일이 없다는 것을 깨닫게 될 것이다. 내가 이 책을 쓰게 된 이유도, 책 속의 돈 키호테를 책 밖으로, 오늘 우리 삶의 자리로 끌어내어, 독자들이 돈 키호테로, 돈 키호테가 독자로 서로 호환하는 장을 마련하기 위해서였다.

　이 책이 나오기까지는 많은 분들의 지원과 도움이 있었다.

　마드리드 정미강 박사, 소설가 윤순례 씨는 기꺼이 '루타 데 돈 키호테'에 동행해주셨고, 살라망카 대학 김혜정 교수는 자문과 조언을, 고 오화섭 교수와 박철 교수, 민용태 교수의 탁월한 번역으로부터 텍스트 도움을 받았고, 사진작가 탁인아 씨로부터도 도움을 받았다. 그밖에 수십 년 전에 나보다 먼저 돈 키호테에 매료되어《세르반테스 이야기: 슬픈 얼굴의 기사(송재원 번역)》를 쓴 라파엘로 부조니, 그리고 나보다 먼저 라 만차 지역을 둘러보고《산티아고 가는 길(이희재 번역)》을 펴낸 세스 노터봄 작가에게도 빚이 많다.

그리고 무엇보다 국제전화로 "돈 키호테, 메타픽션" 하는 말만으로도 출판의 열정에 불꽃을 당기어, 물심양면으로 아낌없는 지원을 해주신 박은주 사장님, 현장 사진이 많아 편집이 까다롭고, 녹음에 화집에 스페인어로 된 기념판들 판독까지 꼼꼼하게 정성을 기울여주신 이승희 편집장에게 감사드린다.

그리고 한 가지 더, 이 책은 독자 여러분들이 발견한 오류에 대한 정정이나 기발하고 참신한 상상력을 받아들여 내용을 보완할 뜻이 충분히 있음을 밝혀둔다.

서영은

La Ruta de Don Quijote